光文社古典新訳文庫

太平記(上)

作者未詳

亀田俊和訳

光文社

Title : 太平記（上）
Author : 作者未詳

凡例

一　本書は、全四〇巻に及ぶ『太平記』のうち、訳者が九〇話を選定したうえで、現代語訳をおこなったものである。選定の基準については「解説」（一　本書の構成）を参照されたい。
四〇巻に収められた全話については、巻末にその目次（本書が底本とした西源院本の影印本翻刻である『軍記物語研究叢書』〈第一～第三巻、クレス出版、二〇〇五年〉をもとに作成し、適宜、現代通行の文字遣いに改めた）を記した。

二　本作では登場人物の数が非常に多いため、人物説明を本文訳注と巻末人物一覧（上下巻とも）によっておこなった。歴史上の著名人等を取り上げる際、日本人を中心としていることをお断りする。

#『太平記』上巻　目次

※表記【1-8】は『太平記』原本における巻の一、第八話であることを示す。

第一部

第二部

〈下巻目次〉

第三部

第四部

【27-11】師直が将軍の邸宅を包囲したこと／【29-2】桃井直常が四条河原で尊氏軍と交戦したこと／【29-9】小清水の戦いについて／【29-12】師直以下が討たれたこと／【30-10】薩埵山の戦い／【30-11】直義の死／【31-1】武蔵国小手指原の戦い／【32-5】近江国堅田の戦いと佐々木秀綱の戦死／【32-11】名刀鬼丸と鬼切／【32-13】東寺の戦い〈「京の戦い」と称する〉／【33-3】富裕を誇る幕府の大名たち／【33-4】将軍尊氏の死

第五部

【33-8】新田義興の自害／【34-16】吉野の後醍醐廟に神霊が出現したこと／【35-4】将軍義詮が逃走し、仁木義長が失脚して伊勢国に逃れたこと／【35-8】北野天満宮の参詣者たちによる政治談義／【36-11】細川清氏の反逆が発覚し、すぐに逃走したこと／【36-16】北朝の公家や室町幕府の諸将が京都を脱出したこと／【38-4】越中国の戦い／【38-7】筑紫の戦い／【38-9】細川清氏の戦死／【39-6】諸大名が斯

太平記（上）

第一部

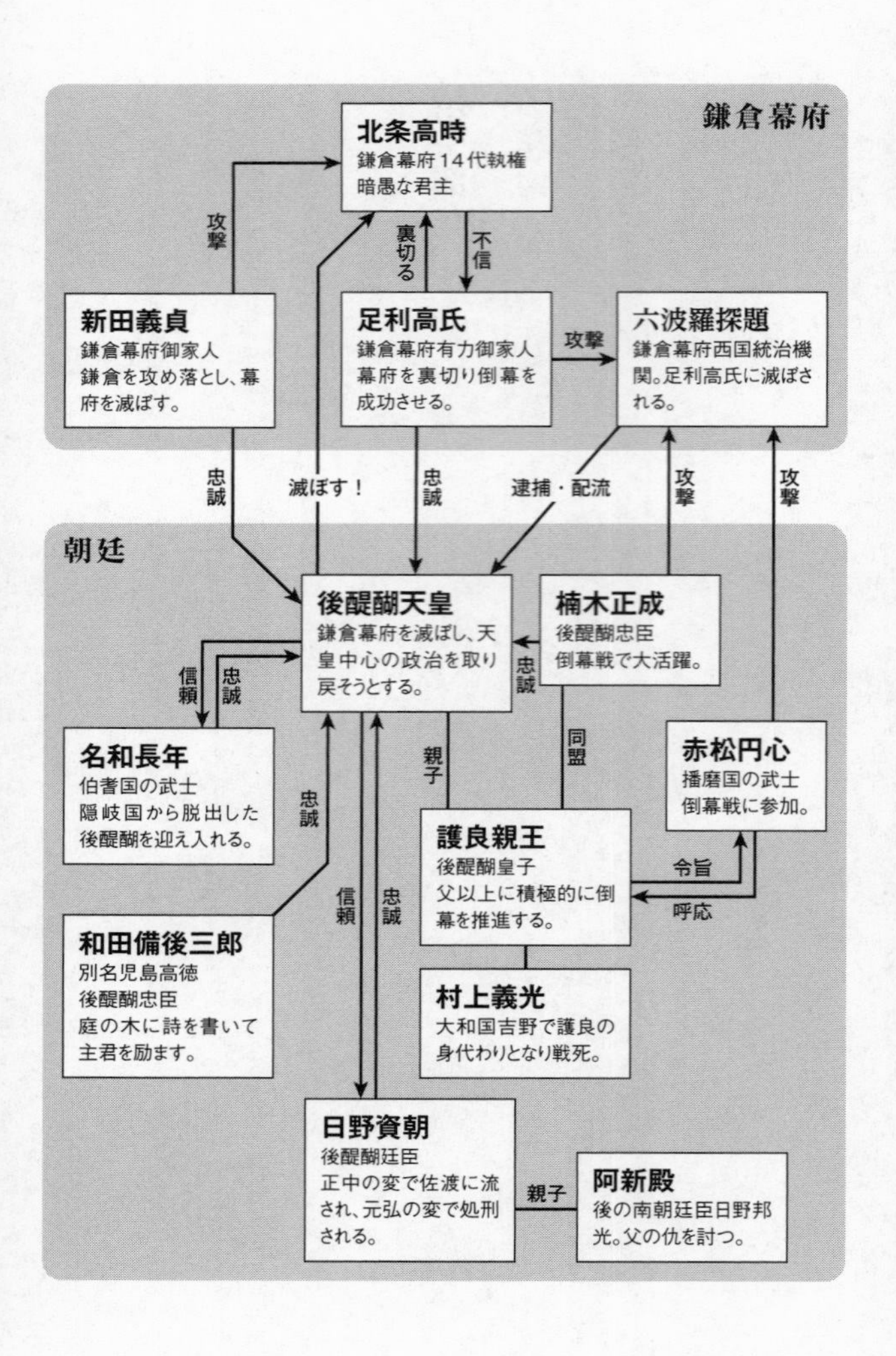
鎌倉幕府
北条高時
鎌倉幕府14代執権
暗愚な君主
攻撃
裏切る
不信
新田義貞
鎌倉幕府御家人
鎌倉を攻め落とし、幕府を滅ぼす。
足利高氏
鎌倉幕府有力御家人
幕府を裏切り倒幕を成功させる。
攻撃
六波羅探題
鎌倉幕府西国統治機関。足利高氏に滅ぼされる。
忠誠
滅ぼす！
忠誠
逮捕・配流
攻撃
攻撃
朝廷
後醍醐天皇
鎌倉幕府を滅ぼし、天皇中心の政治を取り戻そうとする。
楠木正成
後醍醐忠臣
倒幕戦で大活躍。
忠誠
信頼
忠誠
名和長年
伯耆国の武士
隠岐国から脱出した後醍醐を迎え入れる。
忠誠
親子
同盟
赤松円心
播磨国の武士
倒幕戦に参加。
護良親王
後醍醐皇子
父以上に積極的に倒幕を推進する。
令旨
呼応
信頼
忠誠
和田備後三郎
別名児島高徳
後醍醐忠臣
庭の木に詩を書いて主君を励ます。
村上義光
大和国吉野で護良の身代わりとなり戦死。
日野資朝
後醍醐廷臣
正中の変で佐渡に流され、元弘の変で処刑される。
親子
阿新殿
後の南朝廷臣日野邦光。父の仇を討つ。

第一部　あらすじ

後醍醐天皇は鎌倉幕府一四代執権北条高時の失政に乗じて、幕府を滅ぼして天皇中心の政治を取り戻そうとした。そして無礼講を開くなどして、倒幕の謀議を練った。しかし陰謀が幕府に洩れ、日野資朝の佐渡配流などと引き替えに後醍醐自身はかろうじて処分を免れた（正中の変）。

その七年後、後醍醐はふたたび倒幕の陰謀を企てた。それも発覚し、後醍醐は笠置寺に籠城して抵抗するが敗北し、隠岐島へ流される（元弘の変）。

逆境の中、大塔宮護良親王（後醍醐皇子）がその後も倒幕のゲリラ戦を粘り強く続ける。だが護良が籠城した大和国吉野は幕府軍の攻撃を受けて陥落する。忠臣村上義光が身代わりとなり脱出した護良は、各地に令旨を発給して倒幕を呼びかけた。

その頃楠木正成も河内国千早城に籠城し、二〇〇万騎に及ぶ幕府軍の包囲に奇抜な戦術で対抗し、幕府軍に甚大な損害を与えた。幕府の威信は低下し、播磨国の赤松円心など倒幕の義兵を挙げる武士が続出する。

決定打となったのは、幕府有力御家人足利高氏の挙兵であった。高氏は六波羅探題（幕府の西国統治機関）を滅ぼす。同時に新田義貞が鎌倉へ攻め込み、壮絶な攻防戦の末、鎌倉幕府は滅亡して約一五〇年の歴史の幕を閉じた。

序文

筆者は無知無学であるが、時代の変化を調べて、戦争が起こる理由を考えてみた。万物に慈愛を与えるのは、天の徳である。賢明な君主は、この徳を体現して国家を維持する。また、万物を育むのは地の道である。善良な臣下は、これに従って国土を防衛する。君主にその徳が欠けるときは、その位にあってもこれを維持することはできない。所謂、夏の桀王は南巣に逃れて（滅ぼされ）、殷の紂王は牧野で敗北した。[1]また、臣下があるべき道を進まないときは、権力があってもこれを維持することはできない。かつて、秦の趙高は咸陽で殺され、唐の安禄山は鳳翔で滅亡した[2]と筆者は聞いた。これらの故事に基づいて、昔の聖人は教訓を未来に残すことができた。後世の我々は、過去を顧みてこれらの教訓を学ばなければならないのである。

【1-1】後醍醐天皇が武臣を滅ぼす計画を立てられたこと

ここに、我が国人皇[1]の初代神武天皇より九六代の帝である後醍醐天皇の治世に、武臣相模守平高時[2]という者がいた。この高時は、上に対しては君子の徳に背き、下に対しては臣下としての礼儀を失っていた。そのため、世の中は大いに乱れて、一日も休まることがなかった。それはまるで、狼煙の煙が天を覆い隠し、鬨の声が地を揺るがすようなものであった。現在に至るまで三〇年あまり、一人としていまだに長生きすることができず、万民は安心して暮らせなかった。

【序文】1　中国古代王朝である夏の最後の王・桀と、殷の最後の王・紂は、ともに悪王の代表とされる。桀は現、安徽省の土地である南巣、紂は現、河南省の土地である牧野で、それぞれ滅ぼされた。

2　中国、秦の宦官である趙高は首都咸陽で、唐の玄宗皇帝に謀叛を起こした安禄山は現、陝西省にある鳳翔で、それぞれ殺害された。

【1-1】1　神代の天皇（天神七代、地神五代）に対し、神武天皇から始まる人間の天皇。

2　北条高時（一三〇三～三三年）のこと。鎌倉幕府第一四代執権。

つらつらとその乱世の始まりを尋ねれば、災いは一朝一夕でできあがったものではない。元暦年間（一一八四〜八五）、鎌倉の右大将頼朝卿が平家を追討して功績があったとき、後白河法皇は感激のあまりに頼朝を六六カ国の惣追捕使[3]に任命した。これより、武家が初めて諸国に守護を設置し、荘園に地頭を補任した。次いで頼朝の長男左衛門督頼家、右大臣実朝公が征夷大将軍に任命された。これを三代将軍と称する。ところが、頼家卿は実朝公に討たれ、実朝公は頼家の子悪禅師公暁に討たれて、源氏の世はわずか四二年[4]で尽きた。

その頃、頼朝卿の舅遠江守平時政[5]の子息、前陸奥守義時朝臣[6]が次第に天下の政権を掌握して、その勢いが徐々に日本全域に及ぼうとしていた。このときの上皇は後鳥羽院[7]であったが、その武力と権威は臣下にも及んでいたので、上皇は朝廷の法規が廃れていることを嘆いて、義時を滅ぼそうとした。そこで承久の乱が起こり、天下は一時も鎮まらなかった。ついに戦いの旗が日をさえぎるように天皇の威光を覆い隠し、宇治と勢多で両軍は戦った。その戦闘が一日も経たないうちに、後鳥羽の官軍はたちまち敗北し、後鳥羽院は隠岐国へ流されて、義時はいよいよ天下を掌中に握った。その後、武蔵守泰時・修理亮時氏・武蔵守経時・相模守時頼・右馬権頭時宗・相模守貞時と続けて七代の間、幕府が政治を行って、その徳は困窮する民衆を救うに十分であった。北条氏は万民に覇権を及ぼしたが、その位は四位止まりであった。謙虚に仁恩を施し、己を顧みて礼儀を正しくした。この有様は、山が高くても危険ではなく、水が満たされてもあふれないようなものであった。

承久元年（一二一九）以来、朝廷は親王・摂関家の中から世を治めて国を安定させる力量を持つ宮を一人鎌倉へ下して、将軍とした。武臣は皆この将軍に臣下の礼儀を尽くした。同三年、初めて洛中に北条一族を二人置いて、六波羅と称して西国の政務を管轄させた。永仁元年（一二九三）からは、鎮西に一人の探題を派遣して、九州の

3　諸国と郡・郷・庄・保に設置された職。軍事警察権や兵糧米の徴収権等を持つ。後の守護。
4　史実では、頼朝挙兵（一一八〇年）から実朝の死（一二一九年）までの三九年となる。また史実では、頼家に手を下したのは北条氏。
5　一一三八〜一二一五年。鎌倉幕府初代の執権で、北条政子・義時の父。
6　一一六三〜一二二四年。鎌倉幕府の二代執権。父は時政。頼朝の側近として行動した。頼朝没後は姉政子と連携し、源頼家を補佐する一三人の御家人の一人に選出される。
7　一一八〇〜一二三九年。天皇在位は一一八三〜九八年。一一九八年以降は上皇となり院政を敷く。歌人としても才能豊かで、『新古今和歌集』の撰に関わった。

行政を司らせ、異国が侵攻してきたときの備えを厳重にした。そのため、天下あまねく北条氏の命令に従わない地方はなく、国外もひとしくその権勢に服しない者はなかった。

朝日が昇ると夜の星が自然に見えなくなってしまうように、武家の連中は必ずしも公家を軽んじていたわけではなかったが、荘園では地頭が強くて領家は弱く、諸国では守護が重視されて国司の地位は軽くなった。そのため、朝廷は年々衰えて、武家は日々盛んとなった。これを見て、過去の天皇は、承久の乱で敗北した悔しさを晴らすため、近年の天皇は朝廷の儀式が廃れることを嘆いて、東夷（北条氏）を滅ぼそうと常に叡慮（えいりょ）をめぐらせた。だが、勢力が弱すぎてかなわないか、もしくは時がいまだに到来しないためか、沈黙するほかはなく、時政九代後の子孫である前相模守平高時入道崇鑑（そうかん）の時代に至った。ところが、この高時は言動が非常に軽々しくて他人の嘲笑を顧みず、政道が正しくなくて民が疲弊しても何とも思わず、ただ日夜気ままに遊び呆（ほう）け、先祖の偉業を辱（はずかし）め、朝夕にどうでもいいことにうつつを抜かし、北条氏の衰退を存命中に招こうとした。衛（えい）の懿公（いこう）が鶴を車に乗せて遊んだので早く滅亡し[8]、秦の李（り）斯（し）が犬を牽（ひ）いて狩りをした[9]恨みと同様の事態が、まさに今訪れようとしていた。高時の行状を見る人は眉をひそめ、聞く人はこれを非難した。

このときの帝、後醍醐天皇という方は、後宇多院の第二皇子で、談天門院が母親であったが、相模守の計らいで、三一歳で初めて即位した。在位中、身内には君臣・父子・夫婦の道と仁義礼智信の徳を正しく行い、周公と孔子の道徳に従い、公人としてはすべての政務を怠らず、延喜天暦[10]の治世を理想として追求したので、国中が帝の治世を歓迎し、すべての民衆が帝の徳に服して喜んだ。この天皇はまた、すべての学問や芸術が廃れていたのを再興し、わずかな善でも高く評価したので、寺社とりわけ禅宗と律宗は時を得て繁盛し、顕教と密教および儒教と道教の大学者も皆望みを達成した。本当に天命を受けた聖人で、人民に奉仕する名君であると、その徳を称えてその教化を誇りに思わない者はいなかった。

8　懿公好鶴。下らないものを大事にしたことで身を滅ぼしたという、『春秋左氏伝』による故事。

9　北条高時が異様な犬好きだったことを、処刑前の李斯が犬とともに狩りをした故事（『史記』「李斯列伝」）に寄せる。

10　日本古代の、醍醐天皇による延喜朝と村上天皇による天暦朝の治世は、理想的な親政（天皇がみずから行う政治）として賛美された。

都の周囲四方の境界と諸国七道の関所は、本来は国の厳重な命令を伝え、非常時に警戒するために存在している。ところが現代の関所は、通行料を徴収して利益を独占する目的で商業や交通を妨害し、年貢運送に不便であった。そこで後醍醐は、大津・葛葉を除き、新しい関所の設置をすべて停止させた。また元亨二年（一三二二）の夏、激しい旱魃が起こり、首都周辺の田畑百里[11]にわたって、青苗がすべて枯れ、ただ赤い土を晒すのみとなってしまった。餓死者が巷に満ちあふれ、飢えた人が地に倒れた。この年は、粟一斗の値段が銭三〇〇に高騰した。天皇は天下の飢饉を聞いて、「朕に徳が欠けるのであれば、天は私一人を処罰すべきである。庶民に何の咎があって、この災害に遭うのか」と、帝徳が天に背いていることを嘆いた。そして、朝食をやめて、飢餓に苦しむ民衆に衣食の施しを与えたのは、まことにありがたいことであった。

それでもなお、すべての民衆の飢えを救うことはできなかったので、天皇は検非違使の別当[12]に命じて、富裕層が利息を生み出すために蓄えている米穀を点検して、二条町に仮屋を建てて、検使の判断で値段を決めて売らせた。すると、売り手も買い手もともに利益が出て、人々は皆九年間の備蓄があるようになった。訴訟に訴える人が現れたときは、下の人間の心情が上の人間の耳に入らないこともあるだろうということで、自ら記録所に出席して、直接訴えを聞いて事情を解明して判決を決めた。そのおかげで、虞・芮両国の人が周の善政を見て国境紛争をやめたときのように訴訟[13]が収まり、犯罪の減少により罪人を打つ鞭も朽ち果て、君主を諫めるための太鼓も打たれることがなくなった。天皇の政策は、まことに治世安民の政治であった。才能だけを見れば、誉れ高い聖人（孟子）に次ぐ能力を持つ人と評価できるであろう。ただ残念なことに、斉の桓公が武力に頼って国を治め、楚の恭王が楚の民衆のことしか考えなかったことに少し似て、強引で自分勝手なところもあった。これがすなわち、後醍醐天皇の草創は一日で達成できたが、その天下を維持することが三年を超えなかった原因である。

---

11 ここの一里は古代中国の一里（三〇〇歩＝五町）で、約四〇〇メートル。『太平記』では、「一里＝三六町（約四キロメートル）」「一里＝五町（約四〇〇メートル）」の二種類が使われているが、いずれの里なのか不明の箇所もある。

12 「検非違使」は、治安維持のための警察組織。「別当」は、その組織の長官。

13 虞・芮両国人が周の善政にならい紛争をやめたのは中国の故事（『史記』「周本紀」）による。

【1-6】土岐十郎と多治見四郎と謀叛について―および無礼講について

ここに、美濃国の住人で、土岐伯耆十郎頼時と多治見四郎次郎国長という者がいた。ともに清和源氏の末裔として武勇に優れているという評判だったので、日野資朝[1]はさまざまな人脈を駆使して彼らに近づき、親しくなった。友人としての交流はすでに浅くはなかったが、鎌倉幕府打倒というこれほどの一大事を簡単に打ち明けることはいかがなものかと思ったので、なおよくよく彼らの本心を窺い見るために、無礼講というものを開くことにした。参加者は、尹大納言師賢・四条中納言隆資[2]・洞院左衛門督実世・蔵人右少弁俊基[3]・伊達三位游雅・聖護院庁法眼玄基・足助次郎重成・土岐伯耆十郎頼時・同左近蔵人頼員・多治見四郎国長であった。

その会合における飲食の噂は、世間を驚かせた。献盃のときから、身分の上下を問わず、男は烏帽子を脱いで髻[4]を見せ、法師は法衣を着用せずに白衣であった。一七～八歳くらいの、外見が美しくて肌のきれいな女性たち二〇人あまりに薄い肌着しか着せずに酌(しゃく)を取らせたので、その様子はまるで雪のように白い肌が透きとおって、長安の宮殿にあったという太液池(たいえきち)の蓮(はす)の花から新たに水が湧き出てくるようなものであった。山海の珍味がたくさん出され、おいしいお酒が泉のように注(つ)がれ、皆遊び戯れ、歌い踊った。宴会の最中は、北条氏を滅ぼす企て以外のことは話し合わなかった。しかし、用事もないのに頻繁に会合を開くと他人に怪しまれることもあるだろうと、文学の勉強会を口実とすることとなり、当時並ぶ者がいないほど優秀だと評価されていた玄恵僧都(げんえそうず)[5]という学者を招いて、韓愈(かんゆ)[6]の詩集についての講義を行わせた。

【1-6】1　一二九〇～一三三二年。鎌倉幕府倒幕計画が漏れたことで、佐渡に配流された。
2　一二九二～一三五二年。四条隆顕(たかあき)の孫で、後醍醐天皇の信任が篤い公卿。南北朝分裂後も後醍醐天皇にしたがって吉野に赴いた。
3　日野俊基（?～一三三二年）のこと。資朝らとともに後醍醐天皇の信望が厚く、鎌倉幕府倒幕計画への関わりが深かった。
4　髪を頭の上に集めて束ねたところ。
5　?～一三五〇年。天台宗の学問僧。「独清軒」と号した。
6　七六八～八二四年。中国、中唐の詩人、思想家。「韓愈の詩集」とあるのは、『昌黎(しょうれい)文集』のこと（原文）。

【1-8】謀叛計画の発覚

鎌倉幕府打倒計画の一員であった土岐左近蔵人頼員は、六波羅探題の奉行人斎藤太郎左衛門尉利行の娘を妻とし、彼女を非常に愛していた。頼員は、世の中がいよいよ乱れて戦争が起こったら絶対に戦死しない保証はないと思ったので、かねてから名残惜しかったのであろう、ある夜の寝覚めに妻にこう語った。「同じ木の下に寄り、同じ川の水を汲むのも、前世から結ばれた縁が深いからであると聞いている。まして、私とお前は結婚してすでに三年になる。私がお前をどれだけ深く愛しているかは、日頃の態度からも、折に触れて感じていることだろう。そうは言っても、将来どうなるかわからないのが人の世の習いである。お前と私の仲であるので、今もし私が死んでしまったと聞くことがあれば、私の死後も貞女の心を失わず、菩提を弔ってほしい。もし人間に生まれ変わることができれば、お前とふたたび夫婦となり、浄土に生まれれば、一輪の蓮の花の上に席を半分空けて待っていてほしい」。頼員はそれとなく何度もこう語り、涙を流した。

女はこれをじっくりと聞いて、「あやしい。何か隠していませんか。明日の約束さえもろくに守られない世の中なのに、来世までのことを約束するとは、さては私のことを忘れようと思っているのでしょう。そうでなくては、こんな大げさなことをおっしゃるとは思えません」と嘆き恨んで問いただした。男は軽率にも、「私は思いがけず天皇陛下に頼りにされてご命令を受け、拒否することができずに謀叛の計画に加わった。千に一つも生き残ることはできないだろうとせつなく思ったので、お前との別れが近づいている悲しさに、あらかじめこのように言ったのだ。このことは絶対に他人に漏らしてはならない」と堅く口止めをした。

この女性は気の強い人だったので、早朝に起きて、このことについてじっくりと考えた。天皇の謀叛が失敗すれば、頼りにしている夫はすぐに殺害されてしまうだろう。謀叛が成功して幕府が滅亡すれば、私の親類は一人も生き残らないだろう。ならば、このことを父の利行に告げて、左近蔵人を返り忠（味方を裏切り、敵に忠誠を尽くすこと）の者として、夫も親類も助けよう。彼女はこう考えて、急いで父の許に行き、密かにこのことをありのままに語った。斎藤はこれを聞いて大変驚き、すぐに左近蔵人を呼んでこう尋ねた。「このような思いも寄らぬ不思議なことを承知したというのは、本当のことなのか。現在の幕府全盛の世の中においてこのようなことを企てるのは、石を抱えて水に飛び込むように無謀なことである。もし他人の口からこのことが漏れれば、我々も含めて全員処刑されてしまうだろう。利行は、貴殿が知らせたことをすぐに六波羅探題に通報して、ともに罪を逃れようと思っているが、どう思われるか」。頼員は、これほどの一大事を女性に漏らしてしまう程度の人間なので、非常にあわてて、「ただとにもかくにも、罪にならないように計らってください」と言うばかりであった。

　夜もいまだに明けないうちに、斎藤は急いで六波羅に参上して、事情を詳しく説明した。六波羅は、すぐに京都内外の武士を招集して、まずは着到[1]の名簿を作成した。

　その頃、摂津国葛葉（せっつのくにくずは）というところで、在地の武士たちが荘園の代官に背いて合戦を起こした。その反乱を鎮圧し、代官の荘園支配を安定させるため、六波羅探題は四八カ所の篝屋（かがりや）[2]と在京の武士を招集する命令を発した。だがこれは、倒幕の謀叛人たちを逃さないための謀略であった。土岐も多治見も、実は自分たちが攻撃目標とされているとは思いも寄らず、翌日葛葉へ向かう準備をして、みな自分の宿所に待機していた。

【2-2】二条為明卿の和歌について

また、二条三位為明は和歌の達人であり、満月の夜や雪の日の朝に和歌の試合[1]に呼ばれて、いつも後醍醐天皇の宴席に参加していた。そのため、六波羅探題は「天皇陛下のお考えをきっと知っているに違いない。尋問しよう」といって、まず為明を逮捕し、奉行人の斎藤に「拷問して自白したら、関東へ報告せよ。ほかの僧侶たち[2]につ

【1-8】1 「着到」とは、武士が招集を受けて馳せ参じること。
2 都の中にある要地を警護するための宿衛所。
【2-2】1 当時、公家たちのあいだで行われていた歌合は、左右にわかれて和歌の優劣を競う試合のような催しだった。

いては関東に護送して調べるので、ここでは除外する」と命じた。そして、六波羅北方探題政庁の中庭で火を起こし、その上に青竹を割って敷いて並べた。それはまるで熱湯が煮えたぎった鍋のように、竹の隙間から激しい炎が噴き出ていた。下級の役人が左右に並び、為明の手を引っ張って猛火（もうか）の上を歩かせようと準備している様子は、仏教の大罪を犯した罪人が死後灼熱地獄（しゃくねつじごく）に堕ち、牛頭馬頭（ごずめず）の鬼に責められるのもこのような感じだと思われ、見る者の肝をつぶした。

為明卿はこれを見てもまったく動揺せず、不運にも天の災いを受けるのもやむを得ないということで、少しも顔色を変えずにすずしげにしているように見えた。そして「硯（すずり）はありますか」と尋ねたので、役人は白状するためと思って硯を出した。しかし白状ではなく、歌を一首書いた。

思ひきやわが敷島（しきしま）の道ならで浮世の事を問はるべしとは
（思いもかけず、私の専門である和歌の道ではなく、俗世間のことで詰問される羽目になるとは）

常盤駿河守範貞（ときわするがのかみのりさだ）[3]はこの歌を見て非常に感動し、涙を流して為明が無実であることを理解した。関東から来た二人の使者もこれを読み、いずれも袖を濡らして泣いたので、為明は拷問を逃れて無実となった。

詩歌は朝廷がもてあそぶところで、武芸は武家がたしなむ道であるので、武士は必ずしも和歌の道に携わる風習は持っていない。しかし、正しい真実が武士にも感じ伝わり、災難を逃れることができたのは、たった一首のこの歌の徳によるものである。「力を入れずに天地を動かし、目に見えない鬼神も感動させ、夫婦の不仲もやわらげ、猛々（たけだけ）しい武士の心をも慰めるのは和歌である」と紀貫之（きのつらゆき）が『古今和歌集』の序文に書いたのも、そのとおりであると思われる。

2　倒幕に関わったとされる僧侶、円観（えんかん）や文観（もんかん）などを指す。
3　北条範貞（?～一三三三年）。時範の子。

【2-6】阿新殿のこと

「天皇陛下に謀叛をそそのかしたのは、主に源中納言具行・右少弁俊基[1]・日野中納言資朝卿[2]である。それぞれ死罪にせよ」と、鎌倉幕府の評定で決定された。幕府はまず、昨年佐渡国に流した資朝卿を斬れと、その国の守護（代）である本間山城入道[3]に命令した。

この情報が京都に届いた。資朝の子息である邦光中納言は、その頃は阿新殿といってまだ一三歳で、父が囚人となってから仁和寺のあたりに隠れ住んでいた。彼は、父が処刑されると聞いて、今は何に命を惜しむことがあろうか、父とともに斬られて冥途の旅の供をして、また最期の様子も見届けたいと思い立って、母にその許可を求めた。

母は、これを強く諫めてこう言った。「佐渡とやらは、一日か二日で行けるほど近い国でもない。また島国で、はるか遠くの沖にあるのに、頼りになる若い家来も連れずにたった一人で訪ねて行っても、到着することはできないだろう。途中で思いがけないことに遭って命を失うか、また北陸は人を売り買いするような地方なので、売られて他人の奴隷となり、不慣れな仕事に酷使されでもしたら、どんなに嘆き悲しんでも取り返しはつかないだろう。そうなったら、そのくやしさをどうすればいいのか。父に会えず、母からも離れて、身を滅ぼすのはつらいことだ。夫と別れても、お前がこうしていれば、夫の忘れ形見ともなり、また世が鎮まれば父の後を継いで菩提を弔うだろうと頼もしく思っていたのに」。このように、母は繰り言を言って止めたので、阿新殿は母の教えを聞き入れて、「おっしゃるとおりにします。佐渡に行くのはやめます」と返事した。

だが、阿新殿はそばでただ一人仕えている先祖代々の従者を近づけ、「私には考えている企てがある。お前だけが頼りだ。父資朝のいる佐渡島を訪ねて、父が生きているうちにその顔を見て、また私の姿も見せようと思っている。どう思うか」と尋ねた。従者は「どんな問題があるでしょうか。早く出発してください。私も供をしましょ

【2-6】1　【1-6】注3参照。

2　【1-6】注1参照。

3　生没年未詳。佐渡国の守護代。

う」と申したので、阿新殿は喜んで、主従で密かに出発した。母はこれを聞いて、「私の力がなくて、どんなに止めてもかなわない。ならば、せめて旅の用意をしてやろう」と、その準備をした。阿新殿は、履き慣れぬ草鞋を履き、小さな菅笠をかぶり、まだ夜が明けぬうちに主従ともに住み慣れた花の都を離れ、北陸路をはるか遠くに、到着できるかさえおぼつかない、佐渡への渡海を目指して歩き下っていった。内心では、さびしく思っていた。

この人はまだ一二〜三歳だったのでまだ旅慣れず、急ごうとしてもすぐに足が疲れて、都を出てから一〇日あまりでようやく越前国敦賀津に到着した。そこから商人の船に乗って、まもなく佐渡国に達した。伝言を頼む人もいなかったので、自ら本間の館に行こうとしていたところ、ちょうどそのとき出会った僧侶が「これはどこの人ですか。どんな用事で立ち寄ったのですか」と尋ねてきた。阿新殿は涙ぐんで、「私は、囚人としてここに置かれている日野中納言の子どもなのですが、父が近いうちに処刑されると聞いたので、今一度父に会うためにはるばると都から尋ねてきました。このことを、お坊様のご慈悲によって、本間殿に間違いなく伝えていただけませんでしょうか」と力なく答えたので、この僧はあわれんで、まず衣の袖を濡らした（泣いた）。

さて、僧は「承知しました」と言って屋敷の中に入り、本間にこのことを伝えた。本間はあわれに思って、まずこの僧に命じて阿新殿を持仏堂に招き入れて、革製の足袋と脚絆を脱がせて足を洗わせるなどして、ここに宿泊させた。阿新殿はこれをうれしく思いながら、早く父と対面したいと思った。しかし、その日もすでに暮れていたので、父と会えることはなかった。何としても父との面会を果たしたいと、落ち着かない気持ちで思っていた。資朝も、我が子がはるばる尋ねてきたことを聞いたが、互いに見ることもなかったので、「私が都に阿新を捨て置いてきたのを嘆き悲しむことは、当たり前のことだ。しかし、阿新はまだ幼い者だ。子どもながらに波路をはるか遠くに私を尋ねて来て、会えずにむなしく別れるのは、たとえようもなく悲しく思っているだろう」と言ったのも当然である。同じくつらい世の中を生きているとは言いながら、わずか四～五町[4]ほどの近い距離でさえも、父子が離れて会えないことの悲しさよ。まして死に別れたら、何度生まれ変わったとしても父子が互いの顔を見ること

4　一町は約一〇九メートル。

はないだろうと、この話は外まで伝わって、涙を流さない者はいなかった。

さて、本間が親子の対面を絶対に許さなかったのは、今日か明日には資朝を処刑しなければならないのに、なまじっか最後の姿を互いに見せるのはよくないと考えたからである。また、関東の幕府もこれを知ったらどう思うかも考慮したので、面会させなかったのはつらいことであった。

そうこうしているうちに、五月二九日の夕暮れに、本間は資朝を牢から出して、「長い間入浴していなかったので、行水(ぎょうずい)をしてください」と言った。資朝はこれを聞き、「さては、もうすぐ私は処刑されるのだな。それにしても、本間殿は情けがない。どんなに獰猛(どうもう)な武士であっても、父子の悲しみは深いものであるのに、最後に我が子に一目さえも会わせないその薄情さよ。この世に生きる望みも絶えた」と思い、何も言わずに輿(こし)に乗った。一〇町ばかり離れた河原に輿を置いて降ろされた。資朝は、毛皮の敷物の上に座り、辞世の漢詩を書いた。

五蘊(ごうん)[5]仮に成ることを得
四大(しだい)今空(くう)に帰(き)す

首(こうべ)を将(も)って白刃(はくじん)に当つ
截断(せつだん)す一陣の風を
（この世に存在するすべてのものは、仮に存在しているに過ぎない
万物は、今無に帰してしまう
私の首に真っ白な刃が当たり
ひとしきり吹く風とともに、真っ二つに切り裂く）

そして、年月日の下に署名して筆を置いた。直後、処刑人が太刀(たち)を手に取って後ろに回るやいなや、首は前に落ちたが、胴体はなお元のように座ったままであった。

この間、法談をして資朝を慰めていた僧侶が、形ばかりの葬儀を行い、その遺骨を阿新殿に渡した。阿新はこれを一目見て、ともかくものも言わずにずっと泣いていたが、何を思ったのであろうか、一人の召使いに父の骨を持たせ、「高野山(こうやさん)[6]に葬れ」と

5　「五蘊」は、仏教で説かれる人間を成す五要素（色、受、想、行、識）。「四大」は、この世（世界）を構成すると仏教が説く四要素（地、水、火、風）。

6　現、和歌山県伊都郡高野町にある山地。空海が開いた金剛峯寺(こんごうぶじ)で知られる。

命じて都へ帰した。それから、阿新は「病気になったようです。お坊さんが頼りです。私を助けてください」と言って寝込んだ。阿新殿の仮病(けびょう)はどういうことであるのかと、後々思い合わせてみると、以下のようなことであった。本間にあまりに情けの心がなく、父に一目さえも会わせなかったことの恨めしさよ、憎い者であると阿新殿は骨髄から思った。そして、今は父との別れは二の次にして、ひたすら本間を恨み、思い知らせてくれると幼い心のうちに企てたのであった。だが、このことを知る者はまだいなかった。

　こうして阿新は、四〜五日は病気のふりをして、夜になると隙(すき)を窺って本間の寝室を覗き、本間父子のうちどちらか一人でも刺し殺して無念を晴らそうと狙っていた。ある夜、風雨が激しくて、警備の武士たちが主殿から離れた詰所(つめしょ)で待機することがあった。今夜こそ絶好のチャンスだと思い、本間入道が普段使っている寝室を見ると、本間はいなかった。さてはどこで寝ているのだろうかと探すと、二間四方(にけんしほう)の部屋に灯りがついていた。隙間から覗き見ると、資朝の首を斬った本間三郎[7]が寝ていた。

　これこそ親の敵(かたき)だ。子の首は、親の首だ。これこそ幸運だ。子を殺して、父の本間に肉親と別れた悲しさを思い知らせてやろうと阿新殿は喜んで、障子(しょうじ)を開けようとしたが、照明が明るい。見ると、枕元に太刀も刀もある。阿新は元より刀を持っていない。敵の太刀を我が物としようと思ったが、太刀を取る際に本間三郎が目を覚ましたら失敗してしまうだろう。灯りが消えるのを待っていたところ、蛾（が）が明るい障子に引き寄せられて、部屋の中へ入ろうとしていた。阿新は都合のよいことだと思い、障子を唾液で濡らして穴を開け、蛾を中に入れると、思ったとおりに蛾は灯りを消した。阿新殿は部屋に入り、本間三郎が枕元に立てていた刀を取って腰に差した。そして太刀も取って鞘（さや）をはずして三郎の胸に突き通し、返す太刀で喉笛（のどぶえ）を切ると、冷静に外の竹林に隠れた。

本間三郎が阿新殿の最初の一撃で胸を刺し通されたとき、「あっ」と叫んだ声を聞きつけた警備員がおり、不審に思って同僚を起こし、火を灯して、まず本間三郎の寝室を見ると、血が流れていた。これはどういうことかと憤って、「泥棒が侵入して三郎殿を殺害した」と叫ぶと、若党（わかとう）や中間（ちゅうげん）[8]が集まって、まず堀の内をくまなく捜索し

7 本間山城入道の息子。
8 下位の身分で若手の従者が「若党」。寺院や公家における侍と下男の中間の身分の召使いが「中間」。

たが、怪しい者はいなかった。「さては、持仏堂の幼い人を見よう。幼稚ではあっても、親を思う子の心は理解しがたいものである。先日見かけたら、あの稚児（ちご）の目つきは何かを強く思っている者のように見えたぞ。病気と称して家来だけを京都に返したのも、まったく怪しく思わなかったのは、我等の不覚であった」ということになって、持仏堂に行って僧を呼び出して稚児がいるか尋ねたところ、思ったとおりいなかった。するとやはりということになり、それぞれ手に灯りを持って、天井から縁の下まで探したが、阿新はいなかった。警備員たちは、「これはどういうことか。堀は広くて水も深い。門は高くて海老錠（えびじょう）を差している。鳥でなければ、空を飛ぶことはできない。魚でなければ、水に潜ることはできない。そうではあるが、門を開けて、方々を捜索しよう」と大声で騒ぎ、相談した。その間に、阿新殿は親の敵を討った今となっては、逃げられる限り逃げて、生き延びることができたならば法師となり、父の菩提を弔おうと思った。そして、幅約二丈[9]の堀の上に覆いかぶさっていた大きな竹の先端へ登ると、竹の先端は堀の向こう岸に傾いたので、飛び降りて外に出た。

　時間は、まだ午前四時頃であった。阿新はうれしく思い、まず港へと歩いて行った。夜ももうすぐ明けるので、必ず追っ手が来るだろうし、人に見られたら本間へ通報されてしまうだろう、日が暮れるまで隠れていようと思い、麻が繁って藪(やぶ)となっている場所に隠れた。案の定、追っ手どもが一四〇～一五〇騎で馳せて来て、道行く人に「ひょっとして、そちらへ一二～一三歳くらいの稚児が行かなかったか」と尋ねた。尋ねられた人は「そういう人は見ませんでした」と答えたので、追っ手が「さてはこの道には来ていないな」と引き返す音がした。阿新殿はうれしくなって、よくよく休んでその日を過ごし、夜になってまた港の方へと急いだ。

ここで、阿新は一人の山伏と遭遇した。山伏はこの子どもの様子を見て、逃亡している者であることを見抜いた。そして、寺院に仕える少年と法師のしきたりだからと思い、阿新に言葉をかけた。「なぜ、あなたはまだ幼いのに、たった一人裸足(はだし)で歩いているのですか」と。阿新は、「私は大事な用事があるのですが、師匠の僧が休暇を許してくれないので逃げてきた者です。山伏のあなたに、真剣にお願いいたします。適当な船を見つけて、私をそれに乗せてくださいませんか。越後まででけっこうでございます」と山伏に頼んだ。山伏は、「わかりました。何があってもあなたの力にな

9　約六メートル。一丈は約三メートル。

りましょう」と言って、稚児を肩に乗せて、間もなく港に到着した。

そして船を尋ねたが、船はこの順風で皆出航しており、一艘も残っていなかった。どうしようかと走り回っていたら、大きな船が一艘、順風で帆柱を立てて走っていた。山伏は「優曇花（よかった）」と喜んで、手を挙げて「その船をこちらへ寄せてください。乗船したい」と呼んだ。その船はもともと沖にあったが、「きっとあの山伏は、自分がいるそこの遠い磯辺へこの船を寄せさせるつもりなのだろう。言うことを聞くな」といって、帆をひいて漕ぎ出した。山伏はとても怒って、「そのつもりなら、思い知らせてやろう」と、三めぐり半の大きな数珠をさらさらと押し揉んだ。そして、「私は、軍陀利夜叉明王・金剛夜叉明王・金剛蔵王明王・大威徳明王・南無中央大聖不動明王に帰依しております。これらの神々は、あたかも仏のように行者を加護します。私は、大峯[10]に七回入り、三僧祇の苦行を経験し、那智の滝にも三度打たれ、現世と来世の悟りの修行を達成しました。金伽羅・誓多伽の両童子の修行修了証明書を拝領した、私の積み重ねてきた勤行・薫習・行業の功徳が無駄となることがあるでしょうか。諸大明王の誓いが誤っていることがあるでしょうか。絶対にそんなことはありません。権現・金剛童子・天・龍・夜叉・八大龍王にお願いいたします。その船を、猛烈な風でこちらへ吹き戻してください。私の祈りが、たちまち水中に入って毒龍となり、その船を懲らしめるでしょう」と心を尽くして、黒い煙を立てるほど懸命に祈って跳ね踊った。船員たちはこれを見て、「あの山伏は何をしているのか。愚かしいことだ」と大笑いしていたところ、突然逆風が吹き、船を吹き戻そうとした。船は操舵不能となり、たちまち転覆しようとした。

そのとき、船員たちは顔色を失い、周章狼狽して、山伏へ向かって手を合わせ、腰をかがめて、「どうか私たちを助けてください。船を港に寄せて、あなたがたをお乗せしましょう」と頼んだ。だが山伏は、船員たちの願いを聴き入れる様子はまったく見せず、他人事のように、素知らぬふりをしてその場を立ち去ろうとした。船員たちは陸へ上がって、山伏の柿の衣の裾に取りすがって、「どうか早く船に乗ってください。私どもは愚かで、人の情けも知らぬ者です。山伏は知恵と慈悲を兼ね備えていますので、神々や龍神の加護があり、このように並ぶ者のない祈禱の効果を現すことができます。これを見たり聞いたりする者で、ありがたく思わない人がいるでしょ

10　奈良県所在の、修行僧のための道場。

うか。この不思議な祈禱も、我々の不徳な振る舞いがあるからこそ、このような威力を発揮したのです。我々はあなたのような山伏のために、忠誠を尽くす者となりましょう」とへつらってせがんだ。山伏は機嫌を直して、「いやいや、私はそれほどの者ではない。船に乗ってやろう」と言って、阿新殿といっしょに船に乗ると、風はまた元の順風に戻り、はるか沖へ漕ぎ出して行った。

その後、追っ手がまた一四〇〜一五〇騎でやってきて、遠浅に出て、「その船、こっちへ来い」と呼んだが、船員はこれを見て見ぬふりをして、順風に帆を揚げて、その日の夕方に越後国府へ到着した。山伏の祈禱によって、阿新は鰐(わに)の口に入ったようなピンチを逃れて、無事に京都に上ったのである。

【3-1】 後醍醐天皇が笠置に臨幸したこと

元弘元年(一三三一)八月二七日、後醍醐天皇は笠置寺(かさぎでら)[1]へ臨幸し、本堂を皇居とした。はじめの一～二日間は、鎌倉幕府の力を怖れて後醍醐に仕える人もいなかったが、比叡山東坂本の合戦で六波羅探題の軍勢が敗北したというニュースが聞こえてくると、当寺の衆徒[2]を筆頭に、近国の武士たちがあちこちから集まってきた。しかし、一〇〇騎や二〇〇騎の部下を率いる、名のある大名はいまだに一人も来なかった。

この軍勢だけでは皇居を警備することはできないと天皇が思い煩って、少しうとうとしたときに、このような夢を見た。京都の皇居の紫宸殿の庭に似た場所に、大きな橘の木があった。その木は、緑の葉が生い茂って、南に向かう枝が特に元気がよかった。その下に、太政大臣と左右の大臣以下すべての官人が位の順に並んで座っていた。南を向いた上座に、天皇の座る畳が高く敷かれていたが、座っている人はいなかった。天皇は夢の中で、これは誰のための座席なのだろうと怪しく思って立ったところ、鬢[3]を結った子ども二人が突然現れて、天皇の前に跪いた。そして彼らは涙を流しながら「この世界に、あなたがしばらく身を隠せる場所はありません。ただ

【3-1】1　現、京都府相楽郡笠置町にある真言宗の寺院。
2　寺院に寝泊まりしている僧侶たち。
3　公家の少年の髪型。左右に分けた髪を耳の辺りで輪の形に結う。

し、あの木の陰に、南向きの座席があります。これは、あなたのために設けた君主の座席ですので、しばらくはここに座ってください」と言って、天高く昇っていった。天皇は、そこで目が覚めた。

天皇は、これは天が自分に向けたお告げであると思い、文字について考えた。木に南と書くのは、楠という字である。その陰に南向きに座れと二人の子どもが教えたのは、自分がふたたび帝位に就いて、天下を統治するということを日天子と月天子が示しているのであろうと自ら夢解きをして、頼もしく思った。

夜が明けてから、天皇が笠置寺の衆徒である成就房律師を呼んで、「このあたりに楠と呼ばれる武士がいないか」と尋ねると、成就房は「近辺では、そのような名字がついている者がいるとは伺っておりません。ですが、河内国金剛山[4]の麓に、楠木多聞兵衛正成といって、弓矢を取って名声を得ている者がおります。これは、敏達天皇四代の孫である井手右大臣橘諸兄卿の末裔ですが、臣籍に降下して長年過ぎています。その母が若い頃、信貴山の毘沙門天[5]に参って、夢のお告げを受けて儲けた子どもなので、幼名を多聞といったのです」と答えた。天皇は、さては昨夜の夢のお告げはこれであると思い、「すぐにその正成を呼べ」と命じたので、万里小路藤房卿がこの命令を承けて、正成を召喚した。

天皇の使者が宣旨を持って楠木の屋敷に向かい事情を伝えたので、正成は天皇に直接頼りにされるほどの武士の名誉はこれに過ぎるものはないと思い、何も考えずにとにかくすぐに笠置へ向かった。

天皇は、万里小路中納言藤房卿を介して正成に「北条氏を征伐することについて、正成を頼りにして使者を派遣したところ、すぐに馳せ参じたのは大変うれしいことである。そもそも新しい天下を創るために、いかなる計略をめぐらせば、一気に勝利して平和をもたらすことができるだろうか。お前が意見をすべて言ってくれ」と命じた。

正成はかしこまって、天皇に述べた。「最近北条氏が陛下に対して反逆していることは、ただ天の責めを受ける所業ですから、衰退の兆候に乗じて天に代わって北条氏を処罰することには何の問題もありません。ただし、新しい天下を草創するには、武略と智謀の両方が必要です。武略については、日本全国六〇州あまりの軍勢を集結させ

4　現、大阪府南河内郡千早赤阪村と奈良県御所市の境にある山。

5　毘沙門天の別名が多聞天であることから、このように述べた。

たとしても、武蔵・相模両国に勝利することは難しいでしょう。ですが、智謀を比較すれば、鎌倉幕府の軍事力は、ただ鋭利な刃を砕き、堅固な甲冑を破ることしかできません。彼らを欺くのは簡単で、怖れるに足りません。一時の勝敗は戦争に付きものなので、これにこだわることはありません。正成がまだ生きているとお聞きになれば、陛下の御運はついに開かれたと思っていてください」。このように、実に頼もしげに答えて河内国へ帰っていった。

【4-4】和田備後三郎が落書を書いたこと

後醍醐天皇が隠岐島に向けて臨幸していた頃、備前国[1]の住人で、今木三郎高徳[2]という者がいた。天皇が笠置に籠城していたとき、この者も味方となって義兵を挙げようとしたが、それが実現する前に笠置が陥落し、楠木も討たれたと聞き、力をなくして沈黙していた。しかし、天皇が隠岐国へ移されると聞いたので、信頼できる一族を集めて会議を開いた。その場で高徳は、「『志のある者や仁義をわきまえる者は、命を捨てて仁を成し遂げることもある』[3]という。衛の懿公が北狄のために殺害されたのを見て、その臣の弘演という者は悲しみをこらえることができず、自ら腹を掻き切って懿公の肝を己の体内に収め、先君の恩を自らの死後に伝えた。[4]『正義の道を知りながら、それを実践しないのは勇気のないことである』と。さあ、天皇陛下の臨幸の路次で待ち伏せをして、陛下を奪って大軍を興し、屍を戦場に曝すこととなっても、我々の名声を子孫に伝えようではないか」と演説すると、皆「そのとおりだ」と賛成した。そこで、「路次の通行困難な場所で待ち伏せして、その隙を窺おう」ということで、備前と播磨の境界にある船坂山[5]の峠に隠れて、後醍醐が来るのを今か今かと待

【4-4】1　現、岡山県南東部。

2　和田備後守範長の子。和田三郎、児島三郎、三宅三郎とも名乗る。後醍醐天皇の忠臣。

3　『論語』巻八「衛霊公篇」による。

4　唐の太宗が臣下と行った政治上の議論をまとめた『貞観政要』に、弘演が懿公の肝を自分の体内に収め、君主の恩を死後に伝えた故事が載る。

5　現、兵庫県赤穂郡上郡町梨ケ原と岡山県備前市三石の境にある峠。

ち受けた。

しかし、臨幸があまりに遅いので、人を走らせて様子を見させると、天皇を警備する武士たちが山陽道を行かず、播磨の今宿(いまじゅく)[6]から山陰道に入ったことがわかった。高徳の目論見(もくろみ)は外れたのであった。「ならば、美作(みまさか)[7]の杉坂(すぎさか)がちょうどよい山なので、ここで天皇を奪おう」ということになって、三石(みついし)[8]の山から斜めに、道もない山の雲が立ちこめるのを越えて杉坂に出たが、「すでに天皇は院庄(いんのしょう)[9]を過ぎた」との報が届いた。皆がっかりして、ここから散り散りとなってしまった。高徳はせめて何とかして自分の思いを天皇の耳に届けたいと思って、粗末な身なりで潜行して隙を窺ったが、その隙もなかったので、後醍醐が宿泊している宿の庭にあった大きな桜の木を削って、大きな文字で一句の詩を書いた。

天勾践(こうせん)を冗(いたずら)にすること莫(な)かれ
時に范蠡(はんれい)無きに非(あら)ず[10]

(天は、勾践を無駄死にさせるようなことをしてはならない
現代は、幸いにして范蠡のような忠臣がいないわけではないのだから)

朝、警備の武士たちがこれを見つけ、何を誰が書いたのだろうかと持てあましている間に、このことが天皇の耳に入った。天皇はすぐに詩の意味を理解して、非常によい気分になって笑みを浮かべたが、武士たちはその意味がわかる者もいなかったので、これを咎(とが)めることもなかった。

6　現、兵庫県姫路市今宿。
7　現、岡山県北東部。
8　現、岡山県備前市三石。
9　現、岡山県津山市院庄。
10　『史記』に見える越王勾践と、その忠臣范蠡の故事を前提にしている。

【5-4】相模入道が田楽を好んだこと

またその頃、洛中で田楽が非常に流行して、身分の高い者も低い者も皆これに熱中した。相模入道高時[1]はこれを聞いて、新座・本座[2]の田楽役者たちを鎌倉に呼び、毎日朝から晩までこれを楽しむのに余念がなかった。熱中のあまり、主立った大名たちに役者を一人ずつ預けて芝居の衣装を用意させた。大名たちは、これは○○殿の田楽役者、あれは○○殿の役者などと言って、金銀や宝石をつけたり、綾・薄絹・錦・刺繍などで豪華に飾ったりした。彼らが宴会で一曲歌えば、相模入道を筆頭に、見物している一族大名が、周囲に負けないように直垂や大口[3]を脱いで投げ、役者に褒美として与えた。これらを集めて積むと、山のようになった。これに浪費された金額は、幾千万にのぼるかわからなかった。

ある夜、小さな宴会があった。相模入道が酒を数杯飲んだだけで酔っ払い、立ち上がって舞い続けたことがあった。若者がおもしろがってする舞でもなく、ばかばかしい冗談の戯れでもなく、四〇歳あまり[4]の年老いた入道が泥酔して正気を失って始めた舞であったので、大して風情もなかった。だが、新座・本座の田楽役者一〇人あまりが突然どこからともなく現れ、高時とともに歌い踊り始めた。その様子は、とてもすばらしいものであった。しばらくして、拍子を変えて、「天王寺(てんのうじ)の妖霊星(ようれいぼし)[5]を見よ」と囃(はや)す声が聞こえてきた。この声を聞いた官女が、あまりのおもしろさに破れた障子からこれを覗くと、新座・本座の田楽役者と思っていたのは、一人も人間ではなかった。くちばしが曲がったトビのような者や、体に翼が生(は)えて頭が山伏のような者もいた。ただ異様な怪物どもが、姿を人間に変えたものであった。

官女はこれを見て、あまりに不思議に思ったので、人を走らせて城入道(じょうのにゅうどう)安達時(あだちとき)顕(あき)[6]に知らせた。城入道が大急ぎで中門(ちゅうもん)を足音高く歩く足音を聞いて、かの怪物ども

【5-4】1　北条高時のこと。
2　寺社の祭礼等で行われる芸能である田楽の座。「本座」は京都の宇治白河(しらかわ)の田楽で、「新座」は奈良の田楽。
3　「直垂」は、武士の平常服。「大口」は、大口袴のことで、裾の部分が大きく開いている。
4　高時の生没年（一三〇三〜一三三三年）から、実際には三〇代前半である。
5　以下に述べられる妖怪のような存在「妖霊星」と、天王寺に縁のある「弱法師(よろぼし)」（能「弱法師」の舞台が天王寺）との掛詞(かけことば)。

はかき消すように消えてしまった。相模入道は、前後不覚になって酔いつぶれていた。照明を掲げて遊興の座席を調べると、踏み汚された畳の上に鳥獣の足跡がたくさんあり、天狗が集まったもののようであった。城入道はしばらく何もない空間をにらんで立っていたが、目に映るものはまったく何もなかった。しばらくして、相模入道が驚いて目を覚ましたが、ぼんやりとして状況をまったく把握していなかった。

後に、藤原南家の儒者である刑部少輔仲範[7]がこのことを伝え聞いて、「天下がまさに乱れようとするときに、妖霊星という不吉な星が出現して、災いを及ぼすという。だが、天王寺は日本で仏法が最初に興隆した霊地で、聖徳太子が自ら日本の予言書を記した場所である。つまり、かの怪物どもが『天王寺の妖霊星』と歌ったのは、天王寺のあたりから天下の戦乱が起こって国家が滅亡するということではないだろうか。ああ、国王は徳を治め、武家は仁政を施して、戦乱を防ぐ政策を遂行してもらいたい」と予想したのであるが、果たしてそのとおりの世の中となってしまった。かの仲範が事前に悲惨な未来を予知したその博識は、すばらしいものであった。

【5-5】 犬について

相模入道は、このような妖怪にとどまらず、ますます珍妙なものを愛することに忙しかった。

あるとき、庭の前に犬たちが集まって噛み合っているのをこの禅門（高時）は見かけ、おもしろいと感じて猛烈に入れ込み始めた。すぐに諸国に命じ、国の公式の課税として犬を集めたり、権勢を誇る武家や公家に犬の供出を命じたりした結果、諸国の守護・国司や名門の大名たちが犬を一〇匹二〇匹と飼育して、鎌倉へ進上した。魚や鳥を犬のえさとし、犬をつなぐ鎖に金や銀を使ったので、とてつもない資源の浪費であった。犬を輿（こし）に乗せて道を進んだので、急ぎの通行人も馬を下りて犬に跪（ひざまず）き、労働に励む農民も輿の担い手に徴発されてこれを担いだ。このように、高時はたいそう

6 秋田城介（じょうのすけ）で、北条高時の舅にあたる。鎌倉幕府寄合衆の中心人物。
7 鎌倉に住んだとされる儒学者。

な犬の愛玩ぶりだったので、肉を食い飽きて錦を着た犬が鎌倉中に満ちあふれ、その数は四～五千匹にも達した。

一月に一二回も闘犬の開催日に定められたので、北条一門の諸大名だけではなく、御内人[1]や外様の御家人たちが、建物に並んで座ったり、庭に跪いたりしてこれを見物した。そのとき、二つのチームの犬たちを一〇〇～二〇〇匹ずつ放って戦わせたので、犬が互いに入れ違ったり追いかけあったり、上になったり下になったり、嚙み合う鳴き声が天を響かせ、地を揺るがせた。心ない人はこれを見て、「ああおもしろい。戦場で雌雄を決するのに異ならない」と思い、知恵のある人はこれを聞いて、「ああいまいましい。荒野で犬が死体を喰い争っているようだ」と悲しんだ。人々の感想はさまざまであったが、それはすべて争いや死の前兆であって、あきれた振る舞いであった。

【5-7】大塔宮が般若寺の経櫃に入ったこと

大塔二品護良親王[1]は、笠置城に籠城する後醍醐天皇の安否を知るために、南都の般若寺[2]に潜伏していたが、笠置城はすでに陥落して、天皇も捕らえられたと伝え聞き、自らにも危機がせまった。天地は広くても身を隠す場所もなく、太陽や月が明るくても、長い夜の暗闇に迷うような心地がした。護良は、昼は野原の草に隠れて、露の深い草むらでウズラと競うように涙を流し、夜は人里離れた村にたたずんで、人の気配に吠えかかる里の犬に心を悩まされた。

どこにいようと心安まる場所はないが、般若寺のようなところでもしばらくは身を

【5-5】1　北条得宗家の家来のこと。「得宗」とは執権北条氏の宗家（当主）を指す。北条義時の法名に由来する。

【5-7】1　大塔宮護良親王（一三〇八～三五年）のこと。後醍醐天皇の皇子で、出家して天台座主となり、「尊雲法親王」と号したが、この時は還俗して「護良親王」と名乗っていた。

2　現、奈良県奈良市般若寺町にある寺。真言律宗。

潜(ひそ)めていようと思っていたところ、興福寺一乗院の僧侶である按察法眼好専(あぜちのほうげんこうせん)[3]が、どのようにして護良潜伏の情報をつかんだのであろうか、五〇〇騎あまりの武士を率いて、未明に般若寺へ押し寄せてきた。たまたま宮に付き添う者が一人もいなかったので、防戦して宮を逃がすこともできなかった。兵もすでに隙間もなく寺内に充満していたので、紛れて逃れる術もなかった。護良は、であるならば自害しようと思い、上半身裸になったが、本当に詰んでから腹を切るのは簡単であるが、まだ助かる可能性があるのならば隠れてみようと思い直した。仏殿の方を見ると、読みかけの大般若経を入れる唐櫃(からびつ)が三箱あった。そのうち、二箱にはお経が入って蓋(ふた)が開いていなかった。残る一箱の櫃からお経が半分以上取り出されて、蓋もされていなかった。護良は、この蓋の開いた櫃の中へ体を縮めて入り、上にお経を引きかぶって、隠形(おんぎょう)の呪文(じゅもん)[4]を心の中で唱えていた。発見されたらすぐに突き立てようと思い、氷のように鋭い刀を抜き、腹に押し当て、兵の「ここにいるぞ」と叫ぶ一言を待っていたときの護良の心情は、到底誰も正確に推し量ることはできないだろう。

そうこうしているうちに、武士たちが仏殿に乱入し、仏壇の下から天井の上まで残らず捜索したが、どうしても護良を見つけることができず、「こういう形のものが怪しい。その大般若の櫃を開けてみよう」と言って、蓋がされている二個の櫃を開けて、中の経典を皆取り出し、底まで返して確認したが護良はいなかった。「蓋が開いたその櫃は見るまでもないだろう」と、兵は全員寺から出て行った。宮は不思議にも命が助かって、夢の中で虎の尾を踏んだような気持ちでなお櫃の中に潜んでいたが、もし兵がまた戻って詳しく調べることもあるかもしれないと考えた。そこで、さっき兵が探していた櫃の中へ移動していた。案の定、武士どもがまた仏壇に戻ってきて、「さっきは蓋の開いていた櫃をろくに調べなかったが、気になるな」と言って、お経をすべて取り除いてみたが、宮はいなかった。探した武士がからからと笑って、「大般若の櫃の中をよくよく探したが、大塔(おおとう)宮はいなくて、大唐の玄奘三蔵(げんじょうさんぞう)しかいなかった」とふざけたので、その場にいた武士たちは皆どっと大笑いして、門の外へ出て行った。護良は、こうして自分の命が助かったのは、ひとえに摩利支天(まりしてん)[5]の冥応(みょうおう)か、または十六善神(ぜんしん)[6]のご加護のおかげであると、信心を肝に銘じ、感激の涙を流して衣を湿らせた。

3　未詳。
4　兵法(へいほう)として用いられた呪文で、姿を隠すために唱えられた。
5　陽炎を神格化した女神。常に身を隠し勝利を司るため、日本の中世には武士の守護神とされた。

【6-5】聖徳太子の『未来記』について

楠木正成はふたたび天王寺に進出し[1]、猛威を振るった。しかし、民衆には迷惑をかけず、味方の兵士にも礼儀を尽くしたので、近国は言うまでもなく、はるか遠い地方の豪族も噂を聞いて馳せ加わり、その勢力は徐々に強まった。今となっては、京都から容易に討伐軍を派遣することは困難と思われた。

八月三日、正成は住吉大社を参拝し、神馬（じんめ）三匹を奉納した。

翌日、正成はふたたび天王寺を参詣し、白鞍（しらくら）を置いた馬と白覆輪（しろぶくりん）の鎧（よろい）[2]一領を献上した。これは、大般若経の転読を依頼するためのお布施（ふせ）であった。仏事が無事に終わり、長老の僧侶が転読した経典の目録を持ってきた。楠木はこれと対面し、次のように依頼した。「正成が不肖（ふしょう）の身でありながら倒幕の一大事を思い立ったことは身の程をわきまえないことのようであるが、天皇の命令が重いという道理を知っているので、命が危険であることを忘れてこの戦いに参加した。しかるに、二度の戦争に少しばかり勝利を収めたので、招集していない諸国の兵も味方に加わっている。これは、天が私に時を与え、仏や神が見守ってくださっているのだと思う。伝え聞くところによれば、聖徳太子が日本一国の将来を考えて、『未来記(みらいき)』という予言書を書き記したとのことである。これは本当であろうか。差し支えなければ、現代のことを述べている巻だけでいいので拝見したい」。長老は「聖徳太子が逆臣物部守屋(もののべのもりや)を誅殺(ちゅうさつ)し、この寺を建立(こんりゅう)して仏法を広められた後、神代より持統天皇の時代までを記した三三巻[3]の歴史書を『先代旧事本紀(せんだいくじほんぎ)』と名付けて、卜部宿禰(うらべのすくね)家が専門の家としてこれを代々伝えてきました。このほかに、一巻の秘密の書物が伝えられております。これは、持統天皇

6　一六ある大般若経の守護神。

【6-5】1　楠木正成は、すでに元弘二年（一三三二）に和泉と河内を征服した後、天王寺に向かい、攻撃をしかけていた（『太平記』巻六の二）。この話を受けて「ふたたび」とある。

2　「白鞍」は、縁(ふち)の部分を銀で装飾した鞍。「白覆輪の鎧」は、胴の金具が銀で縁取りされた鎧。

3　『日本書紀』と混同したことによる記述と思われる。『先代旧事本紀』は推古天皇までの事跡を記した全一〇巻の歴史書。

より現代に至るまでの、代々の天皇の事績や天下の戦争を記録したものでございます。たやすく人に見せるものではありませんが、特別にこっそりお見せいたしましょう」と答えて、すぐに貴重品を納める倉庫の銀製の鍵を開けて、金の軸の巻物一巻を取り出した。正成が喜んでこれを開いて読むと、不思議な記録が一段記されていた。

第九六代に当たる天皇の時代に、天下が一度乱れて、政権が安定しなくなる。このとき、東から魚が来て、日本国を飲み込んでしまう。太陽が西の空に沈んでから三七〇日あまりが経った頃、西から鳥が飛んできて、東の魚を食べる。その後、日本国内が統一されて三年経つと、大猿のような者が天下をかすめ取る。その二四年後、非常に悪いことが変じて、元の平和に戻る。

正成は、この文章についてじっくり考えた。後醍醐天皇が、第九六代の天皇にあたる。「天下が一度乱れて、政権が安定しなくなる」とあるのは、まさに今のことであろう。「東から魚が来て、日本国を飲み込んでしまう」とは、逆臣相模入道（高時）の一類だろう。「西から鳥が飛んできて、東の魚を食べる」というのは、鎌倉幕府を滅ぼす人がいるということだ。「太陽が西の空に」は、天皇が隠岐国に流されたことを指すのだろう。「三七〇日あまり」とあるのは、来年の春頃に、必ず天皇が隠岐より戻ってきて、ふたたび帝位に就くということなのだろう。正成は以上のように文章の意味を考えて、北条の天下が覆るのも間近に違いないと頼もしく思ったので、一振の金細工の太刀を僧侶に与えて、この未来記をまた元の倉庫に納めさせた。

後に振り返ると、正成が考えたことは、少しも違っていなかった。これは、まことに仏が具現化した偉大な権力者（聖徳太子）が未来を見通して記した書物であるが、その内容は夏・殷・周の中国王朝の交代の道理とまったく同じであるので、不思議な予言書である。

【6-9】赤坂城の戦いについて—また、人見と本間が戦死したこと

赤坂城へ向かった赤橋右馬頭[1]は、後続の軍勢を待つために天王寺に数日間滞在し、

「来る二月三日の正午に赤坂城の攻撃を開始する。これを破り、抜け駆けで攻撃する者は処罰する」旨を全軍に通達した。

幕府軍に、武蔵国の人見四郎入道恩阿という武士がいた。彼は本間九郎に次のように語った。「味方の軍勢は雲霞のように多いので、敵の城を攻め落とせることは疑いない。しかし情勢を考えてみると、北条氏が天下を獲ってすでに七代に及んでいる。月が満ちればやがて欠けていくという天の道理を逃れることができる者はいない。その上、彼らは臣下でありながら天皇陛下を流罪にするなど、今までに悪行を積み重ねているので、必ず滅亡するであろう。恩阿は愚か者であるが、幕府の恩を受けて、すでに七三歳になった。今後、たいした望みもない身で、無意味に長生きして幕府の滅亡を見届けるのも、老後の恨みや臨終の支障となるだろう。そこで私は明日の合戦で先駆けして真っ先に戦死して、自分の名を後世まで残そうと思っている」。これを聞いた本間九郎は、内心ではそのとおりだと思いながらも、今度の戦いでは誰よりも先に攻め寄せたいと考えていたので、「つまらぬことをおっしゃるものですな。これほどの大乱戦で、無駄に先駆けをして戦死したとしても、たいした名誉とは言われますまい。私はただ人並みに普通に行動したいと思っております」と答えると、恩阿は非常に冷めた様子になって本堂の方へ向かった。本間はこれを怪しく思って、人に後をつけさせてみると、人見は筆記用具を取り出して、天王寺の石の鳥居に何か一筆書きつけて、自分の宿舎へ帰っていった。これを聞いた本間は、やはり思ったとおりだ、この者に明日先駆けをさせてなるものかと警戒し、まだ日が暮れて間もない頃から、ただ一騎でひそかに東条を目指して向かった。

本間は石川河原(いしかわがわら)[2]で夜を明かし、翌朝霞の隙間から南の方角を見ると、紺色の唐綾(からあや)の鎧[3]に白い母衣(ほろ)[4]を着た武者(むしゃ)がただ一騎、鹿毛(かげ)[5]の馬に乗って赤坂城へ向かっていた。何者であろうと、馬に乗って近づいて見ると、人見四郎入道恩阿であった。人見は本間を見て、「夕べあなたが言ったことを本当のことだと思っていたら、私は孫ほど年下の人間に出し抜かれていたであろう」とからからと笑って、そのまま馬を速めた。本間

【6-9】1 鎌倉幕府軍の大将。赤橋は北条家一門。
2 現、大阪府富田林市内を流れる、石川の河原。
3 中国、唐の綾糸を細く裁ち、たたみ重ねて縅(おど)した鎧。縅は348ページ参照。
4 矢に射られるのを防ぐため、背中にかけた大きな布。
5 馬の毛色の名前。全体は茶褐色で、たてがみと尾、脚の下部が黒い。

は人見の後に追いついて、「今はおたがいに先を争っても仕方ありますまい。同じ場所で屍をさらし、冥途までもごいっしょいたしますよ」と言うと、人見は「言うまでもない」と返事して、話をしながら進んだ。赤坂城に近づくと、二人の武士は馬を並べて駆けだし、堀の縁まで攻め寄せ、鐙[6]を踏ん張って弓を杖のようにして突いて、大声をあげてこう名乗った。「武蔵国の武士人見四郎入道恩阿、年を重ねて七三歳、相模国の武士本間九郎資頼三七歳、鎌倉を出た当初から、軍の先陣を駆けて、死体を戦場に埋めたいと思ってやってきた。城中で我と思う者は出てきて我々と戦い、我々の武勇がどの程度であるかをご覧あれ」とそれぞれ叫んで、城をにらんで待機した。

城中の兵たちはこれを見て、「これこそ、坂東武者の風情であることよ。彼らは熊谷・平山が一ノ谷の合戦で先陣を争った『平家物語』の故事を聞いてうらやましく思っている者たちなのであろう。彼らの後に続く武者もいない。また、それほど名のある武士でもないようだ。あぶれて怖いもの知らずの武者と戦って、命を失っても何になろう。ただ放っておいて様子を見よう」と思って、皆鳴りを潜めて返事もしなかった。人見は腹を立て、「我ら二人、早朝からやってきて名乗っても、城中より一本の矢も射てこないのは、臆したのか、それとも侮っているのか。そういうことならば、我々の武芸を見せてやろう」と言いながら、馬から飛び降りて、堀の上に渡してあった細い橋をさらさらと走って渡り、二人で出塀[7]の死角に隠れて城門を破ろうとした。城中は、これを見て騒いで、矢倉の上から矢を雨が降るように射たので、二人の鎧に蓑に編んだ菅や茅のように突き刺さった。本間も人見も、もともと討ち死にしようと出てきたので、一歩も引き返すことはなく、命の限り戦って、二人で同じ場所で戦死した。

ここまで付き従い、最期の臨終の念仏を唱えた僧侶が、本間の首をもらい受けて天王寺へ持ち帰り、本間の子息源内兵衛資忠に、父親の様子を最初から最後まで語って聞かせた。資忠は父の首を一目見て、無言でむせび泣いていたが、何を思ったのだろうか、鎧を取って肩に投げかけ、馬に鞍を置いて、ただ一人で出かけようとした。聖は怪しく思って、資忠の鎧の袖を引き留め、堅く止めてこう言った。「これはどういうことでございますか。御父上も、この合戦で先駆けして、単に名前を天下の人に

6　馬の左右に掛け、馬に乗る人が足を踏み乗せるもの。
7　物見や矢を射る際に便利なように、あるいは下から登りにくくするために、一部を外に突き出した塀の部分。

知られたいと思うだけであったならば、親子で連れ立って向かったでしょう。しかしそうではなく、命を相模殿（北条高時）のために捨てて、恩賞を子孫の繁栄のために残そうと思ったからこそ、人よりも先に戦死したのでございます。それなのに、深く考えることもなく、あなたまで敵陣に突撃して父子ともに戦死してしまえば、死者を弔い、その恩賞を受け取る者が誰もおりません。子孫が末永く栄えることが、父祖に孝行をする道と言います。御悲嘆のあまり、むやみに死をともにしようと思うのもごもっともなことですが、ここは思いとどまってください」。これを聞いて資忠は、涙を押さえて、着ていた鎧を脱いだ。僧侶は自分の制止を聞いてくれたとうれしく思い、本間の首を小袖に包んで、葬式を行うために近くの墓地へ向かった。

その間に、今は止める者がいないので、資忠は聖徳太子を祀る御堂の前に参り、「今回の生涯の栄華は、今日を最期に死ぬので、祈ることはありません。ただ、観音菩薩の慈悲の誓いが本当なのであれば、親が戦死した戦場の、同じ墓の下に埋まって成仏し、九品安養の浄土[8]に生まれ変わらせてください」と泣きながらお祈りをして、夜になると出発した。通りがかった石の鳥居を見ると、父とともに戦死した人見四郎入道恩阿が書きつけた和歌があった。和歌こそ本当に、後世までの逸話として記録しておくべきことだと思ったので、資忠は右手の小指を嚙みきって、その血で一首をまた書き添えて、赤坂へ向かった。

城が近くなったので、資忠は馬から下り、弓を脇にはさんで城門をたたき、「城中の人々に申したいことがあります」と言った。しばらくして、兵が一人、矢倉の小窓から顔を出して、「どなたでいらっしゃいますか」と尋ねた。資忠は「私は、今朝この城に向かって戦死した本間九郎資頼の嫡子源内兵衛資忠という者でございます。親というものは子を憐(あわ)れむあまりに心迷うものなので、父は子とともに戦死することを悲しんで、我々には知らせずに、ただ一人で討ち死にしてしまいました。冥途に同行する者もなく、四十九日の道に迷っているだろうと思うので、私は父と同じく戦死して、冥途までも孝行したいと思って、ただ一人でここにやってきたのでございます。城の大将にこのようにお伝えいただき、城門を開いてください。親である者が戦死した場所で同じく死んで、この望みをかなえたいと思います」と丁重にお願いし、涙ぐみながら立っていた。第一の城門を守っていた五〇人あまりの兵は、資忠の志の高さ

8　西方浄土(さいほうじょうど)。極楽浄土。往生する者と浄土に九つの階層があるという考えからこの言葉がある。

や親子の道義に従うけなげさに感動し、すぐに門を開いて、逆茂木[9]を撤去した。資忠は城中に駆けて入り、五～六〇騎の敵と火花を散らして斬り合ったが、ついに父が討たれたのと同じ場所で、刀を口にくわえて、馬から逆さまに飛び降り、刀に貫かれて死んだ。

惜しいかな、父の九郎は並ぶ者のいない弓馬の達人で、国のために重要な人物であった。また、資忠は前例のない忠孝の勇士で、家のために名誉を重んじた人物だった。人見は年老い、年齢を重ねていたけれども、道義をわきまえて天命を知り、時勢の変化に従って命をまっとうした。この三人が同時に戦死したという噂が流れたので、彼らを知る者も知らぬ者も皆嘆き悲しんだ。

すでに先陣の兵が抜け駆けで赤坂城へ向かって戦死した報告を受け、大将の赤橋右馬頭はすぐに天王寺から出陣した。聖徳太子の御堂の前で馬から下りて石の鳥居を見ると、まず左の柱に、

花さかぬ老木の桜朽ちぬともその名は苔の下にかくれじ

（年老いた桜は花を咲かせずに枯れてしまうが、その名は苔の下に残るであ

ろう）

という一首の和歌と「武蔵国の武士人見四郎入道恩阿、老年七三にして、正慶元年（一三三二）[10]二月二日、赤坂城に向かい、幕府の恩に報いるために戦死した」という文章が書かれていた。右の柱には、

まてしばし子を思ふ闇にまよふらむ六の岐の道しるべせむ

（しばらくお待ちください。子を思って心迷っている父上のために、私が冥途の六道[11]の道案内をいたしましょう）

と詠んで、「相模国の武士本間九郎資頼の嫡子源内兵衛資忠、生年一八、正慶元年二月二日、父の遺体を枕にして、同じ戦場に命を捨てた」と記されていた。父子の恩義

9　敵の侵入を防ぐため、とげのある木の枝を外向きに結った柵。
10　史実では正慶二年（一三三三）。
11　仏教の六道（地獄道・餓鬼道・畜生道・修羅道・人間道・天道）。

と君臣の忠貞が、これら二首の和歌に顕れていた。骨は黄色い土を盛った小さなお墓の中で朽ち果ててしまっても、名は残り、晴れわたった大空よりも高く輝くであろう。現在に至るまで、その石の鳥居に残された三十一文字の和歌を見た人で、感動の涙を流さぬ者はいなかった。

そうこうしているうちに、右馬頭は八万騎の軍勢で赤坂城へ押し寄せ、城の周囲二〇町あまりを雲霞のように包囲し、まず鬨の声を三度上げた。その響きは、山を動かし、地を震わせ、崖もたちまち裂けてしまうかと思うほどのすさまじさであった。赤坂城の三方は、崖が高くそびえ立ち、屛風が立てられたかのようであった。南だけが、少し幅がせまい平地に続いており、それを幅と深さが一四〜五丈ほどの堀で遮断し、崖の突き出たところに城柵を造り、その上に矢倉を建てて並べていたので、いかなる怪力で敏捷な者であっても、簡単に近づいて攻められる様子ではなかった。しかし攻撃軍は大軍であったので、これを軽く侮って、ろくに楯も並べず、敵の矢の正面に進んで、堀の中に走って下り、切り立たせた崖を登ろうとしたところを、柵の中から選りすぐりの射手が矢尻をそろえて思いどおりに矢を射たので、毎日の死傷者が五〜六千人にものぼった。しかし、攻め手はこれを苦にせず、次々に新手を繰り出して一三日間昼も夜も攻め続けたが、城は少しも弱体化せず、いよいよ戦意旺盛となった。

ここに、播磨国の武士吉川八郎という者が、大将右馬頭の前に進み出て、こう進言した。「この城の様子は、ただ力で攻めるだけでは、何年かかっても落とすことはできないでしょう。楠木はこの一～二年間で和泉・河内を統治してたくさんの兵糧も備蓄しておりますので、それも簡単には尽きないでしょう。これについて愚考しましたが、この城の三方は谷が深く、地面が続いていません。残る一方が平地で、しかも山が遠いです。どこから水を取り入れているのかわかりませんが、火矢で矢倉を射ても、消火ポンプで何度も消してきます。最近は雨も降っていないのに、これほどまでに水がたくさんあるのは、おそらく南の山の奥から地底に水道を通し、城内に水を入れているのだと思います。ぜひ人夫を集めて、山の裾を掘らせてみてください」。これを聞いた大将は、「なるほど、この意見はもっともだ」と思い、すぐに人夫を四～五千人集め、城へ続く山の尾根を一文字に掘り切らせてみた。すると案の定、地底二丈あまりに樋をかけて、石を畳んで、その上を槙瓦[12]で覆い、一〇町あまり外から水を引いていた。この水を止めてからは、城内は水が少なくなり、軍勢も喉の渇きに耐えられなくなった。

それでも四〜五日間は草の葉についた朝露を舐めて耐え凌ぎ、夜は冷たい土の上で寝て、雨を待ったが降らなかった。攻撃軍は、これで有利となって休みなく火矢で矢倉を射たので、城の正面の矢倉二基が焼け落ちた。城中の兵は、一三日間も水を飲まなかったので、今は精根尽き果て、防戦の手段もなくなった。彼らは「どうせ死ぬのならば、まだ力が残っているうちに城の外に打って出て、敵と刺し違えて思うとおりに討ち死にしよう」と思って、城門を開くと同時に打って出ようとした。これを見た城の守将平野将監入道が高矢倉から走って下り、城兵の鎧の袖を押さえて次のように制止した。「軽はずみなことをするな。今はこのように力尽きて、喉が渇いた状態でよろめいて出て行っても、望む敵に出会えることはないだろう。身分の低い家来や従者たちに生け捕られて、恥をかくのも情けないことだ。現在の情勢をよくよく考えてみると、吉野と金剛山の城はいまだに防戦に努めて決着がついていない。西国の戦乱も、まだ収まっていない。今後降参する者に後悔させないためにも、幕府は今降伏した者をまさか処刑することはあるまい。我々はとても勝ち目がないので、ここは謀っていったん投降して、もし幕府が優勢になれば、幕府に忠誠を尽くして反乱を起こした罪を償い、味方が強くなれば、元のようにまた寝返って運を切り開くべきだ。

死んだ者が生き返ることはない。この戦争の結末はまだわからない。ただしばらく命だけは全うして、時を待つのがよいと思うが、お前たちはどう思うか」と。兵士たちは皆、心は猛々しかったが、さすがに命は惜しかったのであろう、平野の意見に同意して、その日は討ち死にするのをやめた。

こうして翌日、戦闘の最中に平野入道は高矢倉に上り、「攻撃軍の大将に申し入れたいことがございます。しばらく戦闘を中止し、私の話を聞いてください」と言った。大将は渋谷十郎を派遣して、平野の話を尋ねさせた。平野は城門に出て、こう述べた。「我々は、楠木が和泉・河内の両国を平定して猛威を振るっていたので、いったん難を逃れるために、不本意ながら敵となったのでございます。この事情を京都に伺って申し上げようと思っていたところに、このように大軍で攻めてこられましたので、武士である者の習性で、恐れながら一戦を交えたのでございます。この罪をお許しいただきたいと思いますので、首を差し出して降伏したいと思います。もしお許しにならないのであれば、無力ながら命の限り戦い、屍を陣中にさらす所存であります。

12　ヒノキやスギで作成した樋を覆うための道具。

この旨を大将にお伝えいただいて、ご判断を承りたく存じます」。渋谷は戻ってこのことを報告した。大将は非常に喜び、従軍の武士に本領安堵（ほんりょうあんど）の御教書（みきょうじょ）[13]を発給し、特に功績のあった者には恩賞を拝領できるように幕府上層部に推薦すると答えて、戦闘を中止した。城に籠城していた二八二人の兵士は、明日死ぬ命とも知らず、喉が渇いた耐えがたさに、全員投降して城を出たのである。

長崎九郎左衛門師宗（ながさきくろうざえもんもろむね）は、彼らを請け取って、まず降参人を扱う法律に従い、防具や太刀・刀を没収し、両手を背に回して縛り上げ、六波羅探題に引き渡した。投降した者たちは、「こうなるとわかっていたら、ただ戦って戦死したものを」と悔やんだが、もう後の祭りであった。数日後に京都に到着し、六波羅に抑留した。そして、「まず戦争の手始めに、彼らを軍神に生け贄（いけにえ）として捧（ささ）げ、今後の見せしめにしよう」と投降者たちを六条河原に引き出して、一人も残さず首を刎（は）ねて晒（さら）した。吉野と金剛山に籠城していた敵は、いよいよ獅子（しし）のように歯を噛みしめて怒り、以降幕府軍に降伏しようとする者はいなくなった。

【7-2】村上義光が大塔宮に代わって自害したこと

正面の戦闘が急を要すると思われた。[1] 敵と味方の鬨の声が交じって聞こえ、村上彦四郎義光がその戦いに自ら挑んだ。鎧の一六カ所に矢が刺さり、その様子は冬に枯れ残った草が風に吹かれて折れたようであった。その状態で、義光は大塔宮の前に参って、次のように述べた。「正面の第一の城門が、ふがいなく攻め破られました。そこで第二の城門で数時間防戦に努めましたが、城内でさびしく酒盛りをされる声が聞こえてきましたので、こうしてやって参りました。敵はすでに優勢で味方は疲労しておりますので、この城で防戦することはもはや不可能となったと考えます。敵の軍勢が尾根伝いに完全に包囲してくる前に、一方を突破して、ひとまずは逃げるべきです。

13　先祖伝来の土地所有権を保証する、幕府の公式文書。

【7-2】1　元弘三年（一三三三）一月に、護良親王が籠城する吉野城は、幕府軍に背後から奇襲攻撃を受けた。そのため護良親王側にとって正面の戦いが急務だった、ということ。

2　大塔宮護良親王に仕える、信濃国出身の武士。村上信泰の子。

しかしながら、ここに残って戦う兵がいなければ、敵は殿下が逃げたことを知って、どこまでも追いかけてくるでしょう。畏れ多いことではありますが、殿下がお召しになっている錦の鎧・直垂と武器を私にください。殿下の身代わりとなって敵を欺きたく存じます」と。宮は「どうしてそんなことができるか。死ぬのなら、同じ場所で死のう」と拒否したが、義光は声を荒らげて、「漢の高祖が滎陽で敵軍に包囲されたとき、紀信が高祖のふりをして楚をだまそうとしたのを高祖は許しませんでしたか。[3] こんなにふがいないお考えで、天下の大事を志していたとは情けない。さっさと鎧を脱いでください」と言って、護良の鎧の上帯をほどいた。宮もこれを聞き、そのとおりだと思った。そこで甲冑を直垂まで脱いで義光の鎧と取り替えて、「もし私が生き延びられたら、お前が死後に浄土に行けるように祈ってやろう。ともに敵の手にかかって死んだら、冥途までいっしょに行こう」と涙を流した。そして、勝手明神の前を南へ向かって逃げのびていった。義光は第二の城門の高矢倉に登って、宮の後ろ姿を見送り、宮がはるか遠くに離れたのを確認した。そして今だと思って、矢倉の小窓の板をすべて切り落とし、自分の身をあらわにして、こう叫んだ。「私は天照大神の子孫、神武天皇以降九六代の帝である後醍醐天皇の第三皇子、一品兵部卿親王尊仁（ひと）である。逆臣によって皇族の権威を犯された恨みをあの世で晴らすために、今から自害する様子を見せよう。貴様らの武運もすぐに尽きるだろうから、そのときに腹を切る手本にせよ」。言い終えると、義光は鎧を脱いで矢倉から投げ落とした。それから練貫（ねりぬき）[4]の二枚重ねの小袖を脱いで上半身裸となり、錦（にしき）直垂の袴ばかりの姿となった。そして白くきれいな肌に刀を突き立て、左の脇腹から右の脇腹まで一文字に切り、内臓を中から取りだして矢倉の板に投げつけ、刀を口にくわえてうつ伏せに倒れた。正面と背後から攻め寄せていた敵はこれを見て、「おお、大塔宮が自害したぞ」と言って、我先に護良の首を取ろうとして、四方の包囲を解いて一カ所に集まってきた。その間に、本物の宮は入れ違いに天川（てんのかわ）[5]の方へ落ち延びていった。

しかし、南から迂回してきた吉野の執行（しぎょう）[6]の軍勢五〇〇騎あまりが鎌倉幕府軍に味方し、彼らの道案内を務めた。そのため幕府軍は護良を追い越し、優勢な地点に回り

3　この逸話は、『史記』「項羽本紀」にある故事を踏まえる。
4　縦糸を生糸で、横糸を練り糸で織りあげた絹布。
5　現、奈良県吉野郡天川村。
6　寺務を行う僧侶。

込んで、護良の進軍を阻止しようと包囲してきた。この危機を救ったのは、村上彦四郎義光の子、兵衛蔵人義隆であった。この義隆は、父の義光が宮の身代わりとなって第二の城門の矢倉で自害しようとしているのを見て、走り寄って父とともに腹を切り、冥途の供をしようとしていた。しかし、父が大声でこれを諫めて、こう言った。

「宮のピンチは、ここだけでは終わるまい。敵が宮を追跡すれば、無事に逃げることは難しいだろう。細道の要所要所の木陰や岩の陰を楯にして、敵の攻撃を踏みとどまって防戦し続け、何としても宮を逃すように、忠誠を尽くすべきだ。防戦できなくなったら、そのときこそ自害して、宮の身代わりとなれ。今ここで自害するのは、無用の死である。お前は急いで宮に追いついてお供をせよ」。義隆は今まさに腹を切る親を見捨てて去るのを悲しんだが、父の言うことももっともであると、速やかに宮に追いついた。すると父の言うとおり、事態はすでに急を要していた。義隆は自分が討ち死にしなければ宮を逃がすことはできないだろうと考えて、ただ一人踏みとどまり、追いかけてくる敵の馬の両膝を薙いで切り、馬の首も刎ねて落とし、蔓草のように曲がりくねった細い道で五〇〇騎あまりの敵を防いで、一時間ほど戦った。

とはいえ、義隆の体は鋼鉄ではないので、包囲する敵が射かけた矢で一〇カ所以上を負傷した。さすがの勇敢な兵も、鎧の裏まで到達した矢の傷は致命傷で、これまでと思った。そこで死んでもなお敵を防ごうとして、血のついた太刀を逆さに地面に刺して、道の真ん中で立ったまま死んだ。このように村上父子が宮を守って討ち死にする間に、宮は虎口を脱して高野山[7]へ避難することができた。

二階堂出羽入道道蘊は、村上が宮のふりをして切腹したのを本当のことだと思い、その首を京都に送った。六波羅探題で首実検をしたところ、別人であることが判明したので、獄門[8]に懸けずに苔の生えた墓地に捨てた。道蘊は、吉野の城を攻め落としたのは戦果であるが、大塔宮を討ち漏らしたのは安心できないと思った。そこですぐに高野山に押し寄せて、根本大塔に本陣を置き、宮の居場所を捜索した。だが、高野山の僧侶たちが全員団結して宮をかくまった。そのため幕府軍が数日間骨を折って捜索した甲斐もなく、やむを得ず千早城の楠木正成攻撃に向かった。

7　【2-6】注6参照。
8　牢屋、獄舎の門。

【7-3】千早城の戦い

千早城を攻める鎌倉幕府の軍勢は、もともと包囲していた一八〇万騎に、赤坂城を攻撃していた軍勢と吉野の護良親王と戦っていた軍勢が加わって二〇〇万騎を超えた。そのため、城の四方二〜三里[1]を大軍が相撲(すもう)の見物人のように包囲して、わずかな隙間もなく充満した。包囲軍の旗が風に吹かれてなびく様子は、秋の野のススキの穂よりも数多く、剣や鉾(ほこ)が太陽に当たって輝く様子は、日の出直前に霜(しも)が枯れ草に下りるようなものであった。大軍が近づいたために山の地形が変わり、鬨(とき)を上げる声で大地の軸も一瞬にして揺れ動くかのようであった。この大軍を前にしても恐れず、わずか千人にも満たない小勢(こぜい)で、頼る人もなく、援軍も待たずに籠城して防戦する楠木正成の心情は、まことに不思議に感じられた。

この城は、東西は谷が深く、人が登ることができなかった。南北は金剛山(こんごうせん)に続いて、しかも周囲の峰から離れてそびえ立っていた。しかし、標高は二町あまりしかなく、周囲も一里に満たない小城だったので、大したことはないと攻撃側は侮(あなど)って、最初の一～二日間は攻城の陣地も設営せず、攻撃の用意もせず、我先にと城門に近づき、楯(たて)をかざして連なって城を登っていった。城内の兵は少しも騒がずに静まりかえって、いきなり高矢倉の上から大きな石を投げ下ろし、楯を粉々に砕いて攻撃軍が浮き足立ったところに矢をさんざん射かけたので、攻撃兵は城の四方の坂から転げ落ち、次々と重なって、一日で死傷者が五～六千人にも及んだ。長崎四郎左衛門高貞(ながさきしろうざえもんたかさだ)[2]が軍奉行(いくさぶぎょう)として死傷者の調査をしたところ、一二人もの書記が昼夜三日間休まずに書き記し続けなければならないほどであった。そこで、「今後は大将の許可なく戦いを始めた者を処罰する」と告知したので、軍勢はしばらく戦闘を中止し、まずは自分たちの陣地を構築した。

　幕府の諸大将は軍議を開き、次のように話し合った。「先日、我々が赤坂城を攻め落とすことができたのは、兵士の功績ではまったくない。城の構造を推定できたので、

【7-3】1　【1-1】注11参照。ここの一里は約四キロメートルか。
2　北条得宗家の被官である長崎高資(たかすけ)の弟。

敵はすぐに降参したのだ。千早城も同様に推測すると、これほどの小さな山に、井戸や池などの水の設備があるとは思えない。また、別の山から樋(ひ)で水を引いているわけでもないので、城中に蓄えている水はそんなに多くないだろう。きっと、東の山の麓(ふもと)を流れている水を夜間汲んでいると思われる。主立った武将の一〜二人に命じて、この水を敵に汲ませぬようにしよう」。諸大将と長崎四郎左衛門は「この意見はもっともだ」と賛成した。そこで、名越越前守時見(なごええちぜんのかみときみ)[3]を大将とする三千騎あまりの軍勢が水辺に陣地を取り、城を下りる道の各所に逆茂木(さかもぎ)[4]を設置して待ち構えた。

楠木は、元よりもっとも勇気があり、智謀も並びない者だったので、築城の際に用水について調べていた。するとこの峰には、山伏が他人に知られずに汲む秘密の水源が五カ所あり、一晩で五斛(こく)[5]も湧き出ることがわかった。この水はどんなことがあっても干上がることがないので、普通に生活して人々の喉を潤す分には問題ない。だが戦時においては、あるいは消火のため、あるいは喉が渇くことも多いだろうから、この水だけでは足りないだろうということで、大きな木で水槽を二〜三〇〇個も作り、水を溜めていた。また、数百カ所に建てた兵舎の軒に樋をかけ、雨が降れば雨だれを少しも漏らさずに水槽に入れ、水槽の底に赤土を沈めて水質を悪化させないようにしていた。この水があれば、たとえ五〜六〇日間雨が降らなくとも耐えることができるだろう。雨が降らない事態をも想定した楠木の思慮は、まことに深いものであった。

というわけで、城兵は無理をしてこの谷の水を汲みに行く必要はなかったのである。攻撃軍の兵士たちは、はじめのうちこそ毎夜心を張り詰めて、城兵が水を汲みに来るのを今か今かと待ち受けていたが、なかなか来ないので、「ここの水は汲みに来ないぞ」と徐々に気が緩んで油断し始めた。楠木はこれを見澄まして、強弓(つよゆみ)[6]の射手を三〇〇人編成し、夜に紛れて城から下ろし、まだ夜が明けきらず霧が立ちこめる中、奇襲攻撃をしかけた。水辺に詰めていた攻撃兵は二〇人あまりが斬り伏せられ、城兵は大将にも激しく斬りかかったので、名越越前守は支えきれずに本陣へ引き上げた。数万の攻撃軍はこれを見て自分たちも戦おうと騒いだが、谷や尾根で隔てられた道だったのでたやすく移動できなかった。そうこうしているうちに、楠木軍は幕府軍が捨てた

3　北条一門の武士。
4　【6-9】注9参照。
5　約九〇〇リットル。
6　籐を幾重にも厚く巻き漆で固めた弓で、弦を強く張ってある。

旗や幕などを回収し、城中へ引き上げていった。

翌日、楠木は城の大手門に名越家の紋である三本唐笠（さんぼんからかさ）が描かれた旗と幕を揚げて、「これは昨日名越殿にいただいた旗である。紋がついているので、我々のような他人には無用のものだ。名越家の家来がここに来て持って行け」と言って大笑いした。天下の武士たちはこれを見て、「ああ、名越殿は不覚を取ったな」と言わぬ者はいなかった。

名越一家の人々はこれを聞いて腹を立て、「我が軍の兵士どもは一人も残らず城門を枕として討ち死にせよ」と命令を下した。この指令を承（う）けて、名越軍の兵士五千人あまりが思い切って、敵軍の攻撃をものともせず乗り越え、城の逆茂木一段を撃破し、切り立った崖の下まで押し寄せた。しかし、崖が高く立っていたので、いかに心がはやっても登ることができず、ただいたずらに城をにらみ、怒りを抑えて荒ぶるだけであった。このとき、城内の兵士が崖の上に横たえて置いてあった木を一〇本ばかり切って落としたので、攻撃兵四〜五〇〇人が将棋倒しのように押しつぶされて死んだ。木から逃れようと隊列を乱してあわてふためくところを、周囲の矢倉から矢を思う存分に射かけたので、五千人あまりの兵士の大半が討たれて、その日の戦闘は終了した。

戦意は非常に高かったが、大したこともできずに大勢討たれたので、「ああ、なんという恥だ」と人々が嘲る噂がやまなかった。数回の合戦の様子を見て、攻撃軍は楠木を侮ることはできないと思ったのであろう、いまは最初の頃のように勇んで攻めようとする者もいなかった。

長崎四郎左衛門は、千早城の様子を考慮して、「力任せに攻めては損害が増えるばかりで、陥落させることはできない。ただ包囲して、兵糧攻めにせよ」と命令して戦闘を中止した。包囲するだけの退屈に耐えかねて、プロの連歌師たちを呼んで、一万句の連歌会を開いた。その初日の発句[7]は長崎九郎左衛門師宗が詠み、

開きかけて勝つ色見せよ山桜

（山桜よ、ほかの花よりも先駆けて咲いて、その戦いに勝っておくれ）

としたのを受けて、脇の句を工藤次郎左衛門高景[8]が

7　連歌における最初の句。二番目の句が脇句。

嵐や花のかたきなるらん
（嵐が、山桜の敵であるだろう）

とつけた。両句とも、まことに縁語・掛詞などの技術が巧みで内容も優美であるが、味方を花になぞらえて敵を嵐にたとえるのは不吉の前兆であったと後に思い知らされることとなった。包囲軍は大将の命令に従って戦闘をやめたので、暇つぶしのために囲碁・双六や闘茶[9]・歌合をして毎日を過ごした。このため城中の兵はかえって困惑し、することもなくだらだらと過ごした。

しばらくして、正成は「それならば、また攻撃軍に謀略をしかけて眠りを覚ましてやろう」と言って、藁で等身大の人形を二〜三〇体作り、甲冑を着せて武器を持たせて、夜中に城の麓に置いて、その前に楯を並べた。その後ろに精鋭五〇〇人が控え、夜がほのぼのと明ける頃に一斉に鬨の声を上げた。包囲軍はこの声を聞き、「敵が城の中から出てきたぞ。これこそ、奴らの運が尽きて荒れ狂った証拠だ」と思い、我先にと攻撃をしかけた。城の兵は、あらかじめ計画していたとおりに、形ばかりの射撃戦をして、大軍が近づくと人形を木陰に隠し置き、徐々に城の上へ引き上げていった。攻撃兵は人形を本物の兵と勘違いして、これを討とうと群がってきた。楠木は思いどおりに敵をおびき寄せることに成功したので、四～五〇個もの大きな石を一気に落とした。一カ所に集まっていた敵三〇〇人が一瞬で殺され、半死半生の者も五〇〇人あまりに及んだ。戦闘が終わって確認すると、勇敢で強い者に思えた、一歩も退かなかった兵は皆人ではなく、藁で作られた人形であった。これを討とうと集まって、石に打たれて矢で死んだ者は、名誉の戦死ではない。と言って、これを警戒して進まなかった兵も臆病であるのが知られてみっともなかった。とにもかくにも、万人の物笑いとなってしまった。

このことがあってからは、ますます戦闘がなかったので、諸国の軍勢はただいたずらに城を見上げるばかりで、することがまったくなかった。誰が詠んだのであろうか、

8　生没年未詳。鎌倉幕府の有力な御家人。
9　利き酒のように、色や味によりお茶の産地を当て合う茶会の一種。

余所にのみ見てや休みなむ葛木の高間の山の峰の楠
（葛〈桂〉の木が生い茂る、高い山の峰にいる楠を、遠くから眺めるだけで休んでいる〈幕府軍の情けなさよ〉）

という『新古今和歌集』に載っている古い和歌[10]のパロディが大将の前に立てられた。

戦闘もなく、無意味に敵と向かい合う退屈さに耐えかねて、諸大将の各陣では、江口・神崎の遊女たちが呼ばれて[11]、さまざまな遊びが行われていた。名越遠江入道宗教と同兵庫助は叔父と甥の間柄であるが、ともに攻撃軍の大将として、近くに陣を構えて兵舎を並べていた。あるとき、この二人は遊女の前で双六を打ったが、さいころの目の数で言い争いとなり、少し言葉が過ぎたのか、刀で刺し違えて死んでしまった。これを見た両人の家来たちも何の恨みもないのに刺し違え、あっという間に死者二〇〇人にも及んだ。城兵はこの様子を見て、「天皇に敵対した天罰で自滅する奴らの有様を見よ」と笑った。これは本当にただごとではなく、欲界の魔王の仕業に思えて、見苦しい珍事であった。

この事件が起こった三月四日、関東から飛脚がやって来て、「戦闘をやめて無駄に日を送るのはよくない」と命令した。そこで、主立った大将たちが会議を開き、「味方の攻囲陣と敵の城の間にある、高く切り立った堀に橋を架けて、城へ突入しよう」と計画した。このため、京都から五〇〇人あまりの大工を招き、それぞれ幅五寸[12]・厚さ六寸および幅八寸・厚さ九寸の、長門国阿武郡産の角材を集めて、幅一丈五尺、全長一〇丈の橋を造らせた。

橋が完成すると、これに大縄を二～三千つけて、滑車を使って縄を巻いて橋を立て、城の堀の岸の上に倒して架けた。かつて楚王が宋を攻めたとき、魯の公輸般が造った雲にも届くような高い梯子もこのようであったと思われる[13]出来栄えであった。すぐに血気にはやる兵士五～六千人がこの橋の上を渡り、我先にと進んで行った。この城が今にも攻め落とされそうに見えたとき、楠木はかねて用意していたのであろう、松明の先に火をつけて、橋の上に薪を集めるかのように投げ入れた。そして、本来は消火

10　『新古今和歌集』恋一、詠み人知らずの歌。
11　江口（現、大阪市東淀川区）や神崎（現、兵庫県尼崎市）は、遊女が多くいたことで知られる。
12　一寸は約三・〇三センチメートル。
13　高い梯子のエピソードは、『淮南子』「修務訓」、『蒙求』「魯般雲梯」の故事を踏まえる。

に使用する水ポンプを使って油を滝が流れるようにかけたので、火は橋桁に延焼し、谷の風がこれを吹いて広げた。不用意に橋を渡った兵士たちは、前へ進もうとすると猛火に身を焼かれてしまう。だが後ろへ戻ろうとすると、前方で何が起こっているのかを知らずに進んでくる後ろの大軍とぶつかってしまう。飛び降りても、谷が深く岸がそびえ立っている（ので、墜落死してしまう）。どうすべきかと押し合いへし合いしているうちに、橋桁が中央から燃えて折れて、谷底へ落ちたので、数千人の兵士も同時に猛火の中へ落ちて、一人も残らず焼死した。八大地獄の罪人が刀の山に刺し貫かれ、釜ゆでにされる苦しみも、このようなものであると思い知らされた。

そうこうしているうちに、大和国の吉野・十津川・宇陀・内の各郡の野伏たちが大塔宮護良親王の命令で七千人あまりも集まり、あちこちの峰や谷に隠れて幕府軍の交通路を遮断した。これによって包囲軍の兵糧はたちまち尽きて、人も馬も物資補給の断絶に耐えられず、疲弊して一〇〇騎、二〇〇騎と脱走したところを、地元の地理に詳しい野伏どもが要所で待ち伏せして狩ったので、毎日の戦死者が多数に上った。運よく助かった者も、馬や武具を捨てて、衣服をはぎ取られて裸となった。こうした落ち武者たちが、破れた蓑を体にまとって肌を隠したり、草の葉を腰に巻いたりするなど恥ずかしい姿格好で、毎日絶えることなく方々へ逃げ散る、前代未聞の恥辱であった。日本国の武士たちに先祖代々伝わってきた鎧や太刀・刀も、このときになくなってしまった。

名越遠江入道と同兵庫助は、無用の口論をして、ともに死んでしまった。その他の軍勢も、親が討たれれば子は出家遁世して行方不明となり、主人が負傷すれば郎従が助けて戦場を離脱したので、はじめは一八〇万騎と言われた大軍も、今はわずかに一〇万騎あまりが残るに過ぎなくなった。

【7-5】赤松が後醍醐天皇のために挙兵したこと

楠木の千早城の守りが強く、六波羅探題がこれを攻撃する軍を派遣したために京都の防衛が手薄になったと聞いて、赤松入道円心[1]は播磨国苔縄城から打って出て、山陽道と山陰道を封鎖して、山野里[2]と梨ヶ原[3]の間に布陣した。

これに対して、六波羅の招集に従って京都に向かっていた備前・備中・備後・安芸・周防の軍勢が三石[4]の宿に集結して、山野里の赤松軍を駆逐して通過しようとしたのを、赤松筑前守貞範が船坂山[5]で迎撃し、主立った敵二〇人あまりを生け捕りにした。だが、赤松は彼らを殺害せず、思いやりをもって接した。そのため、幕府に味方するつもりだった伊東大和次郎はそれに恩を感じて変心し、後醍醐天皇の官軍に参加しようと思い、まず自宅の上にあった三石の山に築城し、正義の軍を挙げ、ただちに熊山[6]を攻撃した。これに備前守護加治源太左衛門は一度の戦いで敗れ、児島[7]方面に逃走した。このため、西国の街道はますます塞がり、中国地方の戦乱は容易ではない形勢となった。

西国より京都に向かう幕府軍は伊東に防がせ、背後の心配がなくなったので、赤松はすぐに高田兵庫助[8]の城を攻め落とし、少しも足を休めずに山陽道を東へ攻め上った。途中で味方の軍勢も馳せ加わり、間もなく七千騎あまりに膨れあがった。この勢いで六波羅を陥落させようと思えばできるが、万一不利となった場合に後退して兵と馬を休息させるため、兵庫の北にある摩耶[9]という山寺にまず築城して、京都の敵との距離二〇里以内に接近した。

【7-7】後醍醐天皇が船上山に臨幸したこと

近畿地方の戦争がまだ終わらないうちに、四国や西国も日に日に乱れてきたので、人々は皆薄氷を踏むような気分となり、国の危うさも深淵のように感じるようになっ

【7-5】1　一二七七〜一三五〇年。俗名則村（のりむら）。南北朝期の武士で、茂則の子。播磨国の守護。
2　現、兵庫県赤穂郡上郡町山野里。
3　現、兵庫県赤穂郡上郡町梨ヶ原。
4　現、岡山県備前市三石にある、山陽道における宿場。【4-4】注8参照。
5　【4-4】注5参照。
6　現、岡山県赤磐（あかいわ）市千躰（せんだ）。三石の西側に位置。
7　現、岡山県倉敷市児島。
8　現、兵庫県赤穂郡上郡町高田台あたりに住んだ武士。
9　現、兵庫県神戸市灘区にある摩耶山、及びこの山にある忉利天上寺（とうりてんじょうじ）。

た。「そもそも今、このように天下が乱れているのは、すべて先帝陛下（後醍醐帝）のお考えによるものである。叛逆を企む臣下が警備の隙を突いて陛下の身柄を奪い取ることもあるだろう。よくよく用心して警備せよ」と、鎌倉幕府は隠岐守護佐々木清高に命令したので、清高は出雲・隠岐両国の地頭・御家人を徴集して、シフト制をしき、昼も夜も油断せずに宮門を閉じて先帝を警備していた。

閏二月下旬は佐々木富士名判官義綱[1]の警備の番に当たり、中門を担当していたが、何を思ったのであろうか、彼はこの帝を奪い取って幕府に謀叛を起こそうと思っていた。しかし、このことを帝に申し入れるチャンスがなかった。どうすべきか思い悩んでいたところ、ある夜、先帝陛下から女官を介して盃に注いだお酒をいただいた。判官はこれを拝領し、よい機会だと思い、ひそかにこの女官を通じて陛下に次のように申し入れた。「陛下はまだご存じないでしょう。楠木兵衛正成が金剛山に城を築いて立て籠もったところに東国の軍勢一〇〇万騎あまりで上洛し、去る二月のはじめから攻撃しましたが、城が強く、攻撃軍はすでに退却する気配であります。また備前国では、伊東大和次郎が三石というところに城をかまえ、山陽道を封鎖して西国の幕府軍を京都へ通さないようにしております。播磨では赤松入道円心が大塔宮護良親王の令旨を拝領して摂津国まで攻め上り、兵庫の北にある摩耶というところに布陣しています。その勢力はすでに三千騎あまりに達し、京都を圧迫し、周辺の土地を占領して、近国に猛威を振るっています。四国では、河野の一族である土居二郎と得能弥三郎が味方となって挙兵し、長門探題上野介北条時直が敗北して逃走し行方不明となっております。その後、四国の武士たちがことごとく土居・得能に従い、すでに大船を調達し、陛下をお迎えに参るとも、京都を攻めるとも噂されております。陛下の御運が開くときがすでに到来していると思われます。そこで私義縄が当番の間にひそかに脱走し、千波の港で船にお乗りになり、出雲・伯耆の海岸のどこかに上陸され、しかるべき武士を頼られて、しばらくお待ちください。義縄は、恐れながら陛下を攻めるためにそちらに向かうふりをして、すぐに味方になりましょう」。

女官がこの旨を申し入れたが、主上（後醍醐帝）はなお彼が嘘を申しているのでは

【7-7】1　?～一三三六年。義綱とも。佐々木二郎宗清の子。初め佐々木氏を名乗り、のち富士名に改める。

2　皇太子や親王、女院など、皇室の者が発令する文書。

3　現、山口県に置かれた、その地の政務・訴訟・軍事を司る役所の長官。

ないかと思ったので、義縄の志の程度を試すために、この女官を義縄に与えた。判官は身に余るほどの名誉に感じ、この女官を非常に愛し、いよいよ天皇に対する強烈な忠誠心を示した。

主上は、義縄の言うことに間違いはないと確信した。そこである夜、寵姫(ちょうき)である三位殿阿野廉子(さんみどのあのれんし)の出産が近づいたのを口実に、輿(こし)を持ってこさせて、六条少将忠顕朝臣(ただあきあそん)[4]のみを連れて、ひそかに御所を出た。輿を運ぶ人夫もおらず、このままでは人に怪しまれるので、天皇はありがたくも前世で十善戒[5]を守ったために君主となった存在であるにもかかわらず、輿に乗るのをやめて自ら草鞋(わらじ)を履き、汚い泥土を踏んだのは情けなく痛ましいことであった。

これは三月二三日の出来事であった。この日は月が出るのが遅く、暗い中をどこにいるのかもわからず、遠い道を歩いて行き、もうはるか先に来ただろうと陛下は思われた。しかし、後ろの山はいまだに滝の流れる音もはっきりと聞こえるほど近く、追っ手に追いつかれるかもしれず、今は一歩でも前に進もうと内心では思っていたが、これまでまともに歩いたことがなかったので、夢路(ゆめじ)を歩くような心地で同じ場所にばかり足を止めていた。忠顕は、これはどうしようと焦り、天皇の手を引き、腰を押して、今夜中に何としてでも港まで行きたいと思ったが、自身も疲れ果てていたので、露深い野道をさまよっていた。

夜も非常に更けたので、人里が近いことを示す寺の鐘の音が月の光と溶け合うように聞こえて来るのを手がかりとして、忠顕はある家の門をたたき、「千波の港へは、どう行けばいいでしょうか」と尋ねた。すると、中から卑しげな男が出てきた。この男は道理をわきまえぬ無骨な農夫ではあったが、天皇陛下のご様子を見て何となく気遣いたいと思ったのであろうか、「千波の港へは、ここからわずか五〇町ほどですが、道が南北に分かれており、きっと迷うと思いますので、道案内をいたしましょう」と言って、主上を軽々と背負い、すぐに千波の港へ着いた。ここで、時を知らせる太鼓の音が聞こえてきたが、夜はまだ午前三～四時頃であった。この道の案内をした男はてきぱきと港の中を走り回り、伯耆国へ向かう商船と話をつけ、天皇陛下をこれに乗せて別れた。この男は本当に普通の人間ではなかったのであろうか、後に帝が天下を

4　千種忠顕（?～一三三六年）のこと。後醍醐天皇に近い、臣下の公卿。

5　仏教でいう十の悪を犯さないこと。十悪とは、殺生・偸盗・邪淫・妄語・綺語・悪口・両舌・貪欲・瞋恚・邪見。

統一した際、この男に最も厚い恩賞を与えようと思い、日本国中を探したが、「私こそ、そのときの者でございます」と名乗った者はついにいなかった。

夜も明けたので、船員は艫綱を解き、順風に帆を上げて、港の外に船を漕ぎ出した。船長は主上の御様子を見て、ただ者ではいらっしゃらないだろうと思い、陛下が中にいる船上の小屋の前でかしこまって、他意のなさそうな様子でこう申した。「このようなときにこの船に乗っていただいたことこそ、我々の生涯の面目でございます。どこの港であっても、御命令に従って船の梶を取りましょう」。これを聞いた忠顕はこの船長を近くに呼び、「何を隠そう、この小屋の中にいらっしゃるのは日本国の主、畏れ多くも十善の君であらせられる天皇陛下である。お前もきっと聞いて知っているであろう、去年から隠岐守護の館に監禁されていたのを、この忠顕が盗み出して救出したのである。陛下にこの船にお乗りいただき、頼りにされることこそ、お前の幸運である。出雲と伯耆のうちで、どこでも適切と思われる港へ船を着け、陛下をお下ろしせよ。陛下の御運が開けば、必ずお前を武士にして、所領一カ所の主にしよう」と言った。船長は本当にうれしく思い、左右に梶を取り、横風を帆に受けて船を走らせた。

海上二～三〇里ほども過ぎたと思った頃、同じ追い風を受ける船が一〇艘ばかり、出雲・伯耆を目指してやってきた。筑紫の船か商人の船かと思っていると、そうではなく、隠岐守護清高とその舎弟能登守・三河守たちが陛下を追う船であった。船長はこれを見て、「こうしてはいられません。こちらにお隠れください」と申し上げ、主上と忠顕を船底にかくまい、その上に「相物」という魚の干物の入った俵を積み、漕ぎ手と梶取の船長がさらに上に立ち並んで船を漕いだ。そうこうしているうちに、追っ手の船一艘が天皇の乗っている船に近づいて乗り移り、あちこちを捜索したが陛下を見つけることはできなかった。捜索隊が「さては、この船にはお乗りでなかったか。不審な船を見なかったか」と尋ねると、船長は「午前二時頃、千波の港を出て行った船に、京都の身分の高い人のように見える、冠などをかぶった人と立烏帽子をかぶった人が二人お乗りになっていました。その船は、現在は五～六里ほど先を行っているでしょう」と答えた。捜索隊は「さては疑いない。早く船を進めろ」と言って、帆を引いて梶を直して、やがて遠く離れていった。

これでもう大丈夫と安心して、船の波の跡を振り返って見ると、一里ばかり後から追っ手の船一〇〇艘あまりが帝の御座船をめがけて鳥が飛ぶように追跡してきていた。

船長はこれを見て、帆を張ってさらに櫓(ろ)を漕ぎ、広い海を一気に渡ろうとして、船員一同で声を合わせてがんばった。しかし、そのときちょうど風が弱まり、潮の流れも逆となってしまい、船は進まなくなってしまった。漕ぎ手と梶取が「どうしよう」とあわて騒いでいると、天皇陛下が船底から出て、肌身離さず身につけていたお守りの中から仏舎利(ぶっしゃり)[6]を一粒取り出し、懐の紙に載せて、波の上に浮かばせた。龍神(りゅうじん)がこれを受け取ったのであろう、突然風向きが変わり、御座船を東へ吹き送り、追跡の船を西へ吹き戻した。こうして、天皇は鰐(わに)の口に入ったかのようなピンチを切り抜け、船はあっという間に伯耆国名和(なわ)の港へ到着した。

【7-8】名和長年が後醍醐天皇の味方となったこと

六条少将忠顕朝臣(ただあきあそん)が、一人でまず船から降りて、「このあたりに、武勇で名高い者はいるか」と道行く人に尋ねると、彼らは立ち止まって「それほど有名な武士ではありませんが、名和又太郎長年[1]という者が金持ちで一族も多く、器量があります」と答えた。忠顕は、事情をよく調べて、すぐに使者を長年の許に派遣して、こう命じた。
「天皇陛下が、隠岐守護の屋敷から逃れて、今この港に到着された。お前の武勇は以前から陛下の耳に入っており、頼りにしているとおっしゃっている。陛下の力になるか否か、速やかに返答せよ」。

名和又太郎は、そのときちょうど一族を呼び集めて宴会を開いていたが、このことを聞いて、考えあぐねた様子ですぐには返答しなかった。そこに舎弟小太郎左衛門長重が進み出て、「過去から現在まで、人間が望むのは名誉と利益の二つである。我々は、かたじけなくもすばらしい君主に頼りにされたのだ。たとえ戦死して死体をさらすことになっても、名を後世に残すことは、きっと生前の思い出、死後の名誉となることだろう。ただ一途に陛下に味方する以外の選択肢があるとも思えない」と言った。又太郎をはじめとして、この場にいた一族の者二〇人あまりが、全員この意見に賛成

6　釈迦の遺骨。

【7-8】1　?～一三三六年。伯耆守。汗入郡名和（現、鳥取県西伯郡大山町名和）に移住した後、名和氏を名乗った。名和湊を領有し、盛んな商業活動により栄えた。

した。長重は、「ならば、すぐに合戦の用意をしよう。きっと追っ手も後からせまってくるだろう。長重は陛下をお迎えに参上し、すぐに船上山(せんじょうさん)[2]にお連れしようと思う。みんなは直接船上へ行ってほしい」と言い捨てて、武装して走り出した。一族五人も軽装の鎧(よろい)を取って肩にかけて出発し、道中でそれを身につけながら、長重とともに天皇をお迎えに向かった。

急のことで、輿(こし)などもなかったので、長重は鎧の上から天皇を背負って、鳥が飛ぶように素早く船上へ連れて行った。兄の長年は付近の民家に人を派遣して、「事情があって、船上山に兵糧(ひょうろう)を上げなければならなくなった。倉庫にある米穀を持ち運んだ者には、お礼として宋銭五〇〇文を支払おう」と告知した。すると、あっという間に人夫が五～六千人も現れて、他人に負けないようにと兵糧を山に運んだので、わずか一日で五千石も集まった。その後、長年は家中の財宝をことごとく民衆に分け与えて、自分の屋敷に放火し、一五〇騎の軍勢で船上に馳せ参じて皇居を警備した。長年の一族である土屋彦三郎(つちやひこさぶろう)が武勇の計略に富んだ者で、五〇〇端[3]ほどもある白布を旗にして、松の葉を焼いた煙をこれらの白旗にいぶして古い旗に見せかけ、近国の武士たちの家紋を書いて、あちこちの峰に立てて置いた。多数の旗が峰の風に吹かれて翻(ひるがえ)

る様子は、峰に大軍が満ちあふれているように見えて壮観であった。

【9-1】足利殿が上洛したこと

先帝後醍醐が伯耆国の船上山におり、討手(うって)を差し向けて京都を攻めるという情報を六波羅探題が頻繁に早馬(はやうま)を飛ばして伝えたので、関東の幕府も困難な情勢であることを理解した。相模入道高時(さがみのにゅうどうたかとき)は非常に驚いて、「ならば、さらに大軍を派遣し、半分は京都を防衛し、主力に船上山を攻撃させよう」と評定(ひょうじょう)で決定し、名越尾張守高家(なごえおわりのかみたかいえ)[1]を大将として、北条一門以外の外様(とざま)の大名二〇人を招集した。

その中の一人である足利治部大輔高氏(あしかがじぶのたいふたかうじ)[2]は、病気で日常生活もいまだに不便であった

2　現、鳥取県東伯郡琴浦町(とうはくぐんことうらちょう)にある山。
3　約四五〇〇メートル（一端は約八～九メートル）。

【9-1】1　?～一三三三年。北条一門の武士。

のに、上洛のリストに入れられて催促をたびたび受けた。このことによって、足利殿が心中で憤り思ったのは、以下のようなことであった。私は父貞氏の喪に服して三カ月も過ぎておらず、[3]悲嘆の涙が乾いていない。また、自身も病気に冒されて薪を背負うこともままならないところに、出陣命令を受けるのは遺恨のことである。時代が進んで身分の上下が逆になることはあるが、かの高時は北条四郎時政の末裔である。皇族の身分から人臣に下って長い年月が経っている。それに対し、私は源家累代の貴族である。[4]血統的に王族からはそれほど遠くない。このことを知っているのであれば、君臣上下の関係をわきまえるべきなのに、これまで家臣のように扱われてきたのは、ひとえに自分が未熟であるためだ。これ以上なお上洛の催促を受けるのであれば、一家で上洛し、先帝の味方に転じて六波羅を攻め落とし、家の命運を定めよう。このように、心中で思い立ったことを知る人はいなかったという。

　相模入道は、高氏がこんなことを考えているとは思いも寄らず、工藤左衛門尉高景[5]を使者として、「上洛が延びるのは理解できない」と一日に二度も高氏を責めた。足利殿は叛逆の企てをすでに決意していたので、かえって異議を唱えずに「ただちに上洛いたします」と返答した。

高氏がすぐに昼夜兼行で進軍し、一族・郎等は言うまでもなく、女性や幼い子息までも残らず連れて上洛するという噂が流れたので、長崎入道円喜[6]は不審に思って急いで相模入道の屋敷を訪問してこう述べた。「本当でしょうか、足利殿は妻子まで連れて上洛するらしいです。とても怪しく感じます。現在のような事態では、北条一門の主要な人物でさえも警戒するべきです。まして足利殿は、源家の一族として天下の支配を捨てて長年が経っておりますので、よからぬ企てを決意したのかもしれません。異国でも我が国でも、世が乱れるときは、覇王は諸侯を集めて生け贄を殺して血をすすり、二心ないことを誓います。現代で、『起請』[7]と呼んでいるのがこれです。あるいは、子息を人質に出して、野心を抱いているという疑いを晴らします。木曽義仲殿

2　一三〇五～五八年。のちに室町幕府の初代将軍となる足利尊氏。
3　貞氏の死は、実際は二年前の元弘元年（一三三一）である。
4　足利家系図（341ページ）参照。
5　【7-3】注8参照。
6　?～一三三三年。長崎高綱（当該期の史料には「盛宗」と記される）。「円喜」は法名。北条得宗家被官。北条高時が執権となる際の立役者。父は光綱。
7　神仏に誓いを立て、偽りがないこと、背いた時は罰を受ける覚悟があることを記すこと。

が子息清水冠者を源頼朝殿に差し出したのが、この例です。このような先例を存じておりますので、ぜひとも足利殿の子息と奥様を鎌倉に留めて、一枚の起請文を書かせるべきだと思います」。これを聞いた相模入道は確かにそのとおりだと考え、すぐに使者を足利殿に派遣して、こう伝えた。「東国はまだ平和なので、安心できます。幼いお子様たちを、みな鎌倉に留め置いてください。また、足利家と北条家は一体であり、水と魚の関係のように親密であることに加え、あなたが執権赤橋相州守時[8]の親戚となった以上は何ら不審な点はありませんが、世間の人々の疑念を晴らすためにも、恐れながら誓いの文書を一枚書いて提出していただければ、表向きにも内向きにもよいのではないかと思います」。これを聞いて足利殿はますます鬱陶しく思ったが、憤りを抑えて表には出さず、「こちらからすぐにお返事します」とだけ言って使者を返した。

それから、御舎弟兵部大輔直義[9]殿を呼んで、「このことはどうすべきだろうか」と意見を尋ねた。直義はしばらく考えて、次のように答えた。「幕府に背くこの一大事は、あなたの私利私欲のためではまったくありません。ただ天に代わって人臣の道に背く者を誅して、天皇のために不義を退けるためです。そのためにする偽りの誓言であるならば、神も受けないと言われております。たとえ偽って起請の詞を載せたとしても、仏神が我々の強い忠義の心を守らないことがあるでしょうか。何より、奥様とお子様を鎌倉に留め置くことは、大事業の前の小事に過ぎないので、必ずしも心を煩わせるようなことではありません。ご子息はいまだ幼いですが、万一のことがあれば、そのために残して置いた郎従どもがどこへでも抱きかかえて逃がすことでしょう。また、赤橋殿もいらっしゃるので、何ら気に病むこともございません。『大事業を行うときは、些細なことは顧みない』と申します。この程度の小さなことで躊躇すべきではありません。ただともかく相州入道の言うことに従って、彼の疑いを晴らし、上洛してから大儀の計略をめぐらせるべきだと私は考えます」。これを聞いた足利殿は、直義の説く至極の道理に納得し、ご子息千寿王[10]殿と奥様である赤橋相州の妹を鎌倉に

8　?〜一三三三年。鎌倉幕府最後の執権。北条守時とも。足利尊氏（この時点では高氏）の妻登子の兄。
9　足利直義（一三〇七〜五二年）。足利尊氏の弟で、室町幕府誕生に貢献した。
10　一三三〇〜六七年。尊氏の三男で、のちの足利義詮。高氏（尊氏）が上洛する際、母登子とともに人質となり鎌倉に留まった。

留め置き、一紙の宣誓文を書いて相模入道へ提出した。相州入道は、これで疑いを晴らして喜び、所有している馬一〇匹に白鞍を置き、白覆輪[11]の鎧一〇領と併せて、乗り換え用として高氏に贈った。

足利殿兄弟、吉良・上杉・仁木・細川・今川・荒川以下の一族三二人、高家の一類四三人、合計三千余騎は、三月七日に鎌倉を出発した。そして、大手の大将名越尾張守高家より三日先に、四月一六日に京都に到着した。

【9-5】五月七日の合戦について

そうこうしているうちに、足利殿は丹波国篠村に本陣を設置して、近国の軍勢を招集した。最初に、丹波の武士である久下弥三郎時重が一四〇~五〇騎で馳せ参じてきた。その旗や笠印[1]には、すべて『一番』という文字が書かれていた。足利殿はこれを見て不審に思い、高右衛門尉師直[2]を呼んで、こう尋ねた。「久下の武士たちが笠印に『一番』という字を書いているのは、家紋であるのか。それとも、ここにいちばん先に来たという意味なのか」。師直はかしこまって、「これは由緒のある家紋でございます。彼の先祖は武蔵国の久下次郎重光であります。かつて、頼朝公が土肥の杉山で平家討伐のために挙兵されたとき、その重光がいちばん先に味方としてやってきました。それに感動した頼朝公が、『もし私が天下を獲ることができたら、最初にお前に恩賞を与えよう』と言って、自ら一番という文字を書いて重光に与えたのを、その家の家紋としたのでございます」と答えた。高氏はこれを聞いて、「ならば久下が最初にやってきたことこそ、我が足利家の佳例になるだろう」と非常に喜んだ。

もともと高山寺[3]に籠城していた足立・荻野・児島・位田・本庄・平庄の武士たちは、今さら足利の指揮系統には入れないと考え、丹後・若狭を経由して北陸道から六波羅に攻め上ろうと計画した。しかし、その他の久下・中沢・志宇知・山内・葦

---

11 【6-5】注2参照。

【9-5】1 敵味方を区別するため、鎧の袖や兜に付けた布切れ。

2 ?～一三五一年。足利方の武将。幕府創設前後に活躍し、権勢をふるった。

3 現、兵庫県丹波市にある真言宗の寺院。

田・金田・酒井・波賀野・小山・波々伯部といった近国の武士たちは一人も残らず高氏の許に集まったので、篠村の軍勢はすぐに二万騎あまりとなった。

六波羅探題はこれを聞いて、「今度の戦いは、天下の行く末を決めるものとなるだろう。万が一敗北することがあれば、天皇・上皇両陛下を奉じて関東に下り、鎌倉を都として大軍を編成し、反乱軍を鎮圧しよう」と決めた。そして、六波羅北方の政庁を皇居として、後伏見上皇・花園上皇と光厳天皇をお招きした。梶井二品親王[4]は天台座主だったので、世の中がどのように変化しようとも怖れることは何もなかった。しかし現天皇の兄弟だったので、天皇のそばで無事を祈ろうと思ったのであろうか、両陛下とともに六波羅へ入った。

それだけではなく、国母西園寺寧子・皇后寿子内親王・女院・摂関家夫人・太政大臣・左右大臣・公卿・閑院家・花山院家・中院家以下、文武の官僚、比叡山の僧侶、公家に仕える武士・稚児・女房に至るまで、我も我もと六波羅に移動したので、洛中はあっという間にさびれてしまった。嵐が過ぎ去った後の木の葉のように、各自で勝手に移動したので、鴨川より東がいつの間にか栄えて、花が一瞬咲き誇るかのようににぎやかとなった。

「君主は国土全域を自分の家とする」と言われている。しかも六波羅も都に近いので、この鴨川の東にある仮皇居に光厳天皇はそれほど心を痛めなかったが、この天皇が即位してから戦争続きで、いまだに平和になっていない。それどころか朝廷のすべての機関が首都を出てしまったので、これはひとえに自分の徳が天に背いているためであると、天皇は罪を自分一人に着せて非常に嘆いた。そのため、天皇はいつも明け方に至るまで睡眠を取らず、元老や賢臣を呼び出して堯舜や湯武といった中国の伝説上の名君[5]たちの物語について尋ねるばかりであった。さらに、あやしげな霊力や世を乱す邪神といった無益なことを聞かなかった。

四月一六日は四月の二度目の申の日で、例年であれば日吉社の祭礼が行われる日であったが、この年は戦乱のために中止された。そのため、日吉の神もさびれて、本来は生け贄として捧げられるはずの琵琶湖の魚たちも湖を無意味に元気に泳いでいた。一七日は二度目の酉の日であったが、同様に賀茂社の祭礼も中止された。一条大路も

4　尊胤法親王（一三〇六～五九年）。後伏見天皇の第四皇子。元弘三年（一三三三）に天台座主（比叡山延暦寺のトップ）となる。天皇家系図（342～343ページ）参照。

5　堯と舜は、中国古代の名君。湯は殷の王で、武は周の王。

無人で、『源氏物語』に描かれた車争いのようなこともなかった。祭に使用される馬につけられる装飾品もほこりをかぶり、光を失った。「祭は豊作の年も凶作の年も同様に行う」というが、日本が始まって以来一回も途絶えたことのなかった日吉・賀茂両神社の祭礼がこのとき初めて途切れてしまったので、神様のお考えを理解しがたくて畏れ多かった。

後醍醐天皇の官軍は、五月七日に京都を攻撃しようとあらかじめ決定していた。そこで、篠村・八幡・山崎[6]の先陣の軍勢が夕方より陣地を構築して、西は梅津・桂の村里、南は竹田・伏見で篝火を焚いた。山陽道・山陰道はすでにこのような状況であった。また若狭路からは高山寺に籠城していた軍勢が鞍馬・高雄を経由して攻め寄せるという情報が入ってきた。六波羅軍が包囲されていないのは、今はわずかに東山道のみであったが、比叡山が敵対してきっと勢多を封鎖してしまっているであろう。籠の中の鳥や網代[7]の魚のように包囲され、漏れる隙間もなかった。六波羅の兵士たちは、見かけは勇ましかったが内心ではあわてていた。

かつて唐がベトナムに遠征した際、「一戸に三人若者がいれば、一人を徴発した」という。まして、六波羅は千早程度の小城一つを攻めようとして大軍を派遣したのに、その城がまだ陥落する前に災いが身内から起こり、官軍がまたたく間に京都の西に接近している。防御の兵は少なく、これを救援しようとしても道路は封鎖されている。「ああ、こうなることがわかっていたら、京都の防衛をこのように手薄にはしなかったのに」と両六波羅探題[8]以下後悔したが、どうにもならなかった。

六波羅はあらかじめ議論して、「今回はあちこちの敵が連携を取って大軍で攻め寄せてくるので、平地だけで戦っては勝てないだろう。そこで要害を築いて、その要害で馬の足を休め、兵士の戦意を養い、敵が近づいたら要害から駆け出して戦おう」と決めた。そして探題の政庁を中心に、鴨河原に面した七〜八町[9]の土地に堀を深く掘って、鴨川の水を引き入れた。その様子は、長安の昆明池(こんめいち)[10]の春の水が夕陽を映して水面(みなも)にさざ波を立てる姿と同じであった。残る北・東・南の三方には、茨(いばら)をつけた築地(ついじ)

6　現、京都府乙訓(おとくに)郡大山崎町辺り。
7　川魚を獲るための仕掛け。
8　六波羅探題は、京都の南と北に置かれていた。
9　一町は約三千坪。
10　中国、漢の武帝が、水を利用して昆明国を討つ作戦の習練用に掘らせた池。

塀[11]を高く築き、矢倉を設置し、逆茂木をたくさん植えた。この様子は、唐代に塩州に築かれた受降城もこのようなものだったのではないかと思えるほど壮観であった。城の構えはよく計算されているように見えたが、賢明な戦略ではなかった。剣閣[12]は非常に高い山であるが、これに頼る者はつまずいてしまう。根を深くして蔕を固めることにならないからである。洞庭[13]は非常に深い湖であるが、これを恃む者は滅亡してしまう。人を愛して国を治めることにならないからである。現在、天下が二つに分かれて、国の未来を一挙に決める戦争であるので、兵糧を捨てて船を沈めるような決死の戦術を採用すべきであるのに、今からすぐに踵を返して逃げて、わずかな小城に籠城しようと考えるのは、武略の程度が知れて情けないことであった。

そうしているうちに、明けて五月七日の午前四時頃、足利治部大輔高氏朝臣は二万五千騎あまりを率いて、篠村の陣を出発した。いまだにあたりが暗かったので、静かに馬を進めて周辺の景色を眺めると、篠村の南の鬱蒼と生い茂った森に神社があるらしく、消えかかった庭火の影がほのかに見えて、神主が鈴を振る音がかすかに聞こえてきた。これがどのような神社であるかを高氏は知らなかったが、戦場に赴く門出であるので、馬から下りて兜を脱ぎ、祠の前に跪いて「今日の合戦で、無事に朝敵を退治できるように、我々を助けてください」と懸命に祈った。その後の礼拝で高氏が巫女に「この神社はどのような神様を祀っているのか」と尋ねると、巫女は「これは石清水八幡宮を遷した神社なので、篠村の八幡宮と申します」と答えた。「ということは、我が足利家が崇拝する神様である。この偶然は、人と神の心が一致している証拠だ。一紙の願文を書いて、奉納しよう」と高氏が述べたので、疋田妙玄[14]が鎧の合わせ目から筆記用具を取り出して、次に引用する願文を書き、高氏が神前で読み上げた。

敬白します　祈願について

それ八幡大菩薩は、聖なる天皇代々の祖先を祀る神社で、源氏を再興させた霊験あらたかな神様です。本地仏の悟りは月のように高く上って極楽の十万億土の天

11 土手のように泥土を突き固めた垣根。土塀。
12 中国の長安（現、陝西省）から蜀（現、四川省）に入る際の通路、要害として知られる。
13 中国の現、湖南省にある広大な湖。
14 足利家の家臣で、幕府成立後は文書事務を司る右筆方を務めた。

にかかり、垂迹神の慈悲の光も明るく七千以上の神々の上に輝いています。これらの仏や神は人々の願いに応じて功徳を分かちますが、礼に背く者の祈りはいまだに受けたことがありません。また、慈しみを与えて衆生を利益しますが、ひとえに正直者に恩恵を授けようとします。その徳は誠に偉大でありましょう。世の人々がこぞって、これらの仏神に誠意を尽くす所以であります。

ここに承久以来、当源家累代の家臣である平氏の末裔の田舎者（北条氏）が勝手に日本全国の統治権を侵害し、邪悪に九代にわたって大いに権勢を振るってきました。それどころか、現在後醍醐天皇を海上に流し、天台座主を南の山中に押し込めて苦しめています。北条氏の悪逆のすさまじさは、前代においてもそれに類する事例を聞きません。これは、朝敵の最たるものであります。私高氏は、臣下として命を捨てて戦わずにはいられません。また、北条氏は神敵の手先でもあります。これも天の道理のために誅伐しないではいられません。

高氏はいやしくも北条氏が長年積み重ねてきた悪を見て、自分の個人的な利害に配慮する余裕はありません。まさに薄い魚肉を鋭い刃にさらすように、身を危険にさらして戦う所存であります。正義の武士たちが力を合わせて陣営を都の西南に置く現在、総大将の静尊法親王[15]は男山に拠り、臣下である私高氏は篠村に布陣しています。ともに皇居の周囲にめぐらせた塀の影にあたり、同じく天皇をお守りする位置にいます。箱と蓋の関係のように、両軍は息がぴったり合っています。疑いなく、北条氏を誅伐できるでしょう。

私が尊重するのは、末永く天皇をお守りする神の誓約であります。神前の狛犬のように勇んでおります。恃むところは、当足利家代々の家運であります。かつて金色のネズミが現れて、唐の玄宗に味方して西蕃を滅ぼした奇跡[16]に期待します。神様には、まさにこの正義の戦争に味方して、神霊の威力を輝かせ、君子の徳の風で草が靡く[17]ように敵を千里の外に追い払い、剣に代えて神の光で勝利をもたらしていただきたい。これが、嘘偽りのない私の本心であります。間違いなく、これをご覧ください。神様を敬って申し上げます。

元弘三年（一三三三）五月七日　　朝臣高氏が敬白します

15　後醍醐天皇の皇子。出家して聖護院に属した。幕府軍との戦いに敗れた後の消息は不明。
16　奇跡の話は、高僧の伝記集『宋高僧伝』や不空金剛の伝記『不空伝』等に見える故事による。
17　君子の徳の風で草が靡く話は、『論語』「顔淵」の故事を踏まえる。

この文章は、言葉を厳選して宝石のように美しく、意味も明瞭で、道理もよく通っていたので、神様もきっと高氏の願いを聴き入れてくれるだろうと、これを聞いた人は堅く信じた。高氏朝臣は自ら筆をとって花押を据えて、上差の鏑矢[18]一本を宝殿に奉納した。その他の軍勢も各自上矢を一本ずつ奉納したので、それらの矢が社壇に積もって塚のようになった。

夜が明けたので、足利軍は前陣が進んで後陣を待った。大将の高氏が大江山の峠を越えたとき、ヤマバトの夫婦が飛んできて、源氏の白旗の上で羽ばたいた。高氏は「これは、八幡大菩薩がやってきて我が軍を守っている証だ。このハトが飛び去ろうとする方向に向かおう」と命令したので、旗差[19]が馬を走らせてハトの後をついていくと、このハトは静かに飛んで、平安京大内裏跡の神祇官の前にある栴檀の木に留まった。足利の官軍はこの奇跡に勇み立ち、内野（大内裏跡）を目指して馳せ向かう途中、六波羅の敵兵が五騎一〇騎と兜を脱いで降参してきた。足利殿が篠村を発つ前はわずか二万騎あまりにすぎなかったが、かつて右近衛府[20]の馬場があった場所を通過する頃には、五万騎あまりにふくれあがった。

一方、六波羅は、六万騎あまりの軍勢を三手に分けた。一手は、神祇官の前で足利軍を防がせた。もう一手は東寺付近へ派兵して、千種殿が攻め寄せてきている竹田・伏見に備えさせた。午前一〇時頃から大手と搦手で同時に戦闘が始まり、馬が走ってまき起こる砂塵が南北に靡き、兵士が上げる鬨の声も上下に響き渡った。

六波羅は、内野方面には陶山・河野[21]といった主力の勇士二万騎あまりを差し向けたので、足利の官軍も六波羅の敵軍も容易に進むことができなかった。双方の陣が互いに向かい合い、ただ射撃戦を行うばかりで時が過ぎていった。

ここに、足利軍の中から櫨匂の鎧[22]に薄紫色の母衣をかけた武者がただ一騎、敵の前に馬を駆けて、大声でこう名乗った。「私は大した武士ではないので、名前を知る

18　箙（矢を入れる武具）の表側に添える、鏑矢。鏑は、矢の先に付ける木や鹿の角で作ったもので、蕪の形状であることから、こう呼ばれる。鏑があることで、矢が飛ぶとき音が出る。

19　馬上で大将の旗を持つ係の武士。

20　大内裏の図（344ページ）参照。

21　備中守だった陶山次郎と、対馬守だった河野九郎左衛門通治という武士。

22　鎧の縅の色が、中心部は黄櫨（赤みがかった黄色）で、端にいくほど薄い黄色や白になっているもの。

人もいないであろう。私は、足利殿の御内で設楽五郎左衛門尉という者である。六波羅軍の中で、我こそはと思う者がいれば、私と一騎打ちして、武芸の程度を示してみよ」。設楽はそう叫びながら三尺五寸の刀を抜き、兜の正面に振りかざして、できるだけ矢に当たりにくいように馬を立ててかまえた。

ここに、六波羅軍の中から年齢が五〇歳くらいの、黒糸の鎧に五枚兜をかぶり、白栗毛の馬に青総[23]をかけて乗った老武者が静かに馬を進ませて、声高らかにこう名乗った。「私は無知蒙昧であるが、長年引付方の奉行人[24]の末席を汚してきたので、人はきっと法師であると侮って、相手にするには不足の敵であると思うだろう。しかしながら、私の先祖は藤原利仁将軍の一族として、武家代々の家臣を務めてきた。私は、その一七代の末裔である斎藤伊予房玄基という者である。今日の合戦は味方の運命を決する一戦であるので、今命を惜しんでも意味がない。生き残る者がいれば、今日の私の忠義の戦いを語り継いで、私の名を子孫に伝えてほしい」。斎藤はこう言い捨てて、設楽と馬を駆け合わせ、相手とむんずと組み合って、ともにどうっと馬から落ちた。設楽の方が力は強いので、上になって斎藤の首を掻いた。斎藤は動作の機敏な者であったので、下から設楽を刀で三度突き刺した。いずれも強くて勇敢な武士であったので、絶命した後までも、互いに組んだ手を離さず、ともに刀を突き立てて、同じ枕で眠っているかのように伏した。

また、源氏の陣の中から、紺唐綾の鎧[25]に鍬形をつけた兜をかぶり、五尺以上の巨大な太刀を鞘から抜いて肩にかけた武士が、敵陣の約半町前に駆け進んで、こう高らかに名乗りを上げた。「八幡太郎源　義家[26]殿以来、源家代々の侍としてさすがに名は隠れないが、現在は無名となっているので、名乗らなければふさわしい敵に巡り会えないだろう。私は足利殿の御内で、大高次郎重成という者である。先日、たびたびの合戦で活躍したと有名な陶山備中守か河野対馬守はいらっしゃらないか。出てきてください。剣術で勝負して、敵味方に見物させてやろう」。そう言いながら、手綱をたぐり寄せ、馬に白い泡を吹かせながら待機した。陶山は東寺方面の敵が手強いとい

23　馬の尻や胸に掛ける、青い飾り。
24　引付衆とも。訴訟を担当する幕府の役人。
25　【6-9】注3参照。
26　一〇三九～一一〇六年。源頼義の子で、石清水八幡宮で元服したことから「八幡太郎」とも呼ばれた。

うことで急遽八条へ向かっていたので、この戦場にはいなかった。そのため、この陣には河野対馬守しかいなかったが、もともと血気盛んで敵に突進する武士なので少しも躊躇せず、「通治(みちはる)はここにいるぞ」と叫んで、大高と組もうとして近づいた。

これを見て、対馬守の養子で七郎通遠(しちろうみちとお)というこの年一六歳になる若武者が、父を討たせまいと思ったのであろう、真っ先に馳せはだかって、大高と並んでむんずと組み合った。大高は、河野七郎の鎧の総角(あげまき)[27]をつかんで宙に持ち上げ、「お前のような小者と組んで勝負はしない」と言って、鎧の笠印を見ると、「傍折敷(そばおしき)に三文字」[28]が描かれていた。「さては、こいつも河野の子か甥(おい)であろう」と見た大高は、片手で持った刀を下ろして七郎の両膝を斬り落とし、七郎を弓の長さ三つほどの距離に投げ飛ばした。

対馬守は最愛の養子を目の前で討たれて、命を惜しんでも仕方ない、大高と組もうとして、両方の鐙(あぶみ)で馬の腹を打って全速力で大高に襲いかかった。河野の家来たちはこれを見て、両軍互いに入り乱れて黒い砂塵を上げながら戦った。足利の官軍が多数討たれて内野へパッと引けば、源氏は新手(あらて)を入れ替えて戦った。六波羅勢も数多く討たれて鴨川の河原へさっと退けば、平家は新手を繰り出して戦った。一条大路と二条大路を東西へ押したり引いたりして、七～八度ほど激しく交戦した。源平両軍とも命を惜しまなかったので、どちらが剛胆でどちらが臆病であるのか優劣はつかなかったが、源氏の方が大軍であったので、平氏は遂に敗北し、六波羅を目指して撤退した。

東寺へは、赤松入道円心が三千騎あまりで押し寄せた。信濃守範資[29]が鐙を踏ん張って馬を止めて左右を見て、「誰か、あの塀を引き倒せ」と命令したので、宇野・柏原・佐用・真島の血気にはやった若者たち二〇〇騎あまりが、馬を乗り捨てて走り寄った。そして城の構造を見渡すと、西は羅城門の跡地から東は八条河原まで、幅五寸・厚さ六寸および幅八寸・厚さ九寸の、琵琶の胴を作る材木や長門国阿武郡産の角材などを厳選して造った堅い塀をめぐらせ、その前には乱杭[30]や逆茂木を多数設置し、さらに三丈あまりの堀を掘って水を引き入れていた。飛び込んで泳ごうにも堀の深さはわからず、渡ろうにも橋はなかった。

どうしようかと考え込んでいたところ、播磨国の武士である妻鹿孫三郎長宗が馬よ

---

27 鎧の背中側の逆板に付けた房。
28 河野家の家紋。脚付きの角盆のなかに「三」の字が描かれている。
29 ?～一三五一年。赤松則村（円心）の子で、則祐の兄。
30 不規則に打ち付けた多数の杭。

り飛び降りて、堀へ弓を差して水深を測ってみると、上端がわずかに出るほどであった。さては、足は底に届くだろうと思い、五尺三寸の太刀を抜いて肩にかけ、貫(つらぬき)[31]を脱ぎ捨てて堀に飛び込むと、水は胸板[32]の上にも上がらなかった。後に続いた武部七郎(たけべのしちろう)がこれを見て、「堀は浅いらしいぞ」と言った。そして、身長五尺ばかりの小男である七郎が何も考えずに飛び込むと、水は兜を越えた。長宗はキッと振り向いて、「私の総角(あげまき)を踏んで登れ」と言ったので、武部七郎は妻鹿の鎧の上帯を踏んで肩に乗りかかり、飛び跳ねながら向かいの岸に着いた。

妻鹿はカラカラと笑って、「お前は私を橋にして渡ったな。ならば、その塀を引き倒そう」と言いながら岸から上に跳ね登って、塀を支える柱が塀から四～五寸ほど出ているのに手をかけ、思いっきり引いた。すると、堀を掘った土を山のように積んだ上げ土が塀とともに五～六丈崩れて、堀を埋めて元の平地となった。これを見た六波羅兵は、築地塀の上に設置した三〇〇基以上の矢倉から矢を散々(さんざん)に射た。その矢は、雨が降るよりも激しく飛んだ。長宗は、鎧の菱縫(ひしぬい)や兜の吹返(ふきかえし)[33]に刺さった矢をそのままにして高矢倉の下に避難し、門の両側にある金剛力士像の前で太刀を突いて、上唇を嚙みしめて立ったので、仁王(におう)と孫三郎(まごさぶろう)の区別がつかなかった。

東寺・西八条[34]・針・唐橋に待機していた六波羅の軍勢一万騎あまりは、木戸口の戦闘が危ないと騒いで、皆一団となって東寺の東門の脇から打って出た。それはまるで、厚い雲が雨を降らせながら夕暮れの山から現れるようであった。妻鹿も武部も今にも戦死しそうに見えたので、佐用兵庫助・得平源太・別所六郎左衛門・同五郎左衛門が迎え撃ち、脇目も振らずに戦った。「あれを討たせるな、みんな」と叫び、赤松入道円心・嫡子信濃守範資・次男筑前守貞範・三男帥律師則祐・真島・上月・菅家・衣笠の総勢三千騎あまりが、一斉に刀を抜いて突撃した。六波羅勢一万騎は、縦横無尽に撃破され、皆七条河原へ追い出された。

　このように、六波羅軍は陣の一部を破られ、残りの軍勢の損害も大きかったので、六波羅の城へ逃げ帰った。四方の官軍五万騎は、勝ちに乗じて一斉に攻め寄せて、五

31　毛皮で作られた靴。騎馬武者が履く。

32　鎧の胴の胸の部分にある鉄製の板。

33　「菱縫」は、鎧の袖の下のほうを、「×」の形に糸を縫ったところ。「吹返」は、兜の錣（後頭部・首を保護するもの）の板の両端で、外に反り返った部分。348ページ参照。

34　東寺の西北あたり。

条大橋のたもとから七条河原まで六波羅をびっちりと包囲すること幾千万人であるかわからないほどであった。しかし完全には包囲せず、東の一カ所をわざと開けておいた。これは、敵を敢えて逃がして簡単に攻め落とすための策略であった。

千種頭中将忠顕朝臣[35]は、配下の兵士に向かって「通常の戦いだと思ってこの城をゆっくり攻めれば、千早城を包囲している幕府軍が、そちらを放棄してこちらの背後を攻撃してくるだろう。みんなで心を一つにして、一瞬で攻め落とせ」と命令した。そこで、出雲・伯耆の兵士たちが物資輸送車を二～三〇〇台ほど集めて、轅[36]を結び合わせた。そして、その上に壊した家の木材を山のように積み上げて、矢倉の下へ突進させて、一方の城門を焼き破った。

ここに六波羅方である、梶井宮の御門徒や上林坊の僧侶たち三〇〇騎あまりが全員武装して、六波羅蜜寺の地蔵堂の北門から五条大橋のたもとへ打って出た。そのため、坊門少将雅忠と殿法印[37]の兵三千騎あまりが、わずかの敵に鴨川の河原を三町以上も追いまくられた。しかし、攻撃軍はさすがに小勢だったので、深追いしてはまずいということで、また六波羅城へ引きこもった。

六波羅に立て籠もる兵は少ないとは言っても、五万騎以上いた。このとき、もし一致団結して一斉に城を出て攻撃していれば、浮き足だった攻撃軍はこれを防げなかったように思われる。しかし武家は滅ぶべき運命にあったのであろう、日頃名高い豪傑の武士も勇まず、並ぶ者のない弓の精兵と言われる者も弓を引かず、ただ呆然（ぼうぜん）としてあちこちに群がり立って、逃亡の準備をするばかりで気勢も上がらなかった。

名誉を惜しみ、家を重んじる武士でさえ、このような状況であった。まして天皇・上皇両陛下をはじめとして、女院・皇后・摂関家夫人・殿上人（てんじょうびと）・公卿（くぎょう）・稚児・女房たちに至るまで、戦争というものをまだ見たことがなかった。そのため、鬨の声や矢が飛ぶ音に恐れおののいて、「これはどうすればいいのだろうか」と消え入るばかりの表情を浮かべられた。両六波羅探題は、そうお感じになるのも当然のことであると気の毒に思い、いよいよ戦意を失った。今まで六波羅に忠誠を尽くしてきたように見える武士たちであったが、このように城中が動揺する様子を見てかなわないと思ったのであろう、夜になると城門を開けて逆茂木を越え、我先にと逃げ出した。義を知り、

35　【7-7】注4参照。
36　車の前方に突き出た、二本の長い棒。
37　?～一三三四年。護良に仕えた僧侶で、関白二条良実の孫。

命を惜しまずに六波羅に残った兵は、わずかに千騎に満たなくなった。

【9-7】六波羅探題軍が番場宿で自決したこと

両六波羅探題が京都の戦いに敗北し、関東方面へ逃亡していることが知れ渡ったので、近江国（おうみのくに）の三宅・篠原・日夏（ひなつ）・大所（おいそ）・愛知川（えちがわ）・四十九院（しじゅうくいん）・摺針（すりはり）・番場（ばんば）・佐目井（さめがい）・柏原・鈴鹿山（すずかやま）の山賊・強盗・ならず者ども二～三千人が一夜で集結した。彼らは、亀山法皇の第五皇子である五辻宮守良親王（いつつじのみやもりよししんのう）が世を捨てて伊吹山（いぶきやま）の麓に隠れ住んでいたのを大将に担ぎ上げ、錦（にしき）の御旗（みはた）を掲げて、東山道最大の難所である番場宿の東の小山の峰に陣取り、崖の下の細道を六波羅軍が通過するのを待ち受けた。

夜が明けて、越後守普恩寺仲時（えちごのかみふおんじなかとき）は篠原の宿を発（た）ち、天皇陛下を山々が連なる奥地へお連れした。都を出てから昨日までは二千騎あまりの軍勢が従っていたが、徐々に逃げ出して、今日はわずかに七〇〇騎にも満たなかった。「もし後ろから追撃されることがあれば、矢で防戦せよ」と佐々木判官時信を後陣にして、「賊徒が進路を塞ぐことがあれば、蹴散らして道を切り開け」と糟屋三郎宗秋を先陣とした。

天皇の輿を連れて、糟屋が番場の峠を越えようとしたところ、数千の敵が道を間にはさみ、楯を一面に並べて、弓をそろえて待ち構えていた。糟屋は遠くからこれを見て、「この近江国や他国の悪党どもが、落ち武者の武器や鎧を奪おうとして集まってきたのだろう。本気で攻撃すれば、命を賭けてまで戦うことはまさかあるまい。ただ突撃して蹴散らせ」と命じた。そして、三六騎の武士が馬を並べて突進した。一陣を固めていた野伏五〇〇人あまりは、遠くの峰まで追い立てられて、二陣の軍勢に合流した。

　糟屋は最初の戦闘に勝利して、今はまさか行く手を阻む者はいないであろうと安心した。だが朝霧が晴れてきて、越えるべき山道を見渡すと、錦の御旗が峠を吹く激しい風に翻り、約五～六千人の兵士が陣地を築いて待ち受けていた。糟屋は、この二陣が大軍であるのを見て圧倒された。もう一度突撃して敵を蹴散らそうにも、人も馬もすでに疲弊し、敵も難所に陣取っている。接近して射撃戦闘に持ち込もうにも、矢はすでに使い果たし、敵は圧倒的な大軍である。とにかくかなわないと思ったので、山の麓の辻堂に皆下りて、味方の後陣が来るのを待った。

越後守は、前陣で戦闘があったと聞いて、馬を速めてやってきた。糟屋三郎は、越後守に向かってこう言った。「武士は死ぬべき場所で死なねば恥をかくと言われてきたのは道理でございます。我々は京都で戦死すべきでしたが、命を惜しんでここまで逃れてきました。今、取るに足らない田舎者の手にかかり、屍を道ばたの露にさらすことを悔しく感じております。敵がここの一カ所にしかいないのであれば、命を捨ててでも突破すべきであります。しかし推察いたしますに、まず土岐の一族は当初からこの謀叛の首謀者でありますので、これを好機と見て美濃国を通すまいとしていることでしょう。遠江国でも城郭を構えているという噂があり、きっと兵を出して我々を攻撃するでしょう。この者どもを敵として勝利することは、おそらく一万騎の軍勢があっても不可能だと思われます。まして、我々は逃亡者の身となって、人も馬も疲れはて、矢の一本もまともに射る力もなくなっておりますので、どこまで逃げればいいのでしょうか。後陣の佐々木の到着を待ち、近江国へ引き返し、しばらく適当な城に籠城して、関東の軍勢が上洛してくるのを待つべきであります」。越後守仲時も「その意見に私も同感であるが、佐々木といえども今はいつ裏切るかもしれず、あまり信頼できないので、どうすればいいかわからず、みんなの意見を聞こうと思っているのだ。ともかく、この仏堂でしばらく待機して、佐々木時信の到着を待って話し合おう」と言って、五〇〇騎あまりの兵士が全員仏堂の庭にひかえた。

佐々木判官時信は、一里ほど後方を五〇〇騎あまりで駆けていたが、いかなる悪魔外道（げどう）の仕業なのであろうか、「六波羅殿は番場の辻堂で野伏に包囲され、一人も残らず討ち取られた」とデマ情報を告げられた。時信はすべきことが何もなくなり、愛知川より引き返して、後醍醐天皇の命令に従って京都へ上ったのだった。

越後守はしばらく時信を待っていたが、いくら待っても来ないので、「さては、時信も裏切って敵となったのであろう。今は引き返す場所も落ち延びる場所もない。ここで潔く、腹を切ろう」とかえって決心して、気持ちもすがすがしくなったように見えた。

そして、軍勢に向かってこう述べた。「武運がいよいよ傾いて、我が北条家の滅亡も間近であると知りながら、武名を重んじ、常日頃の友好を忘れずに、ここまでついてきてくれたみんなには、とてもお礼のしようがない。非常に感謝しているが、北条家の運はもう尽きたので、この忠義に報いることができない。今となっては、みんなのために自害をして、生前受けた忠義の恩を、死後にお返ししようと思っている。仲時は愚か者であるが、これでも平氏一門の末席に連なる身であるので、敵はきっと私の首を取った手柄に、千戸の戸数のある広大な領地を用意するであろう。仲時の首を取って源氏の手に渡し、罪を償って軍忠としなさい」。この言葉も言い終わらないうちに、鎧と上半身の着物を脱いで肌を出し、腹を掻き切って伏せた。

糟屋三郎はこれを見て、流れる涙を鎧の袖で押さえながら、こう言った。「宗秋こそ先に自害して、冥途の先払いをしようと思っていたのに、先立たれたのは悔しいことよ。この世では最期を見届けたが、あの世だからといって主君を見捨てるはずがない。しばらくお待ちください。冥途の旅のお供をいたします」。そして、越後守が柄口まで腹に突き刺した刀を抜いて、自分の腹に突き刺して、仲時のひざに抱きついて、うつ伏せに倒れた。

以下、佐々木隠岐前司清高・子息次郎右衛門尉・同三郎兵衛尉・同永寿丸・高橋九郎・同孫四郎・同又四郎・同五郎・同孫四郎左衛門尉・隅田源七左衛門尉時親・同孫五郎・同藤内右衛門尉・同与一・同四郎・同五郎・同新左衛門尉・同孫八・同又五郎・同藤三・同三郎・安東左衛門入道・同左衛門太郎・同左衛門次郎・同新左衛門尉・同十郎・同三郎・同又次郎・同七郎三郎・同藤三・中布利五郎左衛門・石見彦三郎・武田下条十郎・関屋八郎・同十郎・黒田新左衛門尉・同次郎右衛門尉・竹田太郎・同掃部左衛門尉・寄藤十郎兵衛・勘解由七郎左衛門・皆吉左京亮・小屋木七郎・塩屋右馬允・同八郎・海上八郎・岡田平六兵衛・岩切三郎左衛門尉・子息新左衛門尉・同四郎・木工介入道・壱岐孫四郎・窪二郎・糟屋弥次郎入道・同孫三郎入道・同次郎・同伊賀三郎・同彦三郎入道・同大炊次郎・同次郎入道・同六郎・同次郎・櫛橋次郎左衛門尉・子息彦七・同又五郎・厚木左近将監入道・子息彦七・同七郎次郎・同七郎・平右馬三郎・御器所七郎・西郡十郎・秋月次郎兵衛・半田彦三郎・怒借屋彦三郎・平塚孫四郎・蕚六郎入道・毎田三郎・宮崎三郎・同太郎二郎・山本八郎入道・同七郎入道・子息彦三郎・同小五郎・子息彦五郎・同孫四郎・足立源五・三河弥六・広田五郎左衛門尉・伊佐治部丞・同孫八・同三郎・子息弥次郎・片山一郎次郎入道・木村四郎・弘田八郎・覚井三郎・二階堂伊勢入道・石井中務丞・子息孫三郎・同四郎・海老名四郎・同与三・石川九郎・子息又次郎・進藤六郎・同彦四郎・備後民部丞・同三郎入道・加賀彦太郎・同孫太郎・武田与二・見島新三郎・同左衛門五郎・同左衛

門七郎・斎藤宮内丞・子息七郎・同三郎・筑前民部大夫・同七郎左衛門・田村中務入道・同彦五郎・同兵衛四郎・真上彦三郎・子息三郎・陶山次郎・同小五郎・小見山孫太郎・同五郎・同六郎次郎・高坂孫三郎・塩谷孫三郎・庄左衛門四郎・藤田六郎・同七郎・金子十郎左衛門尉・真壁三郎・江馬彦次郎・近部七郎・能登彦次郎・新野四郎・佐海八郎三郎・藤田八郎・愛多義中務・子息弥次郎、これらを主立った者として、合計四三二人の武士が同時に切腹した。

血が死体を沈めて、黄河のように流れ出た。死骸が庭に満ちあふれ、肉塊が散らばるなど凄惨であった。七五九年に貂の毛皮をまとった五千人の兵士が土煙の中で滅亡し[1]、七五五年の潼関の戦い[2]で百万の兵士が黄河で溺死したのも、これほどひどくはなかったであろう。実にあわれなことであった。光厳天皇と後伏見・花園の両上皇は、気を失わんばかりにただ呆然とするしかなかった。

そうこうしているうちに、五辻宮の官軍は天皇・上皇両陛下の身柄を確保し、その日のうちに長光寺[3]に移した。三種の神器[4]、琵琶の名器である玄象・下濃、清涼殿[5]の二間に安置されていた皇室の御本尊に至るまで、すべて五辻宮に渡した。これはまるで、かつて秦の三世皇帝子嬰が、漢の高祖に滅ぼされた際、天子の印章をその首にかけ、白馬に牽かせた白木の車に乗り、軹道の宿場で下りて降伏した故事[6]のようで、秦の滅亡の様子と異ならなかった。

日野大納言資名卿は、特に光厳天皇に奉公している寵臣であったので、どんなひどい目に遭うだろうと身の危険を感じて、時宗の僧侶がいる近辺の仏堂に行って出家したいと言った。僧侶はすぐに授戒の師となって、いきなり資名の髪を剃り落とそうとしたところ、資名卿は僧侶に向かって「出家するときは、何やら四句の文とやらを唱えるということであるが、お前は何も唱えないのか」と尋ねた。だがこの僧はその文句を知らなかったので、しばらく考えて「汝是畜生、発菩提心（お前は畜生なので、仏を信じる心を起こせ）」と唱えた。三河守友俊も同じくここで出家しようとして、

【9-7】1　中国で唐の時代に起きた、史思明（後の燕王）が安禄山の子である安慶緒を破った戦い。
2　中国の現、陝西省の関である「潼関」で起きた、唐が安禄山に敗れた戦い。
3　現、滋賀県近江八幡市にある、真言宗の寺院。
4　皇位の正統性を示す八咫鏡・宝剣・神璽の三つの宝。
5　天皇が普段暮らしている御所。
6　『史記』「高祖本紀」に見える故事。

すでに髪を洗っていたが、この文を聞いて「命が惜しくて出家するからといって、お前は畜生であると言われるのは悲しいなあ」と言って、驚きあきれながらも資名とともに笑った。

　このようにして、今まで天皇に付き従っていた公卿や殿上人があちこちに逃げ、出家遁世していなくなったので、光厳天皇・皇太子康仁(やすひと)親王および後伏見・花園の両上皇陛下に現在従っているのは、勧修寺経顕(かじゅうじつねあき)と禅林寺有光(ぜんりんじありみつ)の二人だけであった。その他の貴族たちは皆、見慣れぬ敵に前後左右を包囲されて捕らえられ、あきれるほど粗末な網代(あじろ)の輿にそれぞれ乗せられて、都へ帰って行った。貴賤の見物人は道ばたに立ってこの様子を眺め、こう思った。「ああ不思議なことだ。一昨年に後醍醐帝を笠置山(かさぎやま)で生け捕って隠岐国(おきのくに)へと流罪にしたその報いが、三年以内に来たことは驚くべきことである。『昨日はよその地方で起こったと聞いた災いが、今日は我が身の上に降りかかってきた』ということわざは、このようなことを指すに違いない。この天皇もまた、どこかへ流されて、お心を悩ますのであろう」。このように、心ある者もない者も、因果応報の道理がはっきりと現れたことに、袖を濡らして皆泣いた。

【10-8】鎌倉の市街戦のこと

源氏（新田氏）は八〇万騎の大軍を三手に分け、それぞれ二人の武将を司令官に据えた。第一軍は、大館次郎宗氏を左将軍、江田三郎行義を右将軍として[1]、合計一〇万騎あまりを極楽寺の切通へ差し向けた。第二軍は堀口美濃守貞満と大島讃岐守を大将とした七万騎あまりで、これを巨福呂坂に向かわせた。第三軍は新田小太郎義貞[2]と舎弟脇屋次郎義助[3]を大将として、大井田・山名・桃井・岩松・里見・額田・一井・羽川以下の一族で周囲を固め、総勢六〇万騎あまりで化粧坂より進撃した。

【10-8】1　大館宗氏と江田行義はともに新田一族の武将。

2　?～一三三八年。後醍醐天皇の呼びかけで鎌倉を攻め、倒幕。建武政府では武者所頭人。新田氏は上野国新田荘に土着した豪族。

3　一三〇一～四二年。南北朝時代の武将で新田朝氏の子。義貞の弟。義貞の鎌倉攻めに参加し、その功績により建武新政では武者所寄人、駿河国司となった。

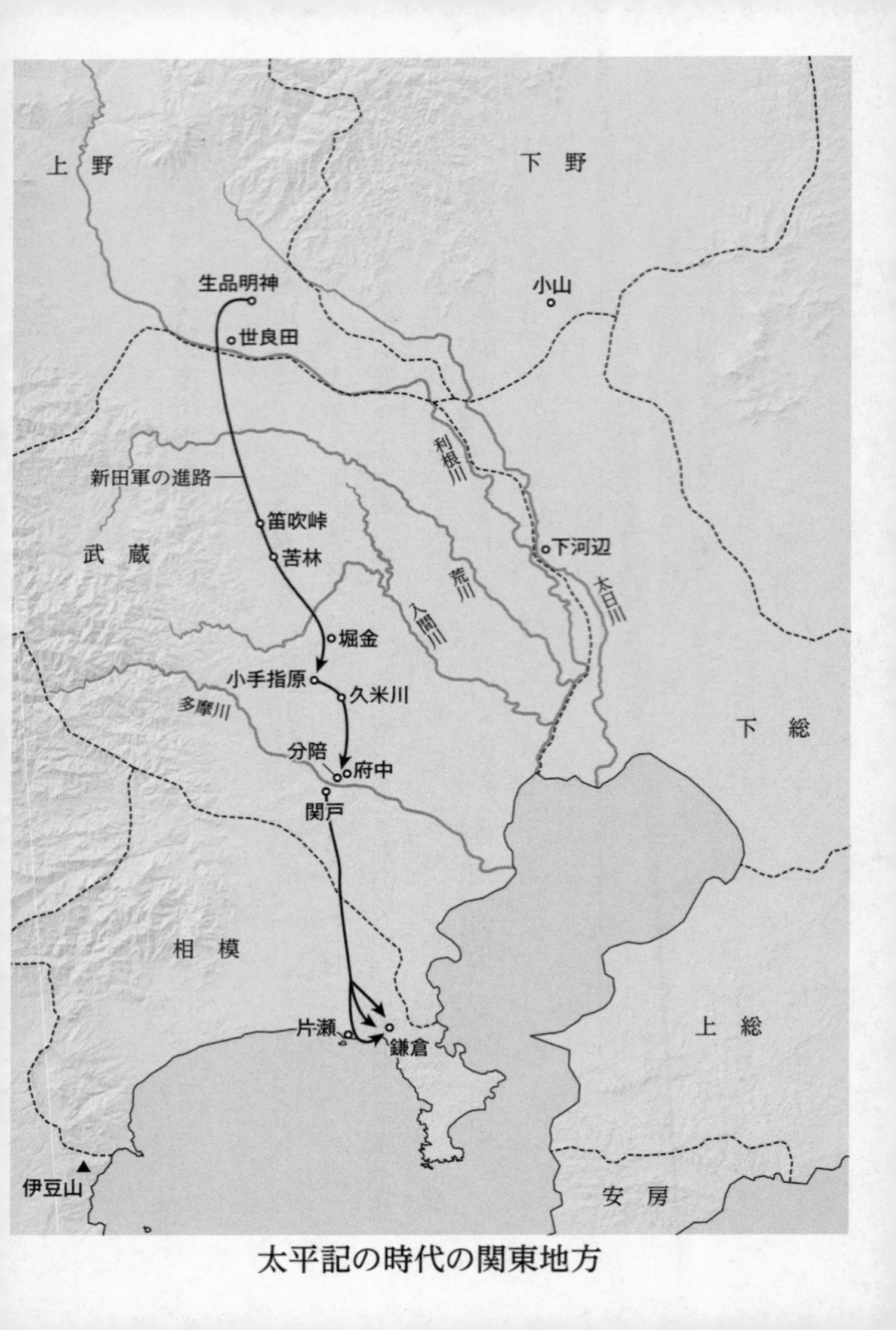

太平記の時代の関東地方

鎌倉の人々は昨日と一昨日まで、分倍河原と関戸の戦いに敗北したとは言っても、なお物の数とも思わず、敵の力をたいしたことはないと侮り、むやみにあわてる様子もなかった。しかし、大手の大将として向かった四郎左近大夫入道北条泰家[4]がわずかの軍勢に敗北し、昨日（五月一六日）の夕方に山内へ引き返してきた。搦手の大将として下河辺へ向かった金沢武蔵守貞将は、小山判官秀朝[5]と千葉介貞胤[6]に敗れて、下道[7]から鎌倉へ入ったので、予想外の事態であると人々は皆あわてて大騒ぎした。結局、五月一八日の午前六時頃、新田軍は村岡・藤沢・青船・腰越・片瀬・十間坂以下五〇カ所あまりに放火して、三方より鎌倉に攻め寄せてきたので、武士は東西を駆け巡り、貴賤の住民は山野に逃げまどった。昔、唐の玄宗が霓裳羽衣[8]の曲を演奏し

4　生没年未詳。執権北条貞時の子で、高時の弟。

5　?〜一三三五年。下野国（現、栃木県）の守護。鎌倉幕府の大仏貞直の軍に加わり、笠置城や赤坂城を攻めた。

6　一二九一〜一三五一年。胤宗の子で、新田義貞に応じて武蔵鶴見で北条軍を破った。建武政権でも新田とともに対足利戦を戦った。

7　鎌倉と、現在の千葉県方面を結ぶ街道。

ているとき、安禄山が漁陽から軍の太鼓を打ちながら攻めてきた。周の幽王が偽りの烽火を上げて寵姫の褒姒を喜ばせていたとき、蛮族の旗が天を覆いながらやってきた。[9]周の滅亡も唐の衰退もこのような様子であったろうと思い知らされるばかりであった。

源氏（新田氏）が三方から攻め寄せてきたので、平家（北条氏）も軍勢を三手に分けた。第一軍は金沢越後守有時を大将として、安房・上総・下野の軍勢三万騎あまりを加えて、化粧坂を防がせた。第二軍は大仏陸奥守貞直を大将として、甲斐・信濃・伊豆・駿河の軍勢五万騎あまりで極楽寺の切通を防御した。第三軍は赤橋相模守守時を大将に、武蔵・相模・出羽・奥州の軍勢六万騎あまりで洲崎の敵を防いだ。その他、北条氏の庶流八〇人あまりと諸国の兵一〇万騎あまりを臨機応変に守りの手薄な場所に向かわせるために、鎌倉市内に残しておいた。

同日午前一〇時頃、源平両軍は互いに射撃戦を開始し、一日中交戦した。源氏は大軍である上に攻撃側なので、新手を入れ替えて鎌倉に侵入しようとした。平家は小勢であったが、防御に適した場所を占めていたので、打って出て防戦に努めた。鬨の声が三方でわき起こり、双方の陣でわめき叫ぶ音が天に響き、地を揺るがせた。平家が魚鱗（ぎょりん）の陣を組んで大軍の中に突撃すれば、源氏は鶴翼（かくよく）に展開してこれを包囲しようとする。源氏が一斉に太刀を抜いて攻めかかれば、平家は矢をそろえてさんざんに射る。源平両家の兵士たちは、高い忠誠心で死を恐れないだけではなく、勝敗が決し、剛胆（ごうたん）か臆病かを後世に語り継がれるような戦いであるので、子が討たれても親はその屍（しかばね）を乗り越えて敵に攻めかかり、主君が討たれても家来はそれを助けずに主君の馬に乗って攻めかかり、敵に組みついて戦う者もいれば、刺し違えてともに死ぬ者もいた。彼らの勇猛な気迫を見ると、万人が死んで一人だけ残り、万陣が敗れて一陣のみになったとしても、いつまでも果てしなく続く戦に見えた。

赤橋相模守守時は洲崎へ向かったが、この方面の戦いは非常に激しく、昼夜に六五回戦って、はじめは数千騎いた家来たちも、負傷したり討たれたり逃亡したりして、今はわずかに三〇〇騎あまりに減ってしまった。守時は、侍大将として同行していた

8　もともとは西域から伝わった舞曲の名。玄宗が夢で見た天女の舞を曲にした、という説もある。

9　周の幽王が、褒姒に良く思われるために烽火を自己演出した話が『史記』「周本紀」に載る。

10　魚の鱗を並べたように、中央に兵力を多くして山の形にしたものが「魚鱗の陣」。鶴が翼を広げたように散らばり、敵兵を中に取り込むようにした陣形が「鶴翼の陣」。

南条左衛門高直に向かって次のように述べた。「漢の高祖と楚の項羽が戦った八年間で、高祖は毎回敗北したが、ただ一度烏江の戦いで勝利して項羽を滅ぼした。斉と晋との七〇度の戦いで、重耳はまったく勝つことがなかったが、遂に斉の国境での戦いで勝利を収め、晋の国王に即位して文公として国を維持した。このように、万死を逃れて生き延び、百戦に負けて一戦に勝つのが、戦争の習いである。今、この戦いで敵は少々優勢であるが、だからと言って当北条家の運命が今日で最後とは思わない。しかし守時としては、一門の行く末を見届けるまでもなく、この陣で腹を切ろうと思う。その理由は、私は幕府を裏切った足利高氏の縁者なので、相模入道をはじめとする一家の人々は私のことを非常に警戒するだろうからである。これはすべて、勇士の恥とするところである。かの田光先生は、燕の太子丹に始皇帝暗殺を持ちかけられて老齢を理由に断ったとき、丹に『ならば、このことを他言するな』と言われたので、その疑いを晴らすために切腹して丹の前で倒れた。今回の戦いは急に起こったことであり、兵士は皆戦死してしまった。一門に疑われているこの状況で、自分が守備している地点から逃れて命を惜しむことなどできようか」。そして、戦闘がまだ継続している中、陣幕の中で鎧を脱ぎ、腹を掻き切って倒れた。

南条左衛門はこれを見て、「大将が自害してしまった以上、部下は誰のために命を惜しんで戦場を離れることができるだろうか」と言って、続けて腹を切った。守時の配下の兵士たちも、次々に着物を脱いで、三八〇人あまりが皆自決して、死体が重なり合った。そのため、一八日の夕暮れに洲崎は突破され、源氏は早くも山内まで進入した。

本間山城左衛門（ほんまやましろのさえもん）は、長年大仏陸奥守貞直の恩を受けていたが、その頃主君の怒りを買い、自宅で謹慎していた。一九日の早朝に、極楽寺の切通の戦闘が激しく、敵がすでに侵入してきていると騒がれたので、本間山城左衛門は若党（わかとう）・中間（ちゅうげん）[11]一〇〇人あまりを率いて極楽寺坂へ馳せ向かい、大館次郎宗氏が三〇〇騎あまりで展開しているところに突撃し、脇目もふらずに戦った。もともと捨てようと思っていた命なので、敵が大軍だからといって本間は少しもひるまなかった。ただ敵の大将を討ち取ることだけを目的として、敵の隊列を乱して進み、攻め返されてはまた押し返し、これを最後にと暴れたので、攻撃軍は腰越まで後退した。

11　【2-6】注8参照。

この間に組んだのであろう、大館次郎宗氏が本間の家来と刺し違えて、砂の上に倒れていた。本間は大館の首を取って太刀の先に貫いて、貞直の陣に馳せ帰り、陣幕の前でかしこまってこう言った。「長年奉公し続けた御恩を、この一戦でお返しいたしました。お怒りを受けたまま死ねば、私は死後まで妄念を抱き続けるでしょう。今はお許しを得て、心穏やかにあの世に行きたいと思います」。そして流れる涙を袖で押さえながら、腹を掻き切って倒れた。これに感動しない人はいなかった。

極楽寺へ向かった大館次郎宗氏が討たれ、軍勢が片瀬・腰越まで退いたと聞いた新田義貞は、二万騎あまりを率いて二一日の夜に片瀬と腰越を経由して極楽寺坂へ進出した。月明かりを頼りに平家の陣地を眺めると、北は切通となっており、高い山と険しい山道に城柵を構え、垣のように楯を並べ、数万騎の兵が待機していた。南は稲村ケ崎で、狭い道に波打ち際まで逆茂木を多数植え、四～五町の沖に大きな船を並べ、その上に矢倉を建てて側面から矢を射る作戦であった。確かに、この陣地の戦闘で攻撃側が敗北して退いたのも当然であると思われた。

義貞は馬から下り、兜を脱いで海上の方を伏して拝み、龍神に向かって次のように心をこめて祈った。「伝え聞くところによりますと、日本国を創られた主である伊勢天照大神の本体は大日如来で、変化身は海上の龍神ということでございます。我が主君である今上の天皇陛下はその子孫として、逆臣北条氏のために西海の波を漂流しています。義貞は、今臣下のあるべき姿を実現するために、斧と鉞を手にして敵陣に挑みます。その目的は、ひとえに帝王の政治を助けて、人民の生活を安定させるためであります。すべての海に住む龍神と仏法を守る八部衆[12]にお願いいたします。私の陛下に対する忠誠に鑑みて、朝敵をはるか遠く彼方に退け、進軍の道を我が軍のために空けてください」。そして、自分が差していた金細工で飾った太刀を海底に沈めた。

本当に龍神と八部衆がこの願いを聴き入れたのであろうか、その日の月が沈む頃、以前は決して干上がることのなかった稲村ヶ崎が二〇町あまりも干潮で干上がり、平らな砂浜が広大に広がった。側面から矢を射るために配備した数千艘の戦艦も、引き潮につられてはるか遠くの沖に漂うしかなくなった。義貞は「前漢の将軍李広利は、城中の水が尽きたとき、帯刀していた太刀を抜いて岩石に刺すと突然泉が湧き出た。

12 仏教を守護する八つの神。天、竜、夜叉、乾闥婆、阿修羅、迦楼羅、緊那羅、摩睺羅伽の八つ。

我が国の神功皇后が新羅を攻めたときも、自ら干珠を海に投げ入れられると、潮が遠くにひいて戦争に勝つことができた。これらは日本と中国の佳例で、今回の祥瑞とも一致する。兵ども、進軍せよ」と命令した。そこで、江田・大館・里見・鳥山の人々をはじめとして、越後・上野・武蔵・相模の軍勢が一団となって、稲村ヶ崎の干上がった潟を一気に駆け抜け、鎌倉市街に乱入した。数万の平家の軍勢がこの背後の敵に対処しようとすれば、前方の敵がこれにつけ込んで攻め入ろうとする。進むことも退くこともできず、東西に迷走した。

島津四郎は怪力という評判で、本当に外見も能力も人より優れていた。このような幕府の一大事を任せるべき者として、長崎入道円喜が元服の名付け親となり、一人で千人の力を持つ武士として頼りにしていた。そこで化粧坂などの戦場には向かわせず、相模入道殿の屋敷に置いていた。海岸の防衛線が突破され、源氏軍がすでに若宮小路まで攻め込んできたと騒ぎになったので、相模入道は島津四郎を呼んで、自ら酌を取って酒を勧め、三杯飲ませてから、馬小屋で飼っていた坂東一の名馬に白い鞍を置いて連れてこさせた。これを見た人々は皆うらやましがった。島津は門の前からこの馬に乗り、由比ヶ浜の風で大笠印[13]を翻し、周囲を威圧しながら堂々と進軍したので、長崎入道が島津に日頃から厚い恩を与えて傍若無人な振る舞いを許したのも当然であると思わない者はいなかった。

源氏の兵は島津を見て、相手とするにふさわしいよい敵であると思ったので、栗生・篠塚・畑[14]以下の若い武士たちが我先に戦おうとして、馬を進めて近づいた。両軍の名高い怪力の持ち主が、他人を交えずに一騎打ちで勝負をつけようとする様子を見て、敵味方の兵士は固唾を呑んでこれを見守っていた。ところが、敵と接近すると、島津は馬から下りて兜を脱いで降伏し、源氏軍に加わった。これを見た者は、誰もが島津を憎んだ。

これをきっかけとして、長年多大な恩を受けた家来や代々主人に仕えてきた家来たちも、親から離れ主君を捨てて投降して敵軍に寝返ったので、源平の天下をめぐる争いも今日で終わるように見えた。

新田軍は、由比ヶ浜や稲瀬川の東西に面した民家に放火した。ちょうど浜風が激し

13　【9-5】注1参照。
14　栗生左衛門、篠塚伊賀守、畑六郎左衛門を指す。皆、新田の有力な軍勢。

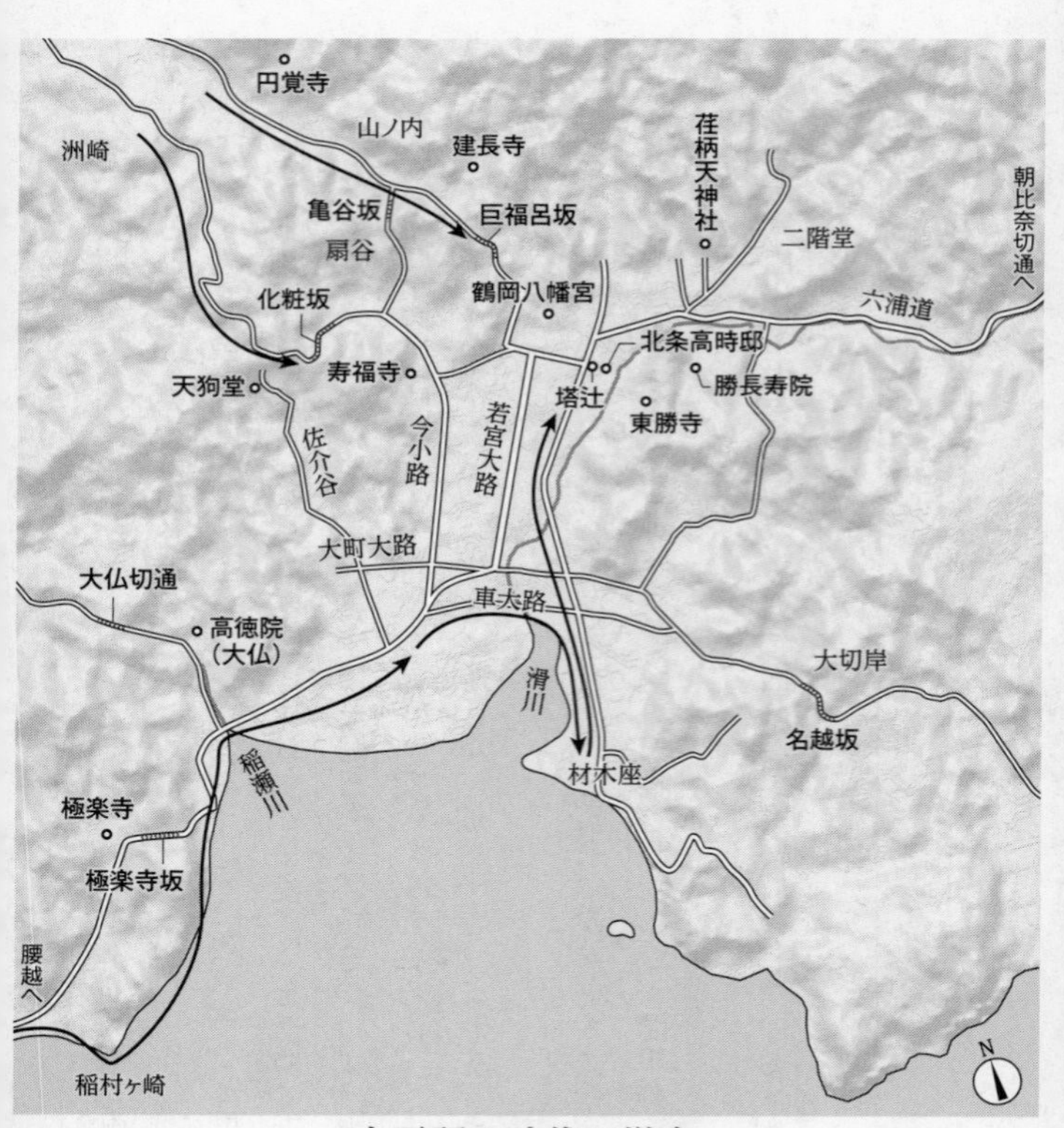

太平記の時代の鎌倉
(矢印は新田軍の進路)

く吹いたので、炎が車輪のようになって黒い煙を出しながら一〇～二〇町も燃え広がった。この猛火の中に源氏軍の兵士たちが乱入し、逃げ場を失った敵兵をあちこちで射殺・斬殺した。また、煙で迷った女性や子どもが追いかけられ、火の中や堀の中に逃げ遅れて倒れる様子は、阿修羅の従者が天帝に処罰され、火炎や刀剣によってうつ伏せに倒れ、地獄の罪人が看守に責められて煮えたぎる鉄の鍋に落とされるのも、このような状況であると思われた。

炎が四方に燃え広がり、相模入道の自宅付近まで接近したので、相模入道は一千騎あまりを率いて葛西谷[15]にある東勝寺へ引きこもった。ここは北条氏の父祖代々の菩提寺であり、兵士たちに矢で防戦させて、その間に心静かに自害をするためであった。

長崎三郎左衛門入道思元と子息勘解由左衛門為基の二人は、極楽寺の切通に向かい、攻め込んでくる敵を身の危険を顧みずに防いでいた。だが敵が上げる鬨の声がすでに小町口から聞こえ、鎌倉殿の屋敷も炎上したように見えたので、従っていた二千騎あまりを元の地点に残し、父子二人で六〇〇騎あまりを率いてまず小町口へ向かっ

15　現、神奈川県鎌倉市小町。高時のいる東勝寺があった。

た。源氏の大軍はこれを見て包囲して殲滅しようとしたのを、長崎父子は一カ所に固まり、魚鱗の形で敵の包囲を崩したり、虎韜[16]の形に開いて敵を追い払ったりして、七～八回ほど交戦した。すると、数万の敵兵は蜘蛛の足のように四方八方に散らされたり、縦横無尽に翻弄されたりして、若宮小路へ退いた。

こうしているうちに、天狗堂と扇谷[17]で戦闘があったらしく、馬が蹴立てる土煙がもうもうと見えたので、長崎父子は左右に分かれてそちらへ向かおうとしたが、子息勘解由左衛門はこれを最後に父と別れると思ったのであろう、名残惜しそうにはるか遠くから父を眺めていた。父の思元はこれをいましめて、「名残惜しいことなど何もない。一人が死んで、一人が生き残るのであれば、再会できる日は遠くなるであろう。しかし、私もお前も今日を最期に戦死して、明日また冥途で会うのであるから、わずか一夜の別れがそんなに悲しいわけがない」と言った。為基は流れる涙を拭いて、「そうであるならば、早く冥途への御旅行を急いでください。私は、その山道でお待ちしております」と言い捨て、また敵の大軍の中へ突入した。従う兵はわずか一〇騎あまりだったので、源氏は大勢で取り囲んで、一人も残さず討ち取ろうとした。

為基が差していた刀は、名工来太郎が一〇〇日間精進し、一〇〇貫の鉄からおよその四尺三寸の長さに打った太刀であるので、その切っ先にいる者を、あるいは兜の鉢（はち）をたたき割り、あるいは鎧の胸板を袈裟懸（けさが）けに切り裂いたので、敵兵は皆これに追い払われ、近づく者はいなかった。そこで敵はただ遠くから彼を囲み、射手が並んで矢を射たので、為基が乗っていた馬に矢が七本刺さった。このままでは、ふさわしい敵と組み合って戦うこともできないと思ったのであろう、為基は馬から飛び降り、由比ヶ浜にあった鶴岡八幡宮の大鳥居の前でただ一人、件（くだん）の太刀を逆さまにして杖のようにつき、仁王立（におうだ）ちになった。源氏の兵はこれを見てもなおただ包囲して遠矢（とおや）を射るばかりで、近づいて組んで戦おうとする者はいなかった。そこで為基は、敵を欺（あざむ）くためにわざと負傷したふりをして、膝を突いて屈した。名乗りを上げず、立子引両（りゅうごひきりょう）[18]の笠印をつけた五〇騎ばかりの武者が激しくせまり、勘解由左衛門の首を取ろうと争っていたところに、為基はガバッと起きて、「誰だ、人が戦に疲れて昼寝しているのを驚かせる者は。お前らがほしがるこの首を取らせよう」と言うなり、鍔（つば）まで血にまみ

16 陣形の一つで、虎を外側から包み込むように敵を包囲する形。「鶴翼」（本話注10参照）と同義。
17 現、神奈川県鎌倉市扇ガ谷。
18 家紋の一つで、輪鼓（りゅうご）（小鼓のように胴がくびれた形の玩具）に、太い横棒が引かれている。

れた太刀を振るい、雷（かみなり）が落ちるように追いかけたので、五〇騎あまりの者たちは全員馬を大急ぎで走らせて逃げた。

為基はあまりに敵を侮（あなど）り、ただ一騎で突撃しては敵の背後へ回り込んだり、引き返しては敵の戦列を乱したりして、今日が最後と思って戦った。しかし、やはり討たれてしまったのであろうか、二一日の合戦で、由比ヶ浜の大軍に七〜八回も突撃し、敵も味方も驚かせた後は行方不明となった。

大仏陸奥守貞直は、昨日まで二万騎あまりで極楽寺の切通を守っていたが、今朝の由比ヶ浜の戦闘で三〇〇騎あまりまで敵に戦力を減らされ、しかも源氏軍に背後を塞（ふさ）がれて、撤退することもできずにいた。こうしているうちに、鎌倉殿の屋敷が燃えたように見えたので、敗北を悟ったのであろうか、または主君貞直に自害を勧めるためであろうか、三〇人あまりの家来が白い砂の上で鎧を脱ぎ捨てて一斉に自決した。

貞直はこれを見て、「日本一わかっていない奴の行動である。千騎が一騎になるまで、敵を滅ぼして名声を後世に遺（のこ）すことこそ、勇士が本来の目的としていることである。さあ、気持ちよく最後の戦闘をして、後世の人間に道義の道を示そう」と言うとすぐに、二五〇騎あまりの武士が馬を並べて敵の中に突入した。まず一番目に、山名・里見が三千騎あまりで待機している中に大声を上げて突撃し、ひととおり戦って戦場を出ると、五〇騎ばかりが討たれて二〇〇騎あまりとなっていた。二番目に、額田・桃井が二千騎ばかりで待ち構えている中に大声を上げて突進し、またひととおり交戦して出てみると、三〇騎が討たれて一八〇騎に減っていた。三番目に、大井田・鳥山の一千騎あまりの軍勢に突入し、多くの敵を討ち取ってふと確認すると、六〇騎あまりとなっていた。四番目に、搦手（からめて）の大将脇屋次郎義助の六万騎あまりの大軍に特攻して、一人も残らず戦死した。

金沢武蔵守貞将は、山内の戦闘で八〇〇人あまりの家来を討たれ、自身も七カ所を負傷し、相模入道のいる東勝寺へ帰った。入道は大いに感激して、ただちに貞将を六波羅両探題職に任命する御教書（みきょうじょ）[19]を作成した。貞将はこの日のうちに北条家は滅亡すると思ったが、長年の希望を達成したので、今は冥途の思い出になったと喜んで、また戦場に出ていった。その前に貞将が高時から拝領した御教書の裏に、

19　【6-9】注14参照。

我が百年の命を棄て
公が一日の恩を報ず
（自分の一〇〇年の命を捨て
主君からいただいた一日の恩に報いる）

と大きな文字で書いて、これを鎧の合わせ目に収め、大軍の中に突入して戦死したのもあっぱれなことであった。

普恩寺相模入道信恵は、当初三千騎あまりで化粧坂へ向かったが、昼夜五日間の戦闘で、あるいは戦死し、あるいは敵に寝返って、わずか三六騎となった。鎌倉の入口はすべて破られて、敵がすでに鎌倉市内に侵入したので、信恵以下三六騎の武士たちは全員普恩寺へ走って入り、一斉に自害した。後に普恩寺に入ってみると、普恩寺入道は子息越後守仲時が江州番場で自害したことを思い出したのであろう、一首の和歌を御堂の柱に血で書いていた。

まてしばし死出の山行く旅の道同じく越えて憂き世語らん

（しばらく待て。冥途へ向かう旅の山道をともに越えて、この煩わしかった現世のことを語り合おう）

長年たしなんだ和歌の道であるので、信恵が死ぬ直前も和歌を詠むことを忘れずに心中の深い悲しみを述べて天下の称賛を受けたことこそ、本当に殊勝なことに思われた。

塩田陸奥入道道祐は、子息民部大輔俊時が父に自害を勧めるために腹を掻き切って目の前で倒れたのを見て、涙で目がくもり、心も迷い、たいして長くもないこの世での親子の別れに、落ちる涙も止まらなかった。先立った息子の菩提を弔うためであろうか、また自分自身の往生を願うためであろうか、我が子の遺体に向かって、長年読んでいた経典をひもとき、経文の重要な箇所だけときどき声を大きくしながら、静かに唱えた。敵の声が近づいてきて、生き残った家来たちが主人とともに自決しようとして、二〇〇人あまりが庭で待機していたのを、「この経を一部読み終わるまで防戦せよ」と言って、三隊に分けて三方へ派遣した。

ただし、「私が自害したとき、屋敷に火をかけて、敵の手に首を取らせるな」ということで、家来の一人であった狩野五郎重光という長年仕えていた者だけは屋敷に留めていた。読経がすでに五巻の提婆品にさしかかったとき、重光が門の前に出て四方を見渡して、走って戻ってきてこう言った。「防戦していた家来たちは、全員討たれて誰もいません。敵が上げる鬨の声が近づいてきました。早く決心して自害なさいませ。重光もすぐに同じく冥途のお供をいたします」。これを聞いた陸奥入道は、五巻を左手に握りしめ、右手で刀を抜いて、腹を掻き切って、父子で同じ枕に伏せた。だが重光は自害せず、屋敷に放火もせず、主人二人が着ていた武具以下、太刀・刀までをはぎ取って、高級な衣類といった重宝までも下人に持たせて、しばらく円覚寺の蔵主寮に潜伏した。この財宝で一生不足なく生活していけると思っていたところ、天の罰が下ったのであろうか、新田義貞の執事船田入道義昌に生け捕られて首を斬られた。

塩飽新左衛門入道聖円は、養子の三郎忠頼を前に呼び寄せて、こう言った。「諸方の入口がすべて突破され、北条一門もほとんど自決したらしい。私も守殿（北条高時）に先立って自害し、その忠誠心を世間に知らせようと思う。お前はまだ私の扶養を受けており、公方（幕府）の御恩も受けていないので、今命を捨てずに生き延びても、人々は必ずしも道義を知らない者とは思わないだろう。どこかに身を隠し、出家遁世でもして、私の菩提を弔い、お前の罪を軽くしなさい」。だが三郎は涙を押さえて、「忠頼は公方の御恩をいただいてはおりませんが、塩飽家が存続してきたのはすべて幕府の御恩によるものであります。忠頼がはじめから出家した僧侶の身であるならば、御恩を捨てて仏道に専念する道もあったでしょう。しかし、いやしくも武家の一門に在籍し、時代の難を逃れるために入道出家の身となり、天下の人に後ろ指を指されて嘲笑されることは、面目を失って我慢できないことでございます」と言い終わらないうちに袖の下から刀を抜いて、静かに腹に突き立てて、姿勢を正して死んだ。

その舎弟である塩飽四郎は、これを見て続いて腹を切ろうとしたが、父の入道が「私の最期を見届けてから、静かに自害せよ」と言ったので、刀を収めて前に控えた。入道は、中門に僧侶が座る椅子を用意させ、座禅を行うときの座り方をして、辞世の漢詩を着ていた大口袴に書きつけた。

五蘊有に非ず
四大本より空なり

大火聚裏
一道の清風
（五蘊に実体は存在せず
四大[20]はもともと空である
大火が燃えさかるなかにも
一筋の清らかな風が吹いている）

そして、手を禅宗方式で胸の前に組み、首を差し出して子息の四郎に「さあ斬れ」と命じた。四郎は少しも躊躇せず、上半身裸となって父の首をスッパリと斬り落とした。それからすぐにその太刀を持ち直し、鍔元まで自分の腹に突き刺して、うつ伏せに倒れた。三人の家来も、同じ太刀に貫かれ、魚を差した串のようになって、首を並べて倒れた。

安東左衛門入道聖秀は、新田小太郎義貞の妻の伯父だったので、義貞の妻は夫の書状に自分の手紙を書き添えて、ひそかに聖秀の許へ送った。

聖秀は、当初三千騎あまりで稲瀬川へ向かったが、稲村ヶ崎から背後へ迂回した世良田太郎（らだのたろう）の軍勢に包囲されて、わずか一〇〇騎あまりまで減らされ、自身も多数の箇所に軽傷を負い、自宅へ帰った。だが、朝の午前一〇時頃に自宅は早くも焼かれて跡形もなくなり、妻子や家来もどこかへ逃げてしまって行方不明となり、彼の安否を尋ねることができる人もいなかった。また鎌倉殿の屋敷も焼けて、相模入道殿は東勝寺へ移ったと聞いたので、「悔しいことである。日本国のリーダーである相模入道ほどの人が長年住んだ場所を敵軍の馬の蹄（ひづめ）に荒らされておきながら、そこで討ち死にする者が千騎も二千騎もいないと世間の人に嘲笑されるであろうことが悔しい。さあ、この命はどうなっても死ぬ命である。屋敷の焼け跡で心静かに自害して、相模殿のかかれた恥をすすごう」と言って、生き残った家来一〇〇騎あまりを率いて、小町口へ臨んだ。塔辻（とうのつじ）[21]で馬から下り、空しくなった焼け跡を見れば、今朝までは壮麗であった高い垣をめぐらせた大きな建物がすべて灰となり、あっという間に様子が変わって煙だけを遺し、昨日まで遊んでふざけていた仲のいい友人たちも、多くは戦場に遺体を

20　「五蘊」と「四大」は【2-6】注5参照。
21　現、宝戒寺の南側にある道。152ページ地図参照。

さらし、栄えている者も必ず滅亡するという道理を現していた。

悲しみの中でも特に深い悲しみで、聖秀が涙を押さえて忍び泣いていたところに、姪である新田殿の妻からの使者が来て、薄く漉いた高級紙に書いた手紙を捧げた。何事であろうと不審に思ってこれを開いて見ると、「鎌倉の情勢は、今はこれまでと伺っております。どんなことをしてでも、我が軍へ出てきてください。私が命を賭けても執りなしてお助けしましょう」といったことがあれこれ書かれていた。

聖秀は、これに大いに機嫌を損じてこう言った。「『栴檀の林に入る者は、意識して香りを染み込ませなくても、自然に衣服からいいにおいがするようになる』という。武士の妻となる者は、その心構えをしっかりと保ってこそ、その家をしっかりと経営し、子孫の名をも残すことができる。昔、漢の高祖と楚の項羽が中国をめぐって戦ったとき、漢の王陵という兵士が城を築いて籠城した。楚がこれに怒って、軍勢を派遣して攻めたが、城はいっこうに落ちなかった。そのとき、楚の兵は謀略をめぐらせ、『王陵は、非常に母親孝行である。そこで、王陵の母親を捕らえ、楯の前に縛りつけて城を攻めれば、王陵は一本の矢も射ずに降伏するに違いないであろう』と言って、密かに王陵の母を捕らえた。かの母は、内心でこう思った。王陵が自分を大切に思うことは、大舜（たいしゅん）や曽参（そうしん）[22]の孝行にも勝っている。私がもし楯に縛りつけられて城に向かったならば、王陵はきっとその悲しみに耐えられずに降伏し、城を落とされてしまうであろう。そこでこの母親は、自分の残り少ない命を子孫のために捨てようと思い、密かに決心して自ら剣で命を断ち、王陵の名声を高めたという。聖秀は今まで幕府の御恩のみをいただいて、人に知られる身となった。今、時勢が変化したからといって降伏すれば、世間の人々は必ず私を恥知らずと思うであろう。であるならば、姪はたとえ女性の心情でこのようなことを言ったとしても、新田殿は『伯父上が降参するわけがない』と制止すべきであった。あるいは新田殿の方から敵の戦意を低下させるためにこう言ったのかもしれないが、それならば姪は北条一門の名誉を失わせてはなるまいと思うべきであった。『似た者同士が友だちになる』というが、姪がこの有様では子孫の将来も心配だ」。とこのように恨み事を言ったり、涙を流したりして、ただちにこの使者の目の前で、手紙を刀に巻いて、腹を掻き切って倒れた。

諏訪左衛門入道直性（すわさえもんにゅうどうじきしょう）の子息諏訪三郎盛高（すわのさぶろうもりたか）は、連日数回の合戦で家来が皆討たれ、

22　大舜は古代中国の伝説的な聖人。曽参は孔子の弟子で、大舜とともに「二十四孝」に数えられる。

主従二騎となり、四郎左近大夫入道泰家の陣に来て、次のように述べた。「鎌倉の市街戦はもう敗北が決定したので、最後のお供をしようと思って参上しました。ともかく自害する決心をなさってください」。入道は人を退けて、密かに盛高の耳元でこうささやいた。「この戦争が図らずも起こり、当北条家が滅亡するのはほかでもない、ひとえに相模入道殿の振る舞いが人望に背き、神慮にも違えていたからである。ただし、天がたとえ驕りを憎み、満ちたものが必ず欠ける習いであったとしても、当家が数代にわたって積み重ねてきた善行の果報がまだ残っているのならば、子孫の中から絶えた家を継ぎ、廃れた家名を再興する者が必ず出てくるであろう。かつて斉の襄公が悪政を行い滅亡の前兆が見えたので、鮑叔牙という臣下が襄公の子小白[23]を連れて他国へ逃れた。その間に、襄公は公孫無知に滅ぼされ、斉の国を失った。しかし鮑叔牙は小白を擁立し、斉の国へ攻め寄せて、公孫無知を討って斉を再興した。これが、斉の桓公である。[24]であるので、私には深い考えがある。むやみに自害をしてはならない。逃れることのできないこの状況を逃れて、ふたたび会稽の恥をすすぎたい[25]と思っている。お前もよくよく深い考えをめぐらせ、どこに潜伏するか、それが不可能であるならば、降参人となって命をつなぎ、私の甥の亀寿をかくまって、チャンスが到来したときにふたたび大軍を興して願いを達成すべきである。兄の万寿は五大院右衛門宗繁に頼んだので、安心している」。盛高は「私は今まで自分の安否を北条御一門の存亡に任せていたので、塵ほども命を惜しんではおりません。御前で自害しようと思い、二心ないことをお見せしようと思ってここに参上いたしました。しかし、『すぐに死を決意するのはたやすいが、生きながらえて謀略をめぐらし、後世まで残すのは難しい』といいますので、とにもかくにもご命令に従いたいと思います」と言って、すぐに立って、相模殿の愛人である新殿の御局が住む扇谷へ向かった。

御局は盛高がやってきたのを見て、うれし泣きしながらこう言った。「世の中はどうなってしまうのでしょうか。私は女性なので、身を隠す方法もあるでしょう。万寿を五大院右衛門が連れて行ったので安心しております。しかし、この亀寿のことが非常に気がかりで、露のようにはかない私でさえ、消えることができずにおります」。

23　史実では、小白は襄公の子ではなく弟。
24　斉の桓公をめぐる話は、『史記』「斉太公世家」の故事による。
25　中国の会稽山の戦いの際、呉の王である夫差に敗れ、屈辱を受けた越王勾践が、後に呉を討ち、恨みを晴らしたという故事。

盛高は泰家の命令をありのままに話して御局の心を慰めようと思ったが、女性は誰にでも簡単に秘密を漏らしてしまうかもしれないと思い直し、涙を流しながらこう言った。「現在の情勢ですが、もう敗北が決定し、御一門の大将たちはほとんど御自害をなさいました。今は、守殿（北条高時）だけが東勝寺にいらっしゃいます。守殿がご子息たちを一目見てからともに切腹したいとおっしゃったので、お迎えに参ったのでございます。五大院がお連れした万寿殿は敵に見つけられ、追撃されて討たれてしまいました。その若君のことも、この世の心残りなことでございました。狩場でキジが草陰に隠れているようなもので、隠れることなど絶対に不可能であり、敵に発見されて北条の家名を辱めるのも悔しいことです。せめて大殿（北条高時）の手にかけられて、冥途の旅のお供をしていただくことこそ、来世までの孝行でございましょう。さあ、早く亀寿殿を差し出してください」。これを聞いた御局以下、乳母の女房たちは「恐ろしいことを言うものだ。せめて敵の手にかかって死なせてあげたい」と言って、亀寿の前後に取りついてわめいた。盛高は気が弱くては亀寿を連れ出すことなどできないと思ったので、声を荒らげて怒って、御局を強くにらみつけ、「武士の家に生まれる人は、まだおむつをつけている頃からこういう事態もあり得るとお思いにはなりませんか。相模殿はさぞ待ち遠しく思っておられることでしょう。さあ早く」と言った。そして走り寄って亀寿殿を抱き上げて、自分の鎧の上にかつぎあげて、門から外に出て行ったので、女房たちの泣きわめく声がはるか遠くまで聞こえてきた。乳母の「御妻(おさい)」と呼ばれていた女房は、人の目もはばからずに裸足(はだし)で外に走り出て、四～五町ほど泣いては倒れ、倒れては起き上がったが、盛高の後ろ姿が見えなくなったので、深い井戸へ飛び込んで死んでしまった。

盛高は亀寿を連れて信濃国(しなののくに)へ落ち延び、諏訪社の神官である祝氏を味方につけた。その後、建武二年（一三三五）の春頃にしばらく関東地方を占領し、天下の大乱を起こした相模次郎(さがみのじろう)というのが、この亀寿である。

その後、四郎左近大夫入道は信頼できる侍たちを呼んで、「私は考えがあるので、ひとまず奥州方面へ逃れて、再び天下を転覆(てんぷく)させる謀略をめぐらせようと思っている。南部太郎(なんぶのたろう)と伊達次郎(だてのじろう)は、地元の地理に詳しい者なので連れて行く。そのほかの者たちは自害し、屋敷に放火して、私が腹を切ったように敵に見せかけろ」と言った。二〇人あまりの武士たちは、一言も異議を述べずに「ご命令に従います」と申した。伊達と南部の二人は雑兵(ぞうひょう)[26]に変装して、身分の低い手下二人に鎧や兜を着せて馬に乗せ、新田氏の中黒の笠印[27]をつけた。それから左近大夫入道を担架に乗せ、血のついた帷子（かたびら）を上にかけ、負傷者が本国へ帰国するふりをして、まず武蔵方面へ逃げていった。

時間がかなり経ってから、屋敷に残った二〇人は中門に走り出し、「殿はもう御自害されたぞ。志のある人々は殿にお供せよ」と叫びながら屋敷に火をつけて、煙の中に立ち並んで腹を切った。これを見て、庭や門前に並んでいた武士たち三〇〇人あまりも全員続けて切腹し、猛火の中で倒れて焼けた。だからこそ、「四郎左近大夫入道が逃げた」と言う人はいなかった。

【10-9】北条高時の自害

長崎次郎基資（ながさきのじろうもとすけ）[1]は、武蔵野の合戦[2]からこの日に至るまで、夜も昼も八〇回以上も交戦し、毎回先頭を切って攻め込んでいたので、自身も負傷し、家来も多く戦死し、現在の手勢はわずか一四〇騎に減っていた。二二日、源氏（新田氏）の軍勢が早くも鎌倉の各所に乱入し、平家（北条氏）の大将がほとんど討たれたと聞いたので、味方の武将の陣であればどこでも、敵が近づきさえすればそこへ馬を駆け、八方の敵を駆逐して包囲を破った。乗っている馬が疲れれば、ほかの馬に乗り換えて、太刀が折れれば別の太刀と交換し、斬った敵は三二人、破った陣は八カ所となった。

こうして相模入道（北条高時）のいる東勝寺へ帰還して、中門にかしこまって、涙を流してこう述べた。「基資、ありがたくも数代北条家にご奉公してきましたが、朝夕主君のご尊顔を拝見するのは、この世においては今日が最後だと思います。数カ所で交戦して敵を追い払い、毎回勝利しましたが、あちこちのルートを突破されて、源氏は鎌倉中に充満しております。今となってはいかに武勇を奮っても、かなわないでしょう。敵の手にかからず、自害することを覚悟してください。ただし、基資がまたここに戻ってくるまでは、お待ちいただきたく存じます。上様がまだご存命のうち

26　下級の武士。
27　新田氏の家紋。円のなかに黒く太い棒を一本引いた図柄。
【10-9】1　「高重」とも。祖父が長崎円喜、父が高資。
2　基資が幕府軍として戦っている小手指原・久米川の合戦や、分倍河原の合戦等を指す。

に、もう一度かの敵軍の中に突撃し、思う存分に戦って、冥途のお供をするときに、思い出話としてお聞かせしましょう」。そしてまた東勝寺から出て行ったので、入道ははるか後ろからその姿を見送って、涙を流した。

　これが最後の戦だったので、基資はまず崇寿寺の長老である南山和尚[3]を訪問した。禅師は、上座に座って対面した。緊急事態であったことに加え、武装をした者は正式のあいさつをしないものなので、基資は庭に立ったまま軽く左右に会釈して、和尚に「こういう事態において、勇士はどう振る舞うべきでしょうか」と尋ねた。和尚は「吹毛（剣）を激しく振るい、前に進むほかはない」と答えた。基資は最後の一句を聞いて、合掌低頭して帰った。彼の一五〇騎の軍勢は全員笠印[4]をかなぐり捨てて、寺の門前から馬に乗り、前後から基資を挟んで静かに進み、敵の陣へ混じり入った。その目的は、義貞に近づき、組んで勝負を決することであった。

　基資は、旗すら揚げず、太刀の鞘もはずさなかった。新田軍の兵士たちは、彼らを敵だとはわからなかったのであろう、おめおめと陣の中に通したので、基資は義貞にわずか半町あまりまで接近した。あわやというところで、義貞の前に控えていた由良新左衛門がこれを見破り、「今、旗も揚げずに近づいている軍勢は長崎次郎に見えるぞ。一人残らず討て」と叫んで命じた。そこで前陣に控えていた武蔵七党[5]の兵士たち一千騎あまりが東西より押し寄せて、基資たちを取り囲んだ。長崎次郎は目論見がはずれたので、一五〇騎で一カ所にひしひしと集まって、同時に鬨の声を上げ、かの大軍の中に突撃し、敵と混じり合い、あちこちに紛れて隠れ、火花を散らして戦った。長浜[6]はこれを見て「敵は笠印をつけていないようだ。それを目印に組んで討て」と命令したので、甲斐・信濃の人々が並んで敵を馬から引きずり下ろして組んで戦い、首を取った。濛々たる土煙が天を覆い、汗や血で大地がぬかるんだ。その様相は、楚の項羽が敗死する直前に漢の三人の将軍を討ち取り、あるいは楚の魯陽公が韓と戦った際に鉾を振りかざして沈む太陽を戻した故事[7]と同じようであった。

3　鎌倉、材木座に禅宗寺院である崇寿寺を開いた僧侶・南山士雲（一二五四〜一三三五年）。
4　【9-5】注1参照。
5　平安時代末期頃から武蔵国を中心に分布した中小武士団。丹治（丹）、私市、児玉、猪俣、日奉、横山、村山の七つの武士団。
6　新田勢の家臣。
7　項羽の故事は『史記』「項羽本紀」により、沈む太陽をめぐる故事は、『淮南子』「覧冥訓」による。

しかし、いまだに長崎次郎は討たれず、主従八騎で戦い続け、なおも大将と組もうとして、近づく敵を打ち払い、あわよくば敵と入れ違いになって、義貞兄弟を目指した。武蔵国の武士である横山太郎重真が、長崎と組み合おうとして、馬を進めて近づいてきた。長崎も、ふさわしい敵ならば組もうとして、馬を走らせて見ると、横山太郎重真であった。自分にはふさわしくない敵であると思ったので、長崎は重真を左側に引き寄せて、四尺三寸の太刀で思いっきり打った。すると重真は、兜の鉢をいちばん下の菱縫の板まで割られて、真っ二つになって死んだ。馬は尻餅をつき、膝を曲げて倒れた。同国の武士である庄三郎長久はこれを見て、よい敵だと思ったのであろう、横山に続いて組もうとかかってきた。長崎はカラカラと笑って、こう言った。「党の武士と組むくらいなら、横山など嫌っていない。格下の敵の倒し方を、お前に思い知らせてやろう」。そして、長久の鎧の背中についている総角をつかんで持ち上げ、弓の長さ三つ分ほど遠くに投げ飛ばした。長久は、すぐに血を吐いて死んだ。

長崎は、大きな声をあげてこう名乗った。「天下を掌握して九代目となる、葛原親王の一八代の末裔、前相模守高時の管領である長崎入道円喜の嫡孫、長崎次郎基資という者が私である。私を討って手柄を立てようと思う兵はかかってこい。組もう」。

そう言うなり、基資は鎧の袖も草摺[9]もすべて切って捨て、髻もほどけて童髪のようになり、なおも敵の中へ入ろうとした。しかし、後に続いていた家来が馬の前に走ってきて塞ぎ、「どういうことでございますか。敵は早くも鎌倉の各所へ乱入しているようでございます。今は戻られて、主君に御自害をお勧めになってください」と言った。基資は「そうであった。人を斬るおもしろさに、大殿（高時）とお約束したことを忘れていたぞ。さあ、それでは戻ろう」と答えて、主従八騎で山内へ引き返した。児玉党五〇騎あまりが、「卑怯だ。戻ってこい」と彼らを追撃した。八騎の武士たちは、敵が近づけば引き返して交戦し、山内から葛西谷[10]まで、一七回も戦った。

基資は、鎧に突き刺さった敵の矢二三本を、蓑に編んだ菅や茅のように折り曲げて、相模入道殿の許まで戻ってきた。祖父の入道（円喜）はこれを待ちわびて、「遅かったぞ。今まで何をしていたのか」と尋ねた。基資は、「もし新田義貞に遭遇することができれば彼と組んで直接勝負をつけようと思い、二〇回以上も敵軍の中に突入して

8　七八六～八五三年。桓武天皇の第三皇子で、嵯峨天皇の義兄。学問や礼儀を重んじた。
9　大腿部を守る防具。
10　【10-8】注15参照。

探しました。しかし、ついにそれらしい敵に巡り会うことはできず、取るに足らない党の奴らや武蔵・相模の雑兵（ぞうひょう）どもを四〜五〇〇人斬り捨てました。さらに彼らを由比ヶ浜へ追い出し、輪切り・横切り・縦切りにしてやろうとしましたが、上様（高時）がどうしておられるだろうかと思い、ここに戻って参りました。皆様、早く鎧や兜をお脱ぎになって、御自害なさってください。基資がまず自害して、手本をお見せしましょう」と言うなり、鎧を脱いで投げ捨てた。そして、高時の前にあった盃を手にして、舎弟新左衛門に酌（しゃく）を取らせ、酒を三口飲んだ。それから、その盃を摂津刑部大輔入道道準（せっつのぎょうぶのたいふにゅうどうどうじゅん）[11]の前に置き、「私が死ぬのを肴（さかな）にご覧ください。次はあなたの番です」と言って、左の脇腹に刀を突き立てて、右の脇腹まで一文字に掻き切って、腹の中から内臓を取り出して、道準の前に倒れ伏した。

道準も盃を取り、「ああ、いい肴だ。どんな下戸（げこ）でも、これを飲まない者はいないだろう」と冗談を言って、その盃を半分ばかり飲み残し、諏訪左衛門入道（すわさえもんにゅうどう）の前に置いて、基資と同じように腹を切った。諏訪入道直性（じきしょう）も、その盃を持って静かに三回傾けた。そして、相模入道殿の前に盃を置き、「若い人たちが思いっきり芸を尽くして振る舞っているのに、年寄りだからと言って何もしないでは済まされません」と言って、「これからは、これを宴会の余興になさってください」と腹を十文字に搔き切って、その刀を入道殿の前に置いた。

長崎入道円喜は、これまでも入道殿のことを心配して見ているようであったが、長崎左衛門次郎が祖父の円喜の前にかしこまって、「父祖の名誉を守ることが子孫の行うべき孝行だということでございますので、仏や神もきっとお許しくださるでしょう」と言って、円喜の肘のあたりの脇腹を二回刺して、返す刀で自分の腹も七寸ほど搔き切って、同じ枕に伏した。この元服したての若者に触発されて、相模入道が切腹し、城入道安達時顕もこれに続いた。

これを見て、本堂の内外にいた北条一門や他家の人々は、みな次々と上半身裸となり、腹を切って、自ら首を搔き落とした。その人々の名は、金沢大夫入道崇顕・佐介近江前司宗直・甘名駿河守・その子息左近将監・名越土佐前司時元・印具越前前司宗末・塩田陸奥守入道国時・摂津刑部大輔入道・小町中務権大輔朝実・常盤駿河守範貞・長崎左衛門入道円喜・城加賀前司師顕・秋田城介時顕・越前守

11　?～一三三三年。俗名親鑑。鎌倉幕府引付頭人。

有時(ありとき)・南左馬頭義時(みなみさまのかみよしとき)・摂津左近大夫(せっつのさこんのたいふ)・長崎三郎左衛門入道思元(ながさきさぶろうざえもんにゅうどうしげん)・明石長門介入道(あかしながとのすけにゅうどう)忍阿(にんあ)であった。その他、名越の一族三四人、赤橋・常盤・佐介の人々四六人、彼らに血筋でつながる人々二八三人が、我先にと切腹した。その後、建物に火をかけたので、炎が猛烈に燃え上がり、黒煙が天に充満した。庭や門の前にいた兵たちがその猛火の中に飛び込んで腹を切ったり、父子兄弟が刺し違えて重なって倒れたりした。

血は流れ、暗く濁った大河のようであった。死骸も多数出て、それらが折り重なった郊外の野原のように見えた。死骸は焼けてなくなったが、後に名前を尋ねてみると、この東勝寺で自害した者は全部で八七三人であった。このほか僧俗男女を問わず、平家に連なる一族やその恩顧を蒙(こうむ)っていた人々で、その滅亡を伝え聞いて、命を絶ってその恩に報いた者は無数であった。鎌倉中を数えてみると、その人数は六千人以上にのぼったという。

ああ、この日はいつであったか。それは元弘三年(一三三三)五月二二日、平家九代の繁栄は一瞬ですべて滅び去り、源氏は長年の憂いや悲しみを一日で払うことができたのである。

第二部

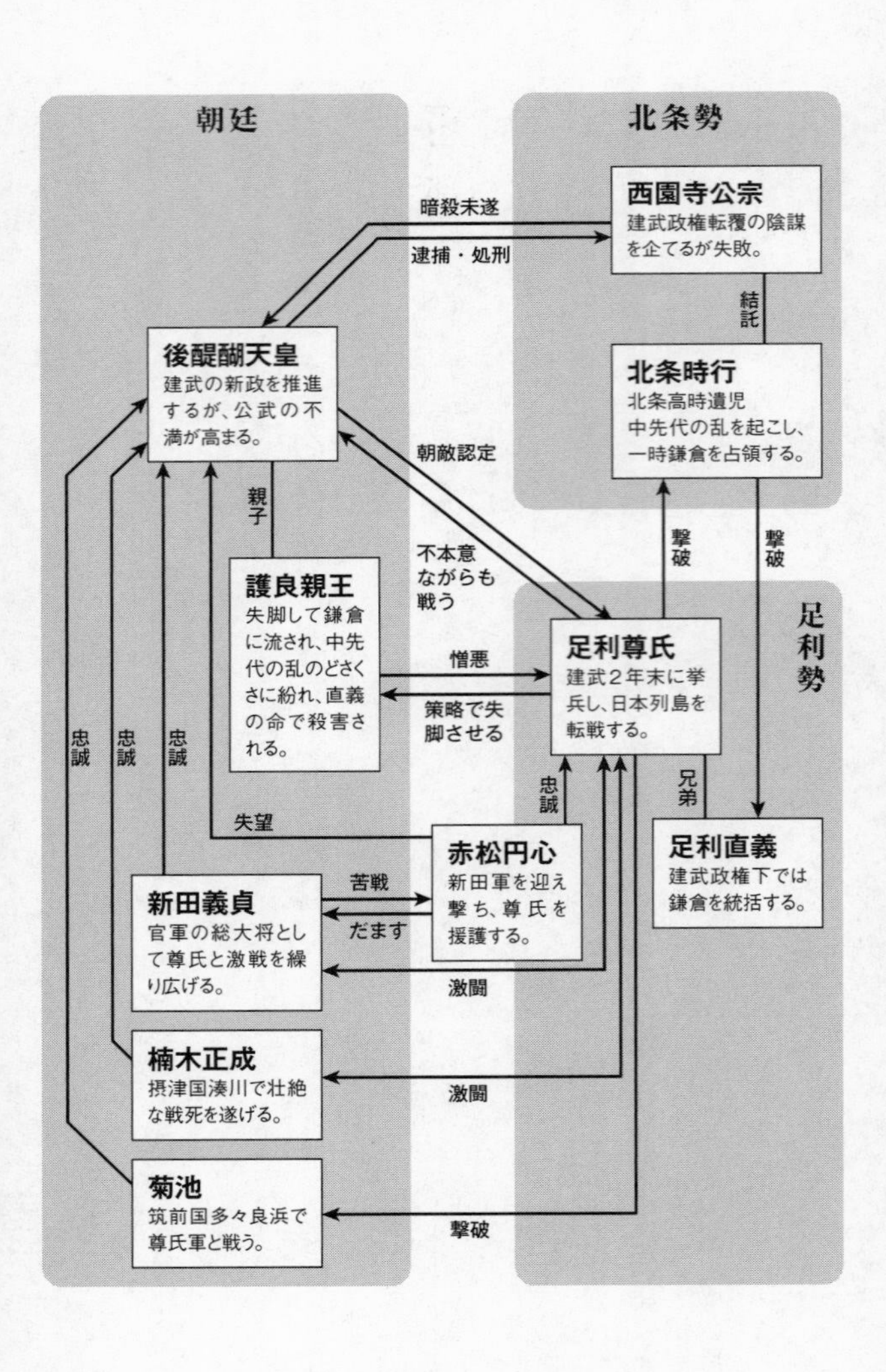
朝廷
北条勢
足利勢
西園寺公宗
建武政権転覆の陰謀を企てるが失敗。
暗殺未遂
逮捕・処刑
結託
北条時行
北条高時遺児
中先代の乱を起こし、一時鎌倉を占領する。
後醍醐天皇
建武の新政を推進するが、公武の不満が高まる。
朝敵認定
不本意ながらも戦う
親子
護良親王
失脚して鎌倉に流され、中先代の乱のどさくさに紛れ、直義の命で殺害される。
憎悪
策略で失脚させる
撃破
撃破
足利尊氏
建武2年末に挙兵し、日本列島を転戦する。
兄弟
足利直義
建武政権下では鎌倉を統括する。
忠誠
忠誠
忠誠
忠誠
失望
赤松円心
新田軍を迎え撃ち、尊氏を援護する。
苦戦
だます
新田義貞
官軍の総大将として尊氏と激戦を繰り広げる。
激闘
楠木正成
摂津国湊川で壮絶な戦死を遂げる。
激闘
菊池
筑前国多々良浜で尊氏軍と戦う。
撃破

第二部　あらすじ

鎌倉幕府を滅ぼした後醍醐天皇は、天皇中心の公武統一政権を樹立した（建武の新政）。しかし、倒幕に貢献した武士たちに対する恩賞の配分がうまくいかなかった。さらに、千種忠顕や僧文観といった後醍醐寵臣たちの専横も人々の新政に対する不満を高めた。加えて大内裏造営事業のための増税が、戦乱で疲弊した武士たちに打撃を与えた。新政が混乱する中、護良親王は足利尊氏の野心を疑い、私兵を養って尊氏を狙っていた。そこで尊氏は、護良が帝位を窺っていると後醍醐に奏聞した。そのため、護良は失脚して鎌倉に流された。さらに西園寺公宗が後醍醐暗殺の陰謀を企てた。この陰謀は阻止されたが、公宗と結託する北条時行（高時の遺児）が挙兵し、幕府の故地鎌倉を占領した（中先代の乱）。

この反乱は尊氏によって鎮圧された。だが後醍醐は讒言によって、今度は尊氏を朝敵と認定し、新田義貞を総大将とする討伐軍を派遣する。尊氏は戦いを忌避しようとしたが、弟直義が尊氏を挙兵させるために偽造した後醍醐綸旨に騙されて決起する。

足利軍は京都で敗れて九州まで逃走するが、筑前国多々良浜の戦いで奇跡的な勝利を収めて反攻。摂津国湊川の戦いで忠臣楠木正成を討ち取り、京都へ再度攻め込んで後醍醐と講和を結ぶ。そして、新たな武家政権室町幕府を樹立した。

【12-1】公家が天下を統一して行った政治

元弘三年（一三三三）、日本全土の朝敵が残らず滅亡したので、後醍醐天皇はふたたび帝位に就いた。それまでに使われていた正慶の年号は退位した先帝光厳が即位したときに行われた改元であると言って廃止し、元の元弘に戻した。元弘三年の夏に至り、天下の政治は（幕府が介入することなく）朝廷が即決し、賞罰や法令もすべて朝廷によって統一された政権から出された。民衆が朝廷の徳風に従う様子は、春の日差しで霜が溶けるようであった。また、京都市民が法令を畏れて従う様子は、刃を踏んで頭上に雷を受けるようであった。

同年六月三日、大塔宮護良親王が大和国信貴山の毘沙門堂に滞在しているというので、畿内・近国の軍勢は言うまでもなく、京中や遠国の連中までもが我先にと馳せ参じたので、その勢いは天下の大半を覆い尽くしてしまうであろうと思えるほどにすさまじかった。同一三日、護良の上洛が決定した。だが、護良はなぜか上洛を延期しようとして、諸国の兵を招集し、楯を作らせ、鏃を鋭く研ぎ、戦争の準備をしているという噂が流れた。護良が誰を敵に想定しているのかはわからなかったが、京中の武士は心中穏やかではなかった。

そのため、天皇陛下は右大弁宰相坊門清忠[1]を勅使として護良の許に派遣し、こう命じた。「天下はすでに鎮まり、私は七つの徳[2]をもつ軍事力を掌握し、九つの善政を行っている。ところが、お前は現在においてもなお武器をとり、軍勢を集めている。これは、何が目的であるのか。また、戦時中は敵の攻撃を逃れるため、お前はいったん還俗したが、戦争はもう終わったので、急ぎ元の僧侶に戻り、門跡寺院を相続すべきである」と。

宮は清忠を御前近くに呼び寄せ、こう返答した。「現在、全国が一時的に平和となり、万民が太平を喜んでいるのは、天皇陛下の寛容で聡明な徳と、臣である私が計略をめぐらせた功によるものであります。ところが、足利治部大輔高氏がわずか一度の戦いの功績によって、その野心を顕して天下を支配しようとしています。今、もしそ

【12-1】1　後醍醐天皇の側近。

2　七徳とは、暴（力）を禁じ、兵を治め、大（国）を保ち、功を定め、民を安心させ、衆を平和にし、財を豊富にすること（『春秋左氏伝』「宣公一二年」による）。

の勢力がまだ小さなうちにこれを討たなければ、高時法師（北条高時）の逆悪を高氏の威勢に加えるようなものとなってしまうでしょう。そのため、私は兵を集めて戦争の準備をしているのであります。これは、まったく私の罪ではありません。また剃髪についてですが、事前に危険を察知することができない者は、きっと事が起こってからあわててしまうことでしょう。今は、逆賊（北条氏）は思いがけず滅亡して天下は平和となりましたが、北条氏の残党はなお潜伏して隙を窺い、挙兵の時期を待っているに違いありません。このとき、支配者に威厳がなければ、臣下は必ず好き放題勝手なことをするでしょう。であれば、文と武の両道をともに用いて治めるべきなのが、現在の世であります。もし私が元の僧侶に戻り、勇士や猛将の備えを捨てれば、誰が軍事力で朝廷を守ることができるでしょうか。仏や菩薩が衆生を救う手段として、折伏と摂受の二種類の方法[3]があります。摂受というのは、仏が寛容でもろもろの侮辱や迫害を耐え忍ぶ姿となって慈悲を優先することで、折伏というのは仏が激しい怒りを表して悪人を処罰することです。まして、名君が政治を補佐して軍事に備える人材を求めて、僧侶を還俗させたり法皇を帝位につけたりした先例は、日本と中国に非常に多いです。唐の詩人賈島浪仙[4]は、僧侶から朝廷の臣となり、天武・孝謙の両天皇は法体[5]から還俗して再度帝位に就きました。そもそも私が比叡山の奥深い谷に住んでわずかに一門跡を守るのと、征夷大将軍となってこの広い天下の戦乱を鎮めるのと、国家にとって有用であるのはどちらでしょうか。高氏の討伐と征夷大将軍の拝命、この二件について速やかに勅許を下さいますように、陛下に奏聞してください」。そして、すぐに清忠を京都に帰した。

清忠は帰参して、護良の主張を奏聞したので、主上は事細かにこれを聞いて、次のように判断した。「護良を征夷大将軍に任命して軍備を固めないのは、確かに朝廷の都合を優先して、他人に嘲笑されるのを忘れるようなものである。高氏の誅伐については、彼が不忠というのは何を意味しているのか。天下の兵士たちは、天下が太平になった今も、なお心中に恐怖を抱いている。罪のない者を処罰すれば、彼らは安心することができないに違いない。そこで、護良を将軍に任命するのは問題ない。しか

3　「折伏」も「摂受」も仏教における教化法。「折伏」は、相手の悪を指摘して説得し、「摂受」は、相手の善を受け入れることで説得する。
4　僧侶となり「無本」と名乗ったが、後に還俗して政治・軍事を行った。
5　出家した姿。

し高氏追討については、その企てを堅く止めるべきである」。そして、護良を征夷将軍に任命する宣旨を作成した。

これによって、宮の不満も収まったのであろう、六月六日に信貴山を発ち、石清水八幡宮に七日間滞在し、同一三日に入京した。

その行列の様相は、非常に壮観であった。まず一番は、赤松入道円心が一千騎あまりで前陣を担当した。二番は、殿法印良忠[6]が七〇〇騎あまりで馬を進めた。三番は四条少将隆資[7]の五〇〇騎あまり、四番は中院中将定平[8]が八〇〇騎あまりで続いた。その次に、華やかに武装した精鋭五〇〇人が、帯刀[9]として二列になって歩いた。

その次に、宮が登場した。まず赤地の金襴[10]の鎧直垂を着て、その上に裾金物[11]をつけた、獅子が牡丹の陰で追いかけっこをして遊んでいる絵を描いた緋縅の鎧[12]を、草摺を長く垂らして着用していた。そして、兵庫鎖の丸鞘[13]の太刀に、虎の皮で作られた尻鞘[14]をかけたのを、太刀懸けの半分ほどに結い下げていた。それから、矢竹の節に少し漆を塗り、鵠の羽根をつけた二六本の矢を入れた箙を、矢の先端を高く突き出して背負い、銀のつく[15]をつけた、二所籐[16]の弓を腕と直角に握っていた。また、尾から頭まで太くてたくましい白瓦毛[17]の馬に、漆塗りに金粉・銀粉をかけた鞍を置き、染めたばかりの色鮮やかな厚総の鞦[18]を地面につくほどに長くかけ、一二人の侍に馬の両側から手綱を引かせ、千鳥足を踏ませて、小路を狭しと歩かせた。

その後方の騎馬には、千種頭中将忠顕朝臣[19]が一千騎あまりで供奉していた。な

6　【9-5】注37参照。

7　【1-6】注2参照。

8　生没年未詳。村上源氏。後醍醐天皇配下の公卿・武将として行動する。

9　太刀を帯びた護衛。

10　金色の糸を織り込んだ絹織物。

11　草摺や鎧の袖の下部に打った、飾りの金物。

12　緋色の糸で縅した鎧。

13　「兵庫鎖」は、太刀の帯取の紐に銀の鎖を用いたもので、鎌倉時代に流行した。「丸鞘」は、断面が楕円形に近い鞘で、肉厚の太刀を収めるために作られた。

14　太刀の鞘を覆う、毛皮でできた袋。

15　つがえた矢を固定する金具。

16　二カ所ずつ、一定の間隔をおいて巻いた、弓の籐の巻き方の一つ。また、その弓。

17　白みがかった瓦毛（朽ち葉色の白毛で、尾とたてがみは黒毛）の馬。

18　「厚総」は、厚く作られた総飾り。「鞦」は、馬の尻に掛ける紐。

おも不安な態勢であったので、信頼できる兵で非常時を警戒すべきということで、完全に武装した諸国の兵三千騎あまりに、静かに小路を馬で進ませた。その後陣には、湯浅・山本・伊達三郎・加藤太以下、畿内・近国の軍勢が二〇万七千騎あまりも入り混じって、まる一日がかりで行進した。

時が移り事は去り、すべてが以前とは変わった世の中ではあるが、天台座主が突然将軍の宣旨を賜り、甲冑を着用して随兵を率いて入京する様相は、めずらしく壮観であった。

その後、妙法院尊澄法親王（宗良親王）が、四国の軍勢を率いて讃岐国から上洛した。

万里小路中納言藤房卿は、彼の身柄を預かっていた小田民部大輔とともに、常陸国から上洛した。藤房の弟の東宮大進季房は配流先で亡くなったので、父の宣房卿は喜びの中に悲しみが交じり、老いの涙を流した。

法勝寺の円観上人[20]は、預人[21]結城上野入道宗広[22]を引き連れて上洛したので、天皇は上人が無事であったことを喜んで、すぐに結城に本領安堵の綸旨[23]を下した。文観僧正[24]は硫黄島より上洛し、忠円僧正[25]は越後国から帰洛した。

この帝が笠置（かさぎ）へ逃れていたときに官職を解任された人々や、死罪や流罪の処分を受けた人々の子孫が、全員あちこちから召還されて、一気に心中の不満を晴らした。そのため、日頃武威を振りかざし、荘園領主をないがしろにしていた権門高家の武士たちはいつの間にか公家の屋敷の奉公人となり、軽快で美しい車の後を追って走ったり、公家に仕える侍の前に跪（ひざまず）いたりした。世の盛衰や時の転変は嘆いても仕方のない習（じ）わしとはわかってはいても、現在のように公家が支配する天下が続けば、諸国の地

19　【7-7】注4参照。

20　法勝寺は、現、京都市左京区岡崎法勝寺町にあった、天台宗の寺院。円観（一二八一〜一三五六年）は天台宗の僧侶で、鎌倉幕府倒幕計画に加わった。諱（いみな）は慧鎮（えちん）。奥州の結城宗広に預けられていた。

21　犯罪人などを保護・監視する役割を負う人。

22　？〜一三三八年。白河（しらかわ）結城氏の祖である祐広（すけひろ）の子。結城親光の父。

23　天皇の命令を受け、蔵人（くろうど）が出す公式文書。

24　一二七八〜一三五七年。真言宗の僧侶。円観らとともに鎌倉幕府倒幕計画に加わり、硫黄島（現、鹿児島県薩南諸島北部にある島）に配流されていた。

25　生没年未詳。浄土宗の僧侶で、円観や文観らとともに鎌倉幕府倒幕計画に加わり、配流の刑に処せられていた。

頭・御家人は皆奴隷や召使いのようになるに違いない。ああ、どんな不思議なことが起こってでも、武家が日本列島の権力を握る世の中に戻ってほしいと思わない人はいなかった。

同八月三日より、軍勢に恩賞を与える政策を遂行することになり、洞院左衛門督実世卿を担当閣僚に定めた。これによって、軍忠の証拠を挙げ、申状[26]を提出し、恩賞拝領を希望する諸国の軍勢が何千万人かわからないほど多数出現した。その中で、本当に功績のあった者は功を頼みにして上にへつらわず、なかった者は有力者に媚びて偽りの報告をしたので、数カ月間でわずか二〇人あまりにしか恩賞を給付できなかったが、それも公平な措置ではなかったので、その判決はただちに撤回された。ならば、担当大臣を替えようということになり、万里小路藤房卿を後任として、諸国の武士が提出した申状を引き継がせた。藤房はこれを請け取り、軍忠の実否を正し、程度を分類して、それぞれに適正な恩賞を与えようとした。ところが後宮[27]からの密かな奏上を受けた帝は、今まで朝敵であった者にも安堵を賜り、軍忠のない連中に対しても所領を五~一〇カ所も賜った。藤房は、このような帝の行動を諫めることができずに、病気と称して恩賞の奉行を辞任した。

この状況を放置するわけにもいかなかったので、九条民部卿光経を新たに大臣に定めて恩賞事業を継続した。光経卿は、大将に対して軍勢の勲功の有無を詳細に尋問し、公平に恩賞を分配しようとした。しかし、相模入道（高時）の得宗領はすべて内裏に食事を提供する料所とした。高時舎弟の四郎左近大夫入道（泰家）の旧領は、兵部卿護良親王に進上した。大仏陸奥守（貞直）の所領は、准后[28]阿野廉子の所領とした。その他、相州の一族の遺領や北条氏の家来の所領を、たいしたこともない芸能や歌道の家、蹴鞠や書道の連中から衛府・諸司・女官・官僧に至るまで、所領一～二カ所を合わせて後宮からの内奏のとおりに与えたので、今は日本全国六六カ国の中で、わずかな土地さえ軍勢に与えることのできる闕所[29]がなくなってしまった。このため、光経卿も心ばかりは公平な恩賞を行おうと思っていたが、実現できずに年月が過ぎていった。

26　下位の者が上位の者に申し上げる文書。
27　皇后や女御らが住む内裏のなかの宮殿。また、その後宮に住む女性の総称。
28　太皇太后、皇太后、皇后（三宮）の次にくる位。
29　罪を犯したこと等で領主が不在となり、新任が定まらない荘園。

また、さまざまな訴訟を処理するため、郁芳門[30]の左右の脇に雑訴決断所を設置した。そのスタッフとして、学識に優れた公卿・殿上人、漢籍・法律を家の学問とする太政官の外記・官人（役人）を任命し、彼らを三つの部署に分けて、月に六回の会議の日を定めた。体裁は厳格に整っており、堂々としていた。しかし、これも世を正しく治め、国を安泰にする政策ではなかった。後宮からの内奏によって原告が天皇の判決を賜る一方、決断所では被告が勝訴したり、決断所より本領を安堵されても、内奏によってその土地が別人に恩賞として与えられたりしたからである。このように一カ所の所領に領有者が四〜五人も重なり、互いに錯乱したので諸国の動乱は鎮まらなかった。

同年七月のはじめ頃から、中宮西園寺禧子が体調を崩し、八月二日に亡くなった。一一月三日には、皇太子もまた崩御した。「これはただごとではない。戦乱で死んだ武士の怨霊たちの仕業であろう」ということで、その怨霊を鎮めて浄土に往かせるため、陛下は東大寺・興福寺・延暦寺・園城寺の四大寺院に命じて、大蔵経五千三〇〇巻を一日で書写させて、法勝寺で供養を行った。

翌年正月一一日には、諸大臣が議論して、「天皇陛下の政務が多忙であるため、多数の機関や役職を設置しましたが、現在の皇居はわずか四町四方の広さにすぎないので、手狭できちんとした儀礼を行うことができません」と陛下に奏上した。そこで、皇居をさらに東西と南北に一町ずつ拡張して、殿舎や宮殿を建てた。ところが、「これでもなお、古代の皇居には及びません。平安京の大内裏を再建すべきです」ということで、安芸・周防を造営料国に指定し、全国の地頭・御家人に所領の収入の二〇分の一の税金を賦課した。

この大内裏というのは、秦の始皇帝の都である咸陽宮の一殿舎（阿房宮）を模して、桓武天皇の治世下の延暦一二年（七九三）正月に造営事業が開始され、嵯峨天皇の大同四年（八〇九）一一月に遷幸のあった首都である。南北三六町・東西二〇町の広大な敷地に龍尾壇を設置し、周囲に一二の門を建てた。東は陽明・待賢・郁芳、南は美福・朱雀・皇嘉、西は談天・藻壁・殷富、北は安嘉・偉鑒・達智の諸門であった。このほか、上東・上西の両門に至るまで、守衛が鉾を十字に交差しながら、常時警戒していた。三六の後宮には三千人の美女が美しく着飾り、七六の前殿には文武の官

30 大内裏の東側の南端に築かれた門。344ページの図参照。

僚が天皇の命令を待っていた。

内裏の内部には、紫宸殿の東西に清涼殿と温明殿、その北には常寧殿があった。貞観殿というのは后町（常寧殿）の北にある御匣殿、校書殿と称したのは清涼殿の南に位置する弓場殿、昭陽舎は梨壺、淑景舎は桐壺、飛香舎は藤壺[31]、凝花舎は梅壺、襲芳舎というのは神鳴壺のことである。その他、萩戸・陣座・滝口戸・鳥居障子・縫殿・兵衛陣があった。左には宣陽門、右には陰明門があり、日華・月華の両門が陣座の左右に置かれていた。

大内裏には、大極殿[32]・小安殿・蒼龍楼・白虎楼・豊楽院・清暑堂という建物があった。密教の行事は真言院、神今食[33]は神嘉殿、騎射・競馬は武徳殿で開催され、天皇が観覧した。朝堂院というのは、八省の諸寮のことである。右近の陣に植えられた橘は『古今和歌集』に収録された和歌のとおりに香り、仁寿殿と清涼殿との間にある竹の植え込みは作られてからどれほど長い年月を重ねただろうか。（女性を盗みだした）在原左中将業平が弓と胡籙[34]を携帯し、雷雨が激しい夜に荒れ果てた倉庫で雨宿りしたというのは、太政官庁の八神殿である。光源氏の大将が朧月夜尚侍に心を奪われ、「あなた以上の人はない」と和歌で詠んだのは、弘徽殿[35]の渡り廊下であった。昔、渤海[36]の使者が帰国する際に、大江朝綱が別れを悲しんで「今後、また会える機会はもうないであろう。冠の紐を、鴻臚の暁の露に濡らす」[37]と長篇の漢詩で書いたのは、羅城門の南にあった鴻臚館の跡地のことである。

鬼の間・直盧・鈴の綱・荒海の障子が清涼殿に設置され、賢聖の障子が紫宸殿に立てられていた。賢聖の障子には、東の一間に馬周・房玄齢・杜如晦・魏徴、二間に諸葛亮・蘧伯玉・張子房・第伍倫、三間に管仲・劉向[38]・子産・蕭何、四間に

---

31 平安朝の後宮には、中宮や女御ら女性たちが暮らす五つの舎があり、そのうちの一つが「飛香舎」で、別名が「藤壺」だった。

32 大内裏にある正殿の、北部中央に位置した。様々な儀式が行われる場所。

33 毎年六月一一日と一二月一一日の月次祭班幣の夜、天皇が天照大神に食事を供え、みずからも食べる祭礼。

34 矢を入れる道具。

35 後宮の女性たちが暮らす殿舎のうちの一つ。

36 七世紀末〜一〇世紀初頭にかけ、現、中国東北部からシベリアの沿海州、朝鮮北部を領有したツングース系靺鞨人の国。

37 『和漢朗詠集』「餞別」に見える詩。

38 正しくは鄧禹。

伊尹・傅説・太公望[39]・仲山甫の絵が描かれていた。西の一間に李勣・虞世南・杜預・張華、二間に羊祜・揚雄・陳寔・班固、三間に桓栄・鄭玄・蘇武・倪寛、四間に董仲舒・文翁・賈誼・叔孫通の絵が描かれていた。画家の巨勢金岡がこれらの絵を描き、書家の小野道風が賛を書いたと伝え聞いている。

　これらの宮殿の屋根には、鉄製の鳳凰の瓦が翼を広げ、虹の形をした梁が高くそびえていた。このように壮麗に造られていた大内裏であるが、天災を防ぐことができず、何度も火災に見舞われ、現在は昔の礎石しか残っていない。

　火災の理由を考えると、次に述べるような事情だと思われる。かの唐堯・虞舜の聖帝は、古代中国四〇〇州の主君として、その徳は天地を覆うほどであったが、「屋根の茅を切りそろえず、屋根を支える垂木を削って磨くこともしなかった」と言い伝えられている。このような大国の君主でさえ、宮殿はこのように質素にしていたのに、日本という粟粒のような小国でこの壮大な大内裏を造営したこと自体が、その徳に見合っていなかったのである。まして、後世の君主が徳もないのに大きな宮殿に住めば、国家の財政はこれによって破綻してしまうだろう。であるので、君子は食や住にこだわらないのである。高野大師空海は、これに鑑みて、大内裏の諸宮殿の入口の額を書いた際、大極殿の「大」の字の「一」の真ん中を書かずに「火」という文字にし、朱雀門の「朱」の字を「米」という字にした。小野道風はこれを見て、「大極殿は火極殿、朱雀門は米雀門」と述べて非難した。空海のような神仏が化現した大聖人が未来を予知して書いたことを、凡人の身で非難したバチが当たったのであろうか、それ以降道風は筆を取ると手が震え、正しい文字を書けなくなってしまった。しかし、手が震えて書いたのがかえって筆の勢いとなって、草書は非常に優れたものとなった。
とうとう火極殿より出火して、太政官・八省の役所がすべて焼失してしまった。間もなく再建されたが、北野天神の従者である火雷気毒神（雷）が清涼殿の西南の柱に落ちたとき、ふたたび焼け落ちたと伝え聞いている。

---

39 生没年未詳。中国、周の政治家で、斉の始祖。文王、武王を補佐し、殷を滅ぼした。

【12-4】千種忠顕について

東国と西国の戦乱も鎮まったので、筑紫から大友・少弐・菊池・松浦[1]の武士たちが七〇〇艘の大船に乗って上洛した。新田左馬助義貞とその弟脇屋兵庫助義助も、七千騎あまりで上京した。この他、諸国の武士たちが一人も残らず京都に上って集まったので、京・白河は武士で満ちあふれ、首都の経済は通常の一〇〇倍も活性化した。

諸軍勢に対する恩賞給付は遅れていたが、特に大きな功績を挙げた者に優先して与えるべきだということになった。そこで、足利治部大輔高氏に武蔵・常陸・下総の三カ国、その弟左馬頭直義に遠江国、新田左中将義貞に上野・播磨、その弟脇屋治部大輔義助に駿河国、楠木判官正成に摂津・河内、名和伯耆守長年に因幡・伯耆をそれぞれ与えた。

その他、公家の連中も二カ国や三カ国を拝領したのに、軍忠が顕著であった赤松入道円心には、佐用荘[2]一カ所しか与えられず、播磨守護職もすぐに没収されてしまった。後年の建武の戦乱で、円心が急に変心して朝敵になったのも、このときの恨みであったという。その後、五〇カ国以上の守護・国司、諸国の関所・大荘園をすべて公家の家来の人々が拝領したのは、陶朱公が富裕な生活を送り、鄭白が衣装に飽きるほど豊かとなった故事[3]と似たようなものであった。

なかでも千種頭中将忠顕朝臣は、故六条内府有房[4]公の孫で、本来は文学の道こそ家業としてたしなむべきであった。しかし元服して間もない頃から、家業でもない笠懸や犬追物[5]を好み、博打や淫乱にふけったので、父の有忠卿は親子の縁を切って忠顕を勘当した。しかし、この朝臣は一時的に栄華を誇るという過去の生の因縁があったのであろうか、後醍醐天皇が隠岐国へ配流されたとき、これに従い、六波羅探

【12-4】1 玄界灘に面する佐賀・長崎両県の海岸地方（松浦地方）にあった武士団（松浦党）で、実質的には水軍。
2 現、兵庫県佐用郡佐用町にあった荘園。赤松氏のもともとの本拠地。
3 陶朱公の故事は『史記』「貨殖列伝」、鄭白の故事は『文選』に見える。
4 一二五一～一三一九年。六条家は村上源氏に属する。有房は後宇多上皇に仕え、権中納言となった。
5 乗馬して走りながら的を射るのが「笠懸」。馬場に放たれた犬を馬上から射るのが「犬追物」。

題の軍勢に立ち向かった忠功により、大国三カ国と闕所[6]地数十カ所を拝領したので、天皇の恩恵が身に余り、そのことによる驕り高ぶった生活は周囲の人々を驚かせた。その頃、忠顕は天皇から厚恩を受けた家来たちに、毎日お酒を振る舞っていた。彼ら昇殿を許された四位・五位の諸大夫・侍は三〇〇人以上に達した。そのお酒やご馳走にかかる費用は、一回あたり万銭でもまだ足りないほどであった。また、数十間の馬小屋を造り並べて、肥え太った馬を五〜六〇頭も所有した。酒宴が終わり、興が乗ったときは数百騎の部下を引き連れて、内野や北山[7]のあたりに出かけ、犬追物や小鷹狩[8]りをして一日中過ごした。忠顕の衣装は、豹や虎の皮を行縢[9]として穿き、金糸を使った織物や絞り染めの布を直垂に使っていた。「賤しい者が豪華な服を着る。これを僭上という。僭上や無礼を行う者は、国家の凶賊である」と孔安国[10]が戒めたのを恥じないことこそ、異様なことであった。

【12-5】文観僧正について

千種忠顕は俗人であるので、その所業はまだ我慢できた。しかし、今に伝わっている文観僧正(もんかんそうじょう)[1]の言動は理解を超えている。たまたま一度名声や欲望にまみれた世俗の世界を離れて、密教の道場に入って修行した甲斐もなく、ただ利益や名声のみを追求し、仏の世界を念じて座禅する勤めを忘れたようであった。何の目的もなく財産を蓄えて、貧乏な人を扶(たす)けず、武器を集めて

6　【12-1】注29参照。
7　内野は平安京の大内裏があった地。北山は現、京都市街の北側にある岩倉山、衣笠山、船岡山などを指す。
8　秋、小形の鷹を用いてウズラやヒバリなどの小鳥を狩ること。
9　狩りや騎馬の際、防御のため足や袴を覆うもの。
10　生没年未詳。中国、前漢の時代の学者。武帝のときに「博士」となった。
【12-5】1　【12-1】注24参照。

配下の軍勢を養った。文観にしきりに媚びを売って交流を求めてくる連中に対しては、功績もないのに恩賞を与えたので、文観僧正の部下と称して徒党を組んで威勢を張る者が洛中に充満し、その数は五〜六〇〇人にも及んだ。そのため、自宅のすぐ近くにある内裏に参るときも、輿の前後を数百騎の武士たちが護衛して路次を横行したので、法衣があっという間に馬蹄の塵に汚れ、戒律を守らないと人々に非難された。

東晋の念仏僧であった、かの廬山の慧遠禅師[2]は、ひとたび俗世間を離れ、孤独で静かな室で修行を始めて以来、その山を出ず、一八人の賢僧と白蓮社を結び、一日に六回阿弥陀仏を礼拝した。唐の禅僧であった大梅の常和尚[3]は、敢えて俗人の住む場所を調べ、そこから離れて庵をさらに山奥に移した。山深く住んでその趣を歌に詠み、まさに梅の実が自然に熟するように悟りを開いて、その認定を得た。

心ある人は皆、昔も今も才能を隠して姿をくらまし、夕暮れの雲を友として、池の蓮の葉で衣服を作って着て、仏道の修行をして心を清らかにして一生を過ごしている。ところがこの僧正が、このように名声や利益に縛られてしまったのはただごとではない。きっと仏法を阻害する悪魔外道が文観の心に憑依して、このような言動をさせたのだと思う。

【12-7】広有が怪鳥を射殺したこと

元弘四年（一三三四）七月、[1]建武に改元された。この新年号は、後漢の光武帝が王莽の反乱を鎮圧して、漢を復活させた佳例である。[2]中国の年号を模倣したということである。

この年は、全国的に伝染病が流行し、病死者が非常に多かった。晩秋、紫宸殿の上

2　三三四〜四一六年。中国の浄土宗の祖と言われる、東晋の僧。道安について仏道に入り、観想念仏を修行し、廬山にある東林寺で白蓮社という念仏結社を作った。

3　七五二〜八三九年。唐の禅僧。大梅山の山中にひとり入り、修行した。

【12-7】1　史実では七月でなく一月。

2　王莽は前漢との戦いに勝利したが、さらに光武帝が王莽を倒して建国した漢（後漢）の元号が建武だった。

に毎夜怪鳥が飛来し、「いつまで、いつまで」と鳴いていた。その鳴き声は、雲に響いて眠りを妨げ、これを聞いた人は全員嫌がって怖がった。ただちに諸大臣が議論した。「昔、堯の時代に九つの太陽が出現したので、羿という者が命じられて八つの太陽を射落とした。我が国では、堀河天皇が在位していたときに妖怪が現れて陛下を悩ませたので、前陸奥守源義家[3]が命令を承けて、清涼殿の殿上の間の降り口で待機し、弓の弦を三度鳴らしてこれを鎮めた。また近衛天皇の時代に、鵺という鳥が雲の中を飛んで鳴いていたのを、源三位頼政[4]が陛下の命を承けて射殺した例がある。源氏の中で、この怪鳥を射ることのできる者はいるか」と尋ねたが、外した場合は生涯の恥と思ったのであろうか、自分が射たいと名乗り出る者はいなかった。「ならば、院の御所を警備する上北面[5]の武士や公家に仕える侍たちの中で、可能な者はいるだろうか」と天皇陛下が尋ねると、「二条関白左大臣道平殿に仕えている、隠岐次郎左衛門尉広有という者こそ、その任に堪える者でございましょう」と推薦する者がいた。陛下は「すぐにその者を呼べ」と言って、広有を召した。

　広有は鈴の間のあたりに控えて、天皇から命令を承った。もしもこの鳥が蚊の睫毛に巣くう小虫くらいに小さく、矢も届かずに空中を素早く飛ぶのであれば、射落とすことはできないであろう。しかし、目に見えるほどの鳥で、矢が届く距離にいるのであれば、どんなことがあっても外すことはあるまい。広有はそう考えて、一言の異議も挟まずにかしこまって命令を引き受けた。すぐに下人に命じて弓を取り寄せ、孫廂[6]の陰に隠れてこの鳥の様子を窺い見た。八月一七日の月は特に明るく澄み渡り、大空がはっきり見え、この鳥はしきりに鳴いていた。鳴くときに、口から炎のような稲光を放っていた。その光は、天皇の御簾[7]へ飛び散っていた。広有は、この鳥の位置をよく確認し、弓を張って、弦が滑らないように口にくわえて湿らせ、鏑矢をかまえて鳥に立ち向かったので、陛下は紫宸殿の南庭に出てこれを見た。関白殿下・左右大将・大納言・参議・弁官・八省の次官・諸家の侍、そして御殿の下で跪いて並

3　【9-5】注26参照。
4　一一〇四〜八〇年。平氏に対する不満から、治承四年に後白河法皇の皇子以仁王を奉じ、平氏討伐のため挙兵したが、失敗し、自死する。歌人としても著名。
5　院の御所の北面にある詰所を職場とする役人。
6　母屋の廂の外側に、さらに小さく飛び出た廂。
7　細く割った竹で編んだ簾。またその敬称。

ぶ文武百司の官僚たちは、「どうなるんだろう」と固唾を呑んで手に汗を握る思いで見守っていた。

広有はすでに鳥に立ち向かい、弓を引こうとしていたが、少し何か考えて、鏑矢に取り付けていた雁俣[8]を抜いて捨て、二人張り[9]の弓にセットした一二束二伏[10]の長さの矢をきりきりと引き絞って、すぐにはこれを放たず、鳥が鳴き声をあげるのを待った。この鳥がいつもよりも低く飛び、紫宸殿の上空約二〇丈のあたりで鳴いたところを聞き澄まし、弦音高く、ちょうど弓を放った。鏑矢は紫宸殿の上を鳴り響きながら飛んでいき、雲の中で手応えがあった。そして、何か物体が、大きな岩が落ちるような音を立てて、仁寿殿の軒の上から二つ折りになって竹の植え込みの前に落ちた。堂上・堂下の者一同が「当たった、当たった」と歓声を上げ、一時間ほど騒ぎ立て、しばらくやまなかった。

宮廷を警備する衛士の役人に松明を高く持たせて、陛下が広有の射落とした物体を見ると、頭は人間のようで、胴体は蛇の形をしていた。嘴の先は曲がり、歯がノコギリのように生え、両足に長い蹴爪があり、その鋭さは剣のようであった。翼を広げてみると、その長さは一丈六尺[11]であった。「それにしても、お前が矢を射る直前に、急に雁俣を抜き捨てたのはなぜか」と陛下が質問すると、広有はかしこまって、「この鳥は御殿の上を飛んで鳴いていましたので、もし矢が外れて下に落ちたとき、御殿に刺さってしまうと畏(おそ)れ多いので、雁俣をはずしたのでございます」と答えた。陛下はますます感動し、その夜すぐに広有を五位に昇進させ、因幡国(いなばのくに)の大きな荘園を二カ所与えた。このように、弓矢を取って面目(めんぼく)を施したことは、後世までの名誉である。

8　先が二股に分かれた鏃(やじり)。

9　二人がかりで張る弓。張る人数が多いほど、強い弓である。

10　一束は約八センチメートル。指一本の幅の長さ（約二センチメートル）が一伏。四伏で一束。従って「一二束二伏」は約一メートル。

11　一丈は約三メートル。尺は丈の十分の一（約三〇センチメートル）。つまりこの怪鳥は五メートル近い大きさだった。

【12-9】兵部卿護良親王が流罪にされたこと

兵部卿護良親王は、天下の大乱（鎌倉倒幕戦）に立ち向かったときは、難を逃れるためにやむを得ず還俗した。しかし、日本全土はすでに平和となったので、以前のように天台座主[1]に戻り、仏法・王法を興隆しさえすれば、仏の意志にも合致し、天皇の意向にも反しなかったであろう。だが、「征夷将軍の地位に就いて、日本の軍事を支えたい」と言って、強引にその許可を天皇に要求したので、陛下は不快に思ったが、護良の要望のとおりに征夷将軍の宣旨を下した。

征夷将軍であるならば、日本を守る者として、身を慎んで地位に見合った重々しい振る舞いをすべきであるのに、護良は心の赴くままに驕り高ぶり、世間の非難を忘れてみだらな楽しみにばかりふけっていたので、人々は皆再び世が乱れることを心配した。大乱終結後は武装を解除すべきであるのに、何の目的もないのに弓や大太刀の名手だと言えば、功績もないのに厚恩を与え、前後左右に従わせた。それどころか、このようなむやみに武装した者たちが毎夜京や白河を回って辻斬りをしたため、運悪く道で彼らに遭遇してしまった尼・法師・女性・子どもたちがあちこちで斬り倒されて、不慮の死を遂げる者が収まらなかった。これもただ、護良が足利治部大輔高氏を討つためだけに、兵を集めて訓練させたのであった。

そもそも高氏卿は今まで天皇に対して非常に功績のあった人で、分を過ぎた言動の噂もなかったのに、兵部卿親王はなぜこれほどまでに高氏に憤っていたのであろうか。その根源の理由を調べてみると、以下のような経緯であった。去年（元弘三年〈一三三三〉）の五月に官軍が六波羅探題を攻め落とした際、殿法印良忠[2]の配下の者たちが京中の土倉を襲撃して財宝を奪ったので、その狼藉を鎮めるために、足利殿の軍勢が彼らを逮捕し、二〇人あまりを六条河原で処刑し、首をさらした。そして、その高札に「大塔宮に仕える殿法印良忠の配下の者が各地で強盗を働いたので、処刑したのである」と書いた。殿法印はこのことを聞いて不安に思ったので、高氏に対するさまざまな事実無根の悪口を考え、あの手この手で兵部卿親王に訴えた。こうしたこと

【12-9】1【9-5】注4参照。
2【9-5】注37参照。

がたびたび耳に入ったので、宮も憤って、信貴山に滞在していた頃から高氏卿を討とうと絶えず思っていた。しかし後醍醐天皇が許可しなかったので黙っていたのであるが、なおも部下の讒言がやまなかったのであろうか、密かに諸国へ令旨[3]を発給し、軍勢を招集した。

高氏はこれを聞いて、准后阿野廉子を介し、天皇に次のように奏聞した。「兵部卿親王は、帝位を奪う陰謀をめぐらせ、諸国の軍勢を招集しています。その証拠は明確です」。そして、護良が各国に下した令旨を陛下に見せた。陛下は激怒して、「この宮を流罪に処せ」と言って、中殿で開催される和歌・管弦の会を名目として、兵部卿親王を呼んだ。宮はこういう事態になっているとは夢にも思わず、前駆[4]二人と侍一〇人あまりを引き連れて静かに内裏に参上した。そこを、あらかじめ天皇の命令を承けて準備していた結城判官親光[5]と名和伯耆守長年が鈴の間の付近で待ち受けて、護良を逮捕し、すぐに馬場殿に拘束した。

宮は蜘蛛の足のように材木を厳重に交差させて打ち付けた、面会に訪れる者も一人もいない一間四方の部屋に閉じ込められ、涙を流しながら日々を過ごした。我が身にどのような咎があって、このような目に遭っているのであろうか。元弘の昔は幕府の捜索から身を隠して、倒木の下や岩陰で露（つゆ）に濡れた袖を乾かすこともせず、京都に帰った今は一日の楽しみがまだ終わらないうちに讒臣（ざんしん）に罪を着せられ、刑罰に苦しむことになるとはと、自分にはわからない前世の行動の報いまで、ことごとく思いをめぐらせた。そうは言っても、「事実無根の噂は長く続かない」と言うし、天皇に訴えて思い直させて処分を解除する方法もきっとあるだろうと思っていたところに、朝廷の処分はすでに遠隔地への流罪と決定したと伝わってきた。そこで護良は、悲しみをこらえられず、密かに気心が通じた女房に命じて詳細な手紙を書き、これを伝奏（でんそう）に託して、天皇に正しい奏聞を受けるように進言するよう命じた。その手紙の文章は、以下のとおりであった。

3　【7-7】注2参照。

4　騎馬による行列の先導者。

5　?～一三三六年。結城宗広（むねひろ）の次男。元弘の乱では当初鎌倉幕府に与し、後に、父とともに倒幕側に転じた。後醍醐天皇に重用され、楠木正成らとともに「三木一草（名と官名に『き』の付く結城親光・伯耆守名和長年・楠木正成が『三木』、『くさ』の付く千種忠顕が『一草』）」と言われた。

父である陛下に勘当された身で、私が無実であることを訴えようとするのは、涙が流れて心も暗いことであります。悲しみに閉ざされて、言葉も出ません。ただ一をもって万を察してくださり、私の言葉の不足を補って悲しみを憐れんでくださるのであれば、愚かな臣である私の望みは十分に達せられるでしょう。

承久以来、武臣が権力を握り、朝廷が政治を放棄して長年が経過しました。臣護良はこれを看過することが本当にできず、ひとたび慈悲と寛容の法衣を脱いで、ただちに敵を討伐する鎧を着ました。内心では戒律を破った罪を恐れ、外部からは罪を犯して恥を知らないという非難を受けました。そのとおりではありますが、陛下のために自分のことは忘れ、敵のために死ぬことも顧みませんでした。このとき、朝廷に忠臣や孝子はたくさんいましたが、ある者は信念を持たず、ある者はただ時運を待つばかりでした。ただ私のみが、たいした武器も持たずに正義の兵を挙げ、険阻な地に隠れて敵軍を窺いました。そのため逆賊（北条氏）は、主に私を戦乱の張本人と認定し、日本全土に法令を下し、一万戸の領地をもって私を捕らえる恩賞としました。これは本当に、運命は天にあるとは言っても、身の置き場がないのはどうしようもありませんでした。昼は終日（しゅうじつ）深い山や奥の谷に隠れて苔（こけ）の生えた石の岩に横たわり、夜は一晩中荒れ果てたへんぴな村里に出て、素足で霜を踏みました。危険のあまり、龍の髭（ひげ）を撫でて生きた心地がしなくなり、虎の尾を踏んで肝（きも）を冷やしたことが何千万回もあります。しかし、私は作戦を陣中でめぐらせ、敵を遂に武力で滅ぼしました。まさに陛下の輿（こし）が都に戻り、陛下の治世が天意にかなって末永く続いていこうとしているのは、おそらくは私の忠功でなければ、そもそも誰の功績なのでしょうか。

ところが現在、戦争の功績がいまだに評価されないどころか、私が罪を犯したという責めをいきなり受けています。私が犯したという罪の条々をかすかに聞きますと、ただの一条も私の過ちではありません。このようなデマが起こり、きちんと究明せずに私を罰せられるのを、ただ悲しむばかりでございます。天を仰いで身の潔白を訴えようとしても、太陽も月も私のような親不孝者を照らしてくれません。地に伏してこの境遇に泣こうとしても、山も川も私のような無礼な臣を載せてくれることはありません。父子の関係を断たれ、天にも地にも見捨てられること以上の憂いはございません。今後、天下を統治する事業を誰のために図ればいいのでしょうか。私の出処進退が問題なのではありません。陛下のお言葉で死刑を減刑していただければ、私は皇族を離れ、すぐにまた仏門に入ります。

陛下はご存じでしょうか。献公の長男である申生が死んで晋の国は乱れ、始皇帝の長男である扶蘇が処刑されて秦の天下は傾きました。[6] 水が染み込むように浸透してくる悪口と、肌身を傷つけるような中傷はすべて、小さなことから発生して大きな事態となります。[7] 陛下は、なぜ過去の歴史から現在を考えないのでしょうか。私護良は真心の限りを尽くして、伏して陛下へのお取り次ぎをお願い申し上げます。恐々謹言

建武二年（一三三五）[8] 三月五日　護良

前左大臣（二条道平）殿

このお手紙がもし陛下の許へ届けば罪を許す措置もあっただろうに、伝奏は天皇の周辺の憤りを怖れて奏聞しなかったので、護良の必死の訴えは天皇の耳に入らなかった。そもそもこの二〜三年、宮に従って軍功を上げ、恩賞を待っていた御内の従者三〇人あまりも密かに処刑された以上は、護良が何を訴えても無意味であった。

遂に建武二年五月五日に、宮の身柄を足利直義朝臣へ引き渡した。佐々木佐渡判官入道導誉[9]以下、数百人の軍勢で道中を警備し、直義のいる鎌倉へ護良を護送し、二階堂谷に土牢を作って、そこに閉じ込めた。

直義は、南の御方[10]という身分の高い女房一人を除いて誰も護良につけなかった。月日の光も見えない暗い部屋の中で、横殴りに降る雨に袖を濡らし、崖からしたたり落ちる雫で枕も濡れ続け、半年ほど過ごした[11]。護良の心中はとても悲しかったに違いない。天皇も、一時の激怒で鎌倉へ護良を流したものの、まさかここまで過酷な待遇を

6　申生については、『史記』「晋世家」、扶蘇については、「始皇帝本紀」「李斯列伝」に見える故事による。

7　『論語』「顔淵」にある表現を踏まえる。

8　史実では建武元年（一三三四）。

9　一二九六～一三七三年。高氏とも。自由奔放な武人で、いわゆる婆娑羅大名として有名。室町幕府の要職につき、出雲・飛騨などの守護として権勢をふるった。婆娑羅とは、南北朝時代に流行した派手な風俗。【21-2】参照。

10　公卿・持明院保藤の娘。

11　史実では、建武元年一一月から同二年七月までの、約八カ月となる。

受けるとは思わなかった。直義朝臣が、以前からの恨みで護良を拘禁したのは見苦しいことであった。

【13-3】北山殿西園寺公宗が後醍醐天皇暗殺の陰謀をめぐらせたこと

故相模入道高時(さがみのにゅうどうたかとき)の弟である四郎左近大夫入道泰家(しろうさこんのたいふにゅうどうやすいえ)は、元弘の鎌倉における戦争の際、自害したふりをして密かに鎌倉を脱出し、しばらく奥州に潜伏していた。しかし、他人に見破られないように還俗して京都に上り、西園寺公宗(さいおんじきんむね)[1]殿を頼り、初めて召し使われた田舎侍(いなかざむらい)のふりをして過ごしていた。

かつて承久の乱において、西園寺太政大臣公経(だじょうだいじんきんつね)[2]が鎌倉幕府と内通したために北条(ほうじょう)義時(よしとき)[3]が勝利することができたので、義時は「七代後の子孫まで、西園寺殿を頼るように」と遺言(ゆいごん)した。そのため、それ以降も武家は西園寺のことを特別に思ってきたのである。これによって、代々の皇后も多くはこの家の出身で、全国の知行(ちぎょう)国も半分はこの一族が拝領した。であるので、西園寺家の当主は全員、官職は太政大臣に至り、一位の最高位をきわめた。これはひとえに、北条氏が目をかけてくれた厚い恩恵であると思ったので、何としても故相模入道の一族を取り立ててふたたび天下の実権を握らせて、自分は朝廷の宰相として日本全土を掌中に収めようと公宗は考えた。そこで、この四郎左近大夫入道を還俗させ、刑部少輔時興（ぎょうぶのしょうときおき）という名を与えて、明けても暮れても謀叛（むほん）の計画ばかりを考えていた。

ある夜、西園寺家の家司（けいし）である政所入道（せいしょのにゅうどう）三善文衡（みよしふんひら）が、大納言公宗殿の前に来て、次のように勧めた。「国家が繁栄しているか衰退しているかを見るには、政治の善悪を見るのがいちばんです。政治の善悪を判断するには、賢明な臣下を用いているか否かを見るのがいちばんです。微子（びし）が去って殷（いん）は衰退し、[4]范増（はんぞう）が処罰されて楚（そ）王項羽は

【13-3】1　一三〇九～三五年。公家で、父は西園寺実衡（さねひら）。父の没後、西園寺家の家督と関東申次（もうしつぎ）の役職（朝廷と幕府の調停役）を継いだ。

2　一一七一～一二四四年。鎌倉幕府成立以降、朝廷内における親武家派となる。承久の乱では、誰よりも早く朝廷の情報を幕府に知らせ、その勝利を導いた。

3　【1-1】注6参照。

滅びた[5]のです。現在、朝廷で有能な人物は万里小路藤房ただ一人しかいませんが、彼は将来国難が起こることを予想して引退しました。これは朝廷にとって最悪の運勢であり、当西園寺家にとっては幸運だと思われます。すぐにご決断ください。先代（北条氏）の残党を各地から招集し、天下を覆すことを。一日の猶予もなりません」と。公宗卿も確かにそのとおりだと思ったので、北条時興を京都の大将として畿内近国の軍勢を集め、時興の甥の相模次郎時行[6]を関東地方の大将として甲斐・信濃・武蔵・相模の軍勢をつけ、名越太郎時兼[7]を北陸地方の大将として越中・能登・加賀の軍勢を集結させた。

　このように各地で同時に蜂起する計画を立ててから、公宗は西京から多数の大工を呼んで、急遽浴場を造った。これは、天皇陛下が西園寺邸に遊びに来たときに、唐の華清宮の温泉になぞらえて陛下に入浴を勧め、浴室の床下に落として殺害する企みであった。このようなさまざまな謀略をめぐらせ、軍勢を準備してから、公宗は天皇に「我が北山殿（西園寺邸）の紅葉を御覧に入れたいので、訪問していただきたく存じます」と依頼した。そこで陛下はすぐに日時を決定して、行幸の準備をした。

　すでに「明日の正午頃に訪問する」と西園寺に告げたその夜、天皇は少しうととして、次のような夢を見た。赤い袴を穿き、濃いねずみ色の二枚重ねの衣を着た一人の女性が来て、「前には怒り狂った虎と狼がいます。後ろには獰猛な熊とヒグマがいます。明日の行幸を、どうか思いとどまってください」と申した。陛下が夢の中で「お前はどこから来た者なのか」と尋ねると、女性は「神泉苑[8]の近くに長年住んでいる者でございます」と答えて帰っていったところで間もなく天皇は目覚めた。陛下は不思議な夢のお告げであると思ったが、ここまで決定している臨幸をこの期におよん

4　『史記』「殷本紀」の故事による。微子は、殷の王だった紂の兄。紂に苦言を呈し、その悪政をやめさせようとしたが聞き入れられず、その後殷は滅びた。

5　『史記』「項羽本紀」の故事による。范増（?～前二〇四年）は項羽の信頼を得ていたが、漢の陳平の策略にかかり項羽に疑われ、怒って帰郷する途中で病死した。

6　?～一三五三年。北条高時の次男。鎌倉幕府滅亡の際、叔父である泰家の命により諏訪盛高が時行の身柄を保護し、信濃に下っていた。

7　?～一三三五年。越中国の守護だった名越時有の子。名越氏は北条氏の流れをくむ。

8　現、京都市中京区門前町にある庭園。延暦一三年（七九四）に平安京が造られた際、桓武天皇が大内裏南に設けた庭。『太平記』巻一二の八では、空海が雨乞いの修法を神泉苑で行い、善女龍王を呼び出した話が語られる。

でどうして中止することができるのかと思い、輿を呼んだ。

北山殿に行く前に、まず神泉苑に寄って、龍神にお供えをして祈っていたところ、池の水が突然異変を生じ、風が吹いていないのに波が岸にしきりに打ち寄せてきた。陛下はこれを見て、夢のお告げをますます不思議に思ったので、しばらく輿を止めて思案していた。そこに竹林院中納言公重卿[9]が走り寄ってきて、「西園寺大納言公宗が陰謀を企み、陛下に臨幸を勧めたということを、ただいまある方が密告してきました。お帰りになって、橋本中将季経[10]ならびに三善春衡・文衡入道を呼んで尋問されるべきです」と申した。陛下は、昨夜の夢のお告げや池水の異変も確かにわけがありそうだと思い、宮殿に戻った。そして、すぐに中院中将定平[11]に結城判官親光[12]・名和伯耆守長年を付けて呼び出し、「西園寺大納言公宗卿と橋本中将季経ならびに三善文衡入道を逮捕せよ」と命令した。

天皇の使者の軍勢二千騎あまりが南北から押し寄せて、北山殿の周囲を七重八重に包囲した。大納言殿はこの陰謀が早くも発覚したと思い、かえって落ち着いた様子であった。事情を知らない奥方や女房、侍たちは「どういうことか」とあわてふためいて逃げ回った。季経朝臣は機敏な人であったので、政府軍がやってきたのを見てただ一人抜けて、後ろの山からどこかへ逃げて行った。

定平朝臣は、まず大納言殿に対面して、おだやかに事情を伝えた。大納言は涙を押さえてこう述べた。「公宗は不肖の身でございますが、故中宮（西園寺禧子）のよしみで地位も収入も人に劣りません。これはひとえに、名君である天皇陛下の慈悲深い恩恵の賜物であります。どうして陰に隠れて枝を折り、水を汲んでその源を濁らせるような真似をするでしょうか。よくよく事情を考えますと、当家は数代の間、地位も収入も人に勝れ、身に余る恩恵をいただいておりますので、もしかしたら清花クラスの家[13]が妬み、あるいは名家クラスの連中が嫉んで讒言をあれこれ考えて、さまざまな嘘をこしらえて、当家を滅ぼそうとしているのだと思われます。しかしながら、天が真

9 西園寺公重（一三一七〜六七年）のこと。西園寺実衡の子で、公宗の弟。

10 生没年未詳。公卿。西園寺家で初めて左大臣となった西園寺公相の孫。

11 【12-1】注8参照。

12 【12-9】注5参照。

13 「清花」は「清華」とも。公家の家柄の一つで、五摂家に次ぐ家格。清花の最高位は大臣。「名家」も同じく公家の家柄で、上限は大納言。

実をご覧になれば、デマがいつまでも陛下のお耳に入り続けることは決してないでしょう。ですので、私はまず召喚に応じて公卿がいらっしゃる場に参上し、容疑の捜査を受けようと思います。ただし、季経については今朝すでに逃亡したので、連行することはできません」と。

政府の軍隊はこれを聞き、「さては、橋本殿を隠したのであろう。屋敷の中をよく捜索しろ」となり、数千騎の兵士が屋敷内に乱入し、天井や塗籠(ぬりごめ)[14]を破壊し、御簾(みす)や几帳(きちょう)[15]を引き落とし、くまなく探した。このため、たった今まで紅葉(もみじ)の行事があると思って楽器を準備していた演奏者は衣装も脱がずにあちこちに逃げ惑い、これを見物するために集まって群れをなしていた僧俗男女も不審だと思われた多数が逮捕され、思いがけない処罰を受けた。周辺の山の奥や岩の中まで探したが、季経朝臣は見つからなかったので、政府軍はやむを得ず公宗卿と文衡入道のみを捕らえ、夜中に京都へ戻った。

定平朝臣の屋敷内に一間四方(いっけんしほう)の狭い部屋を牢獄のように造り、その中に大納言殿を押し込めた。文衡入道は結城判官に預けて、昼夜三日間あらゆる手段で拷問(ごうもん)すると、すべてを自白したので、すぐに六条河原へ連行して首を刎(は)ねた。

公宗については、「伯耆守長年に命じて、出雲国へ流す」との正式な処分が決定した。明日必ず配流先へ護送せよと定められたその夜、中院殿より奥方へこのことが伝えられたので、奥方は密かに牛車に乗って、泣きながら公宗が監禁されている中院邸へやってきた。しばらく警備の武士を遠ざけ、牢の近くに寄って見ると、蜘蛛の足のように材木を交差させて厳重に打ち付けた一間ほどの部屋の中で、公宗は身を縮めて起き伏しすることもなく泣き沈んでいた。これを見た奥方は、涙が流れて袖を濡らし、身も浮かぶような感覚にとらわれた。大納言は奥方を一目見て、ますますむせび泣いて、「これはなんという有様でしょうか」と奥方が話すのを聞いて、衣を頭からかぶって泣き伏した。しばらくして、大納言は涙を押さえながら、「我が身はこのように、引く人もいない捨て舟のように重い罪に沈んでしまった。しかしあなたは懐妊しているのだと聞いているので、私のことを気遣ってどんなに苦しい気持ちでいるのだろうかと、それを思うだけでも冥途への旅を妨げる妄念となっているようだ。生まれてく

14　寝殿造の建物では、納戸を指す。周囲が壁土で塗り込められた部屋。
15　御簾は【12-7】注7参照。几帳は外から見えないよう、室内の間仕切りに用いた道具。

るのがもし男子であったならば、将来の希望を捨てずに愛情をかけて育ててほしい。これは我が家に伝わるものなので、会うことのできない親の忘れ形見としてください」と言った。そして、上原石上流泉・啄木・楊心操の三曲が書かれた琵琶の楽譜を一帖、肌身につけたお守りの中から取りだして、奥方に手渡した。さらに、そばにあった硯を引き寄せて、包み紙に和歌を一首書いた。

あはれなり日影待つ間の露の身に思ひをかくる瞿麦の花

（太陽が昇るまでしか存在できない露のようにはかない我が身でも、もうすぐ生まれてくる我が子〈撫子〉のことが気にかかることだ）

硯に涙が落ちて、薄墨の文字さえはっきりとは書けずに、見るだけでも心が折れそうになったが、公宗はこの歌を最後の形見として、涙とともに残した。奥方は非常に悲しんで、まったく言葉も発せず、顔も上げることができずに泣くばかりであった。

そうこうしているうちに、護送担当の役人がやってきて、「今夜、まず長年の方へ身柄を引き渡して、明朝配流先へ護送しよう」と話した。すぐにあたりが騒がしくなって、奥方は物陰に隠れた。それでも何か心配で、今から起こる出来事を見届けようと垣根の間から覗くと、伯耆守長年が武装した兵を二〜三〇〇人引き連れて、庭に整列していた。長年は「夜がすっかり更けてしまった」と急ぎ、大納言殿は縄で縛られて中門(ちゅうもん)へ出た。その様子を見ていた奥方の心中は、言い表しようもなかった。すでに庭に設置されていた輿に、簾(すだれ)を上げて乗ろうとしたとき、定平朝臣が長年に「早く（公宗を乗せろ）」と言ったのを、長年は殺せという意味だと解釈して、大納言殿に走り寄って、鬢(びん)[16]をつかんでうつ伏せに倒し、腰の刀を抜いて首を掻き落とした。奥方はこれを見て、思わずあっとうめいて垣根の中で倒れた。このますぐに死んでしまいそうに見えたので、付き添いの女房たちが車に乗せて、泣きながら北山殿に帰した。

御殿の上下に仕えていた青侍(あおざむらい)[17]や官女も、雲のようにどこかへ逃げていってしまったのであろう、人は一人も見えず、簾も几帳もすべて引き落とされていた。居間を見

16　耳ぎわの髪。
17　若くて身分の低い侍。

ると、月の夜や雪の朝に興が高じて詠み捨てた和歌の短冊(たんざく)があちこちに乱れ散っているのも、現在はこの世にいない人の忘れ形見となり、わけもなく涙があふれてくる。寝室を見ると、夫のにおいは寝具にとどまっていたが、枕を並べて寝る人はもういない。庭には紅葉が散り積もり、冷たい風が吹き、古い梢(こずえ)に止まっているフクロウが憂いを帯びて鳴く声の物寂しさに、これからいかに耐えて住み続けようかと考えて奥方は泣いていた。そこに青侍たちが多数やってきて、「西園寺の家は、弟の竹林院中納言公重卿が相続した」と言って相続の準備を始めたので、この不快さも夫との別れのつらさに加わった。その後、奥方は仁和寺(にんなじ)の近くに人気のない住居を見つけて、そこに移住した。そして、故大納言殿の死後百箇日にあたる日に、無事に若君を出産した。

ああ、往時であれば、祈禱の貴僧・高僧が歓喜して、男子誕生の慶事が天下にとどろき、門前には祝賀の訪問客の車が群がっていたであろう。しかし、邪気を払うために桑の弓を引く人や蓬(よもぎ)の矢を射る場所もない、すきま風が吹いても防ぐべき草陰も枯れ果ててしまったあばら家に住み、乳母(めのと)などをつける余裕もなく、母親が自ら育てるしかなかった。だんだん故大納言殿に顔つきが似てくるのを見ては、

形見こそ今はあたなれこれなくは忘るる時もあらまし物を[18]

（あなたが残してくれた形見も、今はとても恨めしい。これがなければ、あなたを忘れるときもあるだろうに）

と昔の人が詠んだ歌も、苦しみのもととなった。

悲しみが胸に満ちあふれ、産屋（うぶや）の筵（むしろ）もまだ乾かぬうちに、中院定平から使者が遣（つか）わされ、「御産（おさん）のことについて、天皇陛下よりお尋ねがあります。もし男児でしたら、乳母に抱かせて、まず私のところへ連れてきてください」と言われた。母は、「ああつらいことだ。陛下は故大納言殿の子どもを私の腹の中までも開けてご覧になろうとしているという噂があったが、男児が生まれたということが漏れて伝わったのだろう。嘆きながらもこの子を育て、故大納言殿の忘れ形見と思い、成人したなら僧にでもして亡き父の菩提（ぼだい）を弔（とむら）わせようと思っていた。それなのに、まだ離乳もしていない乳児を武士の手にかけて殺すという。先日夫と死に別れたばかりなのに、今我が子と別れ

18　『古今和歌集』恋に見える、詠み人知らずの歌。

るという悲しい目に遭うとは。すぐに消えてしまいそうな露のようにはかない私の命は、これから何を頼りに堪え忍んで生きていけばいいのか。生きていることさえもが恨めしいのに、かなうことならば、このようにつらいことはもう見たくも聞きたくもない」と泣き悲しんだ。これを聞いた付き添いの春日局（公宗の母）は、泣きながら使者と対面してこう言った。「故大納言殿の忘れ形見は生まれましたが、母親の懐妊中、非常な悲しみに沈んでいたためでしょうか、誕生後にすぐに亡くなってしまいました。罪人の遺児なので、どのような処分を下されるかと怖れて隠しているのではないかとお思いになることもございましょうから、偽りではない証明の一言を、仏と神にかけて申し上げましょう」。そして、泣きながら書状を書き、その末尾に次のような和歌を記した。

偽りを糺すの森に置く露の消えしにつけて濡るる袖かな

（「偽りを糺す」という名の森の露のように、子どもがはかなく亡くなってしまい、それが悲しくて涙で袖が濡れてしまうことよ）

使者はこの手紙を持って帰ったので、定平は涙を押さえてこれを読んだ。この証言で陛下もかわいそうに思ったのであろう、それ以降はこの遺児について尋ねることもなかった。母親は、うれしいうちにも不安な思いもあり、焼け野原のキジが焼け残った藪の中で卵を温めるような感じでこの子を育てた。泣き声さえも人に聞かせないように口を押さえ、母乳を与えても同じ枕で声をひそめて、泣きながら生活して三年間を過ごした心中こそ悲しかった。後に建武の戦乱が起こり、天下が将軍足利尊氏の代になったので、この子は朝廷に出仕し、西園寺家の後を継いだ。それが、北山大納言実俊卿である。

ところで、故大納言殿が滅亡する前兆があったのを、木工頭藤原高重[19]が事前に聞いていたのも不思議なことであった。謀叛を起こすことを思い立ち始めた頃、かの卿（公宗）はその祈禱のために七日間北野天満宮に参拝して、毎夜琵琶の秘曲を演奏していた。七日目の夜は特に心を込めて演奏しようと思ったのであろう、月が出て冷たい風が吹く秋の夜更けに、公宗は簾を高く巻き上げて、玉樹の三女の序という曲を

19　琵琶の秘曲の伝授などを行った、琵琶師範。

弾いた。白楽天[20]の「五絃の弾」という漢詩で詠われているように、第一・第二の絃は寂しげな様子で、秋の風が松に吹いて枯れた味わいを放つような音であった。第三・第四の絃は冷たい感じで、鶴が夜に我が子を想って巣の中で鳴くように聞こえた。絃の響きは抑えた調子で、拍子をとっているだけであった。六度演奏した後の一曲は、まことに幼児も立って舞うような趣であった。

ちょうど木工頭高重が神社の境内におり、一晩中心を澄ませて耳をそばだててこの曲を聴いていたが、演奏が終わってから、他人にこう漏らした。「今夜の琵琶の曲は、何かを祈願して演奏されたのであれば、その願いは成就しないだろう。その理由は、この玉樹という曲にある。昔[21]、晋の平公が濮水のほとりを通り過ぎたとき、流れる水の音が管弦の響きに似ていた。平公はすぐに師涓という音楽家を呼んで、この音を琴の曲にさせた。それは陰気な曲で、聴く者は皆涙を流した。しかし平公はこの曲を愛して、演奏会でよく弾かせた。師曠という音楽家がこれを聴いて、嘆いてこう言った。『君主がこの曲を好むならば、天下が乱れて先祖のお墓を守ることができないであろう。古代の殷の紂王がみだらな曲を作って好んでいると、間もなく周の武王に滅ぼされた。その魂がなおも濮水の底にとどまってこの曲を演奏している。それを今、陛下が新曲にして好んで聴いているのだ。鄭の国のみだらな音楽が正当な音楽を乱しており、一人が歌うと三人が調和するような、よい曲ではない』と。果たして平公も滅びてしまった。

その後、この曲はなおも残り、陳の時代に至った。陳の後主[22]がこれを好み、隋に滅ぼされ、隋の煬帝[23]もこれを非常に好み、唐の太宗[24]に滅ぼされた。唐の時代に我が国の音楽家である掃部頭藤原貞敏[25]が遣唐使として唐に渡り、琵琶の博士廉承武に出会って、この曲を日本に伝えた。だが、曲に不吉に聞こえる音声があるので、その箇所を

---

20 中唐の詩人である白居易（七七二～八四六年）のこと。

21 以下の話は、「濮上の音」（『礼記』「楽記」）の故事による。「濮水」は黄河の分流で、河南省から河北・山東省を流れていたが、黄河の水流が変化したことで消滅した。

22 五五三～六〇四年。中国、六朝時代の陳の最後の王で文学者。長城（浙江省）の人。詩作と飲酒にふけり、北方の隋に滅ぼされた。

23 五六九～六一八年。中国、隋の二代皇帝。隋の文帝の次子で、即位後は万里の長城修築や洛陽の都営造、大運河建設などを行った。

24 五九八～六四九年。姓名は李世民。李淵（高祖）の次子。隋末の動乱に父とともに挙兵し、唐の事実上の建設者となった。

省略した。それなのに今夜の演奏は、もっぱらその音ばかり弾き、思いがけず殺伐としたメロディに聞こえる。音楽と政治は相通じているという。大納言殿の身に、何か悪いことが起こりそうです」。このように高重は嘆いて言ったが、間もなく大納言は処刑された。不思議な前兆であったことよ。

【13-4】中先代の乱

現在、天下は朝廷の下に統一され、畿内は安泰であったが、朝敵の与党はなお東国に潜伏していた。そこで、鎌倉に探題（地方統治機関）を設置しなければならないということで、天皇陛下の八番目の皇子成良親王[1]を征夷将軍にして、鎌倉に派遣した。足利左馬頭直義がその執権として、東国の統治を担当した。法令はすべて、従来のとおりに運用した。

このような情勢で、西園寺大納言公宗の陰謀が発覚して処刑されたので、京都で蜂起しようと企てていた平家（北条氏）の残党たちは皆東国や北陸に逃亡し、なお宿願を達成しようと謀っていた。名越太郎時兼[2]には、野尻・井口・長沢・倉満の武士たちが馳せ参じたので、越中・能登・加賀の軍勢が味方して、すぐに六千騎あまりとなった。相模次郎北条時行[3]には、諏訪三河守頼重[4]・三浦介入道時継・同若狭五郎判官持明・葦名入道盛員・那和左近大夫政家・清久山城守・塩谷民部大夫・工藤四郎左衛門以下、主要な大名が五〇人以上も味方したので、伊豆・駿河・武蔵・相模・甲斐・信濃の軍勢が皆従った。

時行はその軍勢五万騎あまりを率いて、急遽信濃国で挙兵して、すぐに鎌倉へ攻め

25　八〇七～八六七年。雅楽家。藤原氏京家の三代目である藤原継彦の子。琵琶の名手。承和五年（八三八）に遣唐使として唐に渡り、琵琶の名人である廉承武（劉次郎とも）から『流泉』『啄木』などの秘曲を伝授された。

【13-4】1　一三二六～四四年。母は阿野廉子（新待賢門院）。元弘三年（一三三三）に親王宣下を受け、足利直義に奉ぜられて鎌倉に下向した。

2　【13-3】注7参照。

3　【13-3】注6参照。

4　時行は、頼重の甥である盛高に護衛されて信濃に入った。【10-8】参照。

上った。渋川刑部大夫義季[5]・小山判官秀朝[6]が武蔵国に出て迎え撃ったが、戦況は不利で渋川も小山もともに自決したので、三〇〇人あまりの家来も同じ場所ですべて討たれた。また、新田四郎[7]も上野国蕪川[8]で防戦したが、敵は目にあまるほどの大軍であったので、一度の戦いで勢力を砕かれて、二〇〇人あまりが討たれた。

その後、時行軍はますます大軍となり、三方より鎌倉へ接近した。直義朝臣は事態が急である上に、ちょうど用意していた兵力も少なかったので、「下手に戦っては敵を有利にしてしまうだろう」ということで、将軍宮（成良親王）を連れて建武二年（一三三五）七月二六日の明け方に鎌倉を脱出した。

【13-5】兵部卿護良親王を殺害したこと

左馬頭足利直義は、すでに山内を通り過ぎたときに、淵野辺甲斐守を近づけて、「味方の兵力が少なく、いったん鎌倉から撤退するが、美濃・尾張・三河・遠江の軍勢を徴集してすぐに鎌倉へ引き返せば、相模次郎北条時行を滅ぼすことは踵を返すほどの時間もかかるまい。しかしながら、当足利家のために常に敵となるのは、兵部卿護良親王である。処刑せよという天皇のご命令はないが、このついでに殺害しようと思う。そなたは急いで薬師堂谷へ戻り、宮を殺害せよ」と命じた。淵野辺は、かしこまって「承知いたしました」と答え、山内から主従七騎で引き返して、宮のいる土牢へ参った。

宮は、いつも闇夜のように暗い土でできた牢獄の中で、朝になったのもわからずに、灯りをつけてお経を読んでいた。そこに淵野辺がお迎えに参った由を申して、輿を庭に置いたのを見て、護良は「お前は私を殺そうとする使者なのであろう。そのつもりなのはわかっている」と言って、淵野辺の太刀を奪おうとして走りかかってきた。淵

5　一三一四〜三五年。足利義詮の妻となった渋川幸子の父。足利一門。建武政権では、鎌倉府の関東廂番の一番筆頭。
6　【10-8】注5参照。
7　新田一族である岩松政経の子。
8　現、群馬県富岡市周辺を流れる鏑川。

野辺は、持っていた太刀を持ち直して、護良の膝のあたりを思いっきり打った。護良は半年ばかり牢[1]の中に座り続けていたので、思いどおりに立てなかったのであろう、心は勇み立っていたが、うつ伏せに倒され、起き上がろうとしたところを淵野辺が胸の上に乗り、腰の刀を抜いて首を掻こうとしたので、宮は首を縮めて、刀の先をしっかりとくわえた。淵野辺もしぶとい人間であったので、刀を奪われないように引っ張ると、刀の先が一寸あまり折れてなくなってしまった。そこで淵野辺はその刀を投げ捨て、脇差（わきざし）の刀を抜いて、まず胸元を二度刺した。宮が少し弱ったように見えたところを、髪をつかんで引き上げ、すぐに首を掻き落とした。

　土牢の外に出て、明るいところで首を見ると、食い切った刀の先がまだ口の中にあって、目は生きている人間のようであった。淵野辺はこれを見て、「思いあたる中国の故事がある。このような首を敵に見せてはならない」と言って、そばの藪（やぶ）の中に首を投げ捨てて帰っていった。

　お世話のために護良のそばで仕えていた南の御方（みなみのおんかた）[2]は、この様子を見て、あまりの恐ろしさと悲しさに、身体がすくみ、足も立たなかった。しかし、しばらく心を静めて生きた心地が戻ったので、藪に捨てられた首を取りあげると、肌はまだ温かく、目もふさがっておらず、生前のままのように見えた。南の御方が「もしかしたら、これは夢なのではないだろうか。夢であるならば、覚めてほしい」と泣き悲しんだのも、もっともなことであった。遠くにいた理致光院(りちこういん)[3]の長老が、このような事情を承知したので、葬式のことなどを執(と)り行った。南の御方は、やがて髪を下ろして出家し、泣く泣く京都へ上っていった。

【13-7】足利尊氏の東国下向

足利直義朝臣(あしかがただよしあそん)は鎌倉を脱出して京都を目指したが、駿河国入江荘(するがのくにいりえのしょう)[1]は東海道で最大

【13-5】1　【12-9】注11参照。
2　【12-9】注10参照。
3　鎌倉にあった真言宗の寺院で、跡地に護良親王の墓が残っている。
【13-7】1　現、静岡市清水区入江周辺にあった荘園。

の難所であった。相模次郎北条時行に味方する武士たちが道を封鎖したらどうしようと、皆心配した。そのため、直義はこの地の地頭である入江左衛門春倫の許へ使者を派遣し、春倫が頼りであると伝えた。春倫の一族の中で、鎌倉幕府再興の時が到来したと考える者たちは、「左馬頭直義を討って、相模次郎殿に味方しよう」と主張した。春倫はじっくりと考えて、「建武政権と中先代（時行）のいずれが勝利するのかは、愚かな我々には予想できないことである。であるので、義がどちらにあるのかを考えると、入江荘はもともと得宗領[2]であったのを、天皇陛下が恩賞としてくださったので、この二〜三年間、従来よりも一族を豊かに養えた。これは、もともとあった天子の恩に、さらに恩恵を上乗せしていただいたのである。今、運が傾いた弱みにつけ込んで、不義の振る舞いをすることができようか」と決断し、直義を迎えに行った。直義は非常に喜んで、すぐに彼らを引き連れて、三河国矢矧宿[3]に陣を設営し、ここでしばらく疲れた馬を休めて、京都へ情勢を報告するために早馬を派遣した。

　直義の報告を承けて、大臣たちは会議を開いて議論をし、急遽足利宰相高氏を時行追討の大将に起用することを決定した。すぐに勅使を高氏の許に派遣して、この旨を伝達すると、相公[4]は使者に対して次のように述べた。「去る元弘の戦乱においては、私高氏が天皇陛下に味方したことによって、日本全国の将兵が皆政府軍に属し、一気に勝利することができました。であるならば、天皇陛下が全国を統一して統治する現在のすばらしい時代が到来したのは、すべて高氏の功績と評すべきであります。そもそも征夷将軍という官職は、代々源平の武士たちが功績によって任命された先例が数え切れないほど存在します。将軍に任命されることを、私はとりわけ朝廷のため、我が足利家のために、深く希望しているところでございます。また、戦乱を鎮めて統治を安定させるためには、功績を挙げた武士にただちに恩賞を与えるのがいちばんであります。陛下へ軍勢の功績を報告し、ご判断をしていただくのは、手続きに時間がかかりすぎて、武士たちは安心して勇敢に戦えないでしょう。そこで、高氏に一時関東八カ国の支配を任されて、軍勢に直接恩賞を与えることができるよう陛下の御許可をいただきたく存じます。そうすれば、私は昼も夜も行軍（こうぐん）して、朝敵を退治することができます。この二カ条をお許しいただけなければ、関東を征伐（せいばつ）することは他人に命令

2　北条宗家の所領。「得宗」については【5-5】注1参照。
3　現、愛知県岡崎市矢作町あたりにあった宿場。
4　宰相の尊称。高氏を指す。

なさってください」と。

この二カ条は、天下が治まるか乱れるかを決定づける重大事であるので、陛下も慎重に考えるべきであったが、高氏の要請を簡単に了承して、「征夷将軍の任命については、関東の乱を鎮めることができれば、その功績に応じて与えよう。関東八カ国の統治については問題ない」と言って、すぐに綸旨(りんじ)[5]を発給した。それだけではなく、畏(おそ)れ多くも天皇のお名前の一字も与えて、高氏の高の字を改めて、尊の字になされた。[6]

【14-8】箱根の戦い

政府軍[1]が、もしこのとき足を休めずに足利軍を追撃していれば、敵は鎌倉にとどまることができなかったであろう。しかし、「今は何もしなくても、東国の武士たちは味方になるだろう。それに、東山道(とうさんどう)を下ってくる搦手(からめて)の軍勢もここで待とう」ということになって、伊豆国府(いずのこくふ)に七日間無駄に逗留(とうりゅう)していたことこそ、不運であったと思われる。

そうこうしているうちに、足利左馬頭直義が鎌倉に帰還し、戦争の状況を報告するために将軍尊氏の屋敷を訪問すると、四つの門がむなしく閉じて、人もいなかった。直義が乱暴に門をたたいて「誰かいないか」と大声で叫ぶと、須賀左衛門清秀が出てきて、「将軍は、矢矧で戦いがあったと聞いた日から建長寺に入られました。出家しようとおっしゃったのを、おつきの人々があれこれ申して止めておりますので、元結いは切っていますが、まだ法体[2]にはなっておられません」と言った。

左馬頭をはじめとして、高・上杉の人々はこれを聞いて、「上様が出家してしまわ

5　【12-1】注23参照。

6　史実では元弘三年（一三三三）八月のこと。

【14-8】1　新田義貞軍を指す。この間、尊氏はすでに中先代の乱を鎮め、鎌倉に入っていた。しかし、新田一族の所領を配下の武士たちに与えたことで、足利と新田の関係が悪化していた。尊氏は「義貞を討つべし」との、義貞は「尊氏を討つべし」との書状をそれぞれ天皇に送ったが、護良親王殺害の事実等をこの間に知ったことで、後醍醐天皇は尊氏を討つことを決定した。そこで「尊氏追討」の宣旨を受けた新田軍が、このとき政府軍となっていた。

2　【12-1】注5参照。元結い（髻を結ぶ紐）を切ることも、法体となるための一過程。

れたら、いよいよ我が軍が頼りとするものがなくなるだろう。どうしようか」とあわてた。そこで上杉伊豆守重能[3]がしばらく考えて、「たとえ将軍が出家して法体になられても、天皇陛下の譴責を逃れることはできないことを申し上げれば、きっと出家を思い直すでしょう。偽の綸旨を二〜三通書いて、将軍にお見せしたらいかがでしょうか」と提案した。左馬頭は、「ともかく事がよい方向に向かうように取りはからえ」と重能にまかせた。伊豆守は、「それでは」と言って、宿紙[4]を急いで墨で染め、字のうまい者を呼んで、綸旨を執筆する蔵人の筆跡とまったく同様に偽の綸旨を書かせた。その文言は、次のとおりであった。

足利宰相尊氏・左馬頭直義以下の一党が武力を誇って朝廷の法令を軽んじるので、彼らを征伐しようと思う。かの者たちがたとえ出家して引退したとしても、刑罰を緩和してはならない。居所を捜索して、すぐに誅伐すべきである。功績のあった者には恩賞を与えよう。と天皇陛下がご命令された。これを詳しく伝えるために、文書を作成して送付するところである。

建武二年（一三三五）一一月三日　右中弁吉田光守[5]

武田一族中
小笠原一族中へ

こうした偽綸旨を同じ文章で宛先を変えて、一〇通あまり作成した。

左馬頭はこれらを持って急いで建長寺に行き、将軍に向かって涙を押さえながらこう言った。「当足利家が天皇陛下のご譴責を受けていることについて申し上げたいことがございます。新田義貞朝臣の勧めによって、陛下がただちに新田を大将に討伐軍を派遣してきたので、我が足利一門については、たとえ降伏したり出家したりした者であっても捜索して討伐せよと朝廷で決議されました。陛下のご意向も同様で、我々が逃れられる場所はどこにもありません。先日、矢矧・手越(てごし)の戦闘で戦死した敵兵たちがつけていたお守りから取り出した綸旨にそう書かれていました。どうしても逃れられない陛下のご譴責ですので、出家を思い直してやめられて、足利一族の浮沈を賭

3　?～一三四九年。上杉憲房(のりふさ)の養子。足利尊氏の重臣で側近。
4　役所の蔵人が発給する文書に使われた用紙。漉(す)き返して作った薄墨色の再生紙。
5　後醍醐天皇の側近である、藤原（吉田）光守。

けた戦いを助けてください」。将軍はこれらの綸旨を見て、偽文書だとは疑いもせず、「確かに、一門の浮沈は、まさに今にかかっている。であるのならば仕方ない。尊氏も、お前たちと運命をともにして、どうとでもなろう」と言って、着ていた袈裟を脱いで、錦の鎧直垂を着用した。その頃、鎌倉の軍勢が一束切りといって髪を短く切ったのは、将軍と同じ髪型にして見分けをつかなくさせるためであった。

さて、かなわないと見て政府軍に降伏しようとしていた大名たちも、あちこちに逃げて行こうとしていた軍勢も、尊氏の蹶起によって急に気を取り直して尊氏の許に馳せ参じてきたので、鎌倉の兵力はまた三〇万騎に膨れあがった。

このことがあったのと同じ一二月一一日に、足利軍の編成が行われ、左馬頭は箱根路で敵軍の攻撃を防ぎ、将軍は竹下[6]へ向かうことに決まった。そうではあったが、最近数回の戦闘に敗北した兵たちはいまだに気を取り直して戦意を高めることができず、昨日今日集まってきた武士たちは大将を待ってもたもたしていた。敵はすでに伊豆国府を出発して、今夜野七里山七里[7]を越えるという情報が入ってきたが、鎌倉勢はいまだに箱根にも竹下にも向かっていなかった。

三浦因幡守貞連・土岐道源・赤松筑前守貞範は、竹下へ向かう軍勢に編入されたが、「このように他人と顔色を窺い合って、鎌倉にとどまっていても仕方がない。他人のことはどうでもよい。いざ、まず竹下へ向かって、後続の軍勢が追いつく前に敵が攻めてきたらそのときは仕方なく、戦死しよう」と言って、一一日の夜になって間もない頃に竹下へ向かった。その兵力はわずか一〇〇騎だったので、彼らは心配で落ち着かない気分であった。

竹下へ登って、敵の陣をはるか遠くに見下ろすと、西の伊豆国府から東の野七里山七里に至るまでの沿道に篝火(かがりび)が並べられており、その数が何百万あるかもわからないほどであった。ただ晴れた夜の星の光が青い海に映るかのようであった。「ならば、味方も篝火をたこう」ということになって、雪の下に埋もれた枯れ草を払い、あちこちで集めてかすかに火をつけたが、夏山の繁みのもとで夜を明かすためにつける灯火のようにまだらに燃えているにすぎなかった。しかし、それでも足利軍の武運が強かったので、敵はこの夜は攻めてこなかった。

6　現、静岡県駿東(すんとう)郡小山(おやま)町竹之下あたり。足柄峠を越える足柄古道の要所だった。
7　急坂が多い古道で、現、静岡県三島市と神奈川県足柄下郡箱根町の間を結ぶ道。

夜がもうすぐ明けようとする頃、将軍は一〇万騎あまりの軍勢で竹下へ到着した。左馬頭はおよそ六万騎で箱根の峠に着いた。

明けて一二日の午前八時頃、政府軍は伊豆国府で軍勢を編成した。竹下へは、中務卿尊良親王(なかつかさきょうたかよししんのう)に公家たち約三〇人が従って向かったが、武士が大将でなくては敵にかなわないだろうということで、脇屋右衛門佐義助(わきやうえもんのすけよしすけ)・細屋右馬助(ほそやうまのすけ)・堤卿律師(つつみきょうのりっし)・大友左近将監(おおともさこんのしょうげん)・塩冶判官高貞(えんやほうがんたかさだ)[8]が同行した。大手である箱根路へは、きっと足利軍の主力が来るであろうと予想して、新田義貞朝臣とその一族二〇人、千葉・宇都宮・大友千代松丸(ちよまつまる)(氏泰(うじやす))・菊池肥後守武重(きくちひごのかみたけしげ)をはじめとする、諸国の大名三〇人、合計七万騎あまりが向かった。

同日正午頃から戦闘が開始された。大手と搦手は一〇里ほど離れており、敵味方八〇万騎が天と地を響かせて戦った。箱根では、菊池肥後守武重が先駆けをして、峠の麓(ふもと)に下りてきた敵三千騎あまりを遠くの峰まで追い上げて、坂道の途中にも楯を突き並べていた。それから、千葉・宇都宮・河越(かわごえ)・高山(たかやま)・愛曽(あそ)・厚東(こうとう)・熱田大宮司(あつたのだいぐうじ)がそれぞれ陣を構え、えいえいというかけ声を上げて峠を攻め上り、一息つきながらうめき叫んで戦う声がしばらくやまなかった。

道場 坊 助注 記祐覚という比叡山の僧侶は、稚児一〇人および同僚の僧侶三〇人を率いていた。稚児は 紅 下濃の鎧、僧兵は黒糸の鎧を全員着て、稚児は皆紅梅の造花を一枝ずつ兜の正面に差し、楯から身を乗り出して政府軍の先頭を進軍していた。ただそれを見た武蔵・相模の荒くれ武士たちは、「稚児だからといって油断するな。ただひたすら攻撃せよ」と言って、矢をさんざんに射た。敵の正面に立っていた稚児のうち、八人までが重傷を負って、篠竹が生えている野原の上に倒れた。これに猪俣・横山の武士たちおよそ一〇〇人が競争するように駆け下り、稚児たちの首を取ろうとかかってきたのを、助注記祐覚と同僚の僧兵三〇人が太刀の切っ先を並べて、負傷した稚児の上を飛び越えて、火花が散るほどに斬りかかった。武士の太刀は皆短かったので、肘の先や二の腕、兜の中などをさんざんに斬られて、横道にそれて北の峰に引き上げたので、祐覚の僧兵は負傷した稚児を肩に乗せて、麓の自軍の陣地に戻って

8　?〜一三四一年。佐々木貞清の子。隠岐大夫判官とも呼ばれる。当初は後醍醐天皇方を支えたが、後に足利方に味方した。

9　「下濃」とは布の染め方で、同色で下のほうがより濃い色になる。ここでは、紅色の縅が下になるほど濃く染められている鎧を指す。

いった。

義貞軍には、榎原下総守・高田薩摩守義遠・葦堀七郎・川浪新右衛門・藤田六郎左衛門・同三郎左衛門・同四郎左衛門・難波備前守・河越三河守・長浜六郎左衛門・高山遠江守・園田四郎左衛門・同七郎左衛門・山上六郎左衛門・青木五郎左衛門という、徒党を組んだ弓の名手が一六人いた。彼らは同じ笠印をつけ、進むときも引くときも常に行動をともにしていた。世間の人は、彼らを「一六騎の党」と呼んでいた。彼らが射る矢は、楯でも防具でも防ぐことができなかったので、必ず向かう敵を射倒すことができた。

義貞の執事である船田入道が駆け回って自軍の兵士たちを励まし、大将軍である左兵衛督義貞が一段高い場所に登って戦場をはっきりと見渡した。名誉を重んじ命を惜しまない千葉・宇都宮・大友・菊池の武士たちが勇敢に攻撃したので、当初六万騎あまりもいた箱根の足利軍は、討たれればさっと撤退し、負傷すれば負傷者を担いで逃げ出し、逃げた兵を見れば自分も遅れまいと逃げていった。そのためその数は次第に減少し、今は一〇分の一以下の兵力に見えたので、義貞は勝ちに乗じてさらに攻め上った。

鎌倉勢が崩れそうになったとき、村上河内守信貞（むらかみかわちのかみのぶさだ）とその一族約四〇人が、五〇〇騎ほどの軍勢で義貞軍と戦い、死傷者が数百人に及んだ。直義はこれに感動し、懐に入れていた紙に恩賞の下文（くだしぶみ）を書いて信貞に与えた。信濃国塩田荘（しおだのしょう）[11]を与えたと伝わっている。かの周の成王（せいおう）が桐の葉に恩賞地を書いて部下に与えた先例[12]に倣（なら）ったと思われる。

【14-20】結城親光の戦死

結城判官親光（ゆうきほうがんちかみつ）[1]は、後醍醐天皇にその忠誠心を大いに信頼されて、天皇から受けている恩恵を誇る様子は、まるで周囲に人がいないかのようであった。天皇の近江国東（ひがし）

10　記載されているのは一五名であるが、原文通り。
11　現、長野県上田市塩田地区あたりにあった荘園。
12　『史記』「晋世家」の故事による。
【14-20】1　【12-9】注5参照。

坂本行幸(さかもとぎょうこう)に従おうとしたが、この世は思いどおりにはいかないと思ったので、どんなことがあっても将軍尊氏を討とうと考え、敢えて京都にとどまっていた。そして、ある禅僧のコネで尊氏に降参の意志を伝えたが、尊氏は「親光は本当に降参するつもりはないであろう。尊氏をだまそうとしているに違いない。だが、一応は彼の言い分を聞こう」と思い、大友左近将監貞載(おおともさこんのしょうげんさだのり)[2]を親光の許に派遣した。

大友は、もともと少し思慮の足りない者であったので、結城に向かって「降参するときの決まりなので、どうか武装を解かれよ」と荒々しく命じた。親光はこれを聞いて、さては将軍は早くも自分の本心を見抜いて、討伐(とうばつ)の使者として大友を寄こしたのだと理解して、「鎧を脱がせようとの使者ならば、力尽くで脱がせてみよ」と言うなり、三尺八寸の大太刀を抜いて大友に斬りかかり、兜の錣(しころ)[3]の上から首の付け根まで五寸ほど打ち込んだ。大友も太刀を抜こうとしたが、目の前が暗くなり、一尺ほど抜きかけたところで、馬上からさかさまに落ちて死んだ。これを見て、大友の家来たち三〇〇騎あまりが、親光と彼の部下一七騎を包囲して討った。

敵も味方もこの事件を聞いて、「惜しい兵たちを一瞬で失ったことは非常に残念である」と皆惜しんだ。だが、何より将軍の運こそが強いと思う。

【15-3】三井寺の戦い

東国の北畠顕家(きたばたけあきいえ)[1]の軍勢が近江国坂本(さかもと)に到着したので、顕家卿と新田義貞朝臣(にったよしさだあそん)その他主立った武将たちは、日吉大社(ひよしたいしゃ)内の聖女(しょうにょ)の彼岸所(ひがんじょ)[2]に集まって作戦会議を行った。「どうしても一～二日は馬を休ませてから京都を攻めたい」と顕家卿は主張した。しかし、大館左馬助氏明(おおたちさまのすけうじあきら)[3]が「長期遠征で疲れた馬を一日だけでも休ませてしまうと、

---

2 【14-8】では政府軍についていたが、後に足利方に味方した。
3 【9-5】注33参照。

【15-3】1 一三一八～三八年。公卿。後醍醐天皇の信頼厚い北畠親房（一二九三～一三五四年）の長子。建武の新政に伴い、一六歳の若さで陸奥守(むつのかみ)に任じられていた。
2 日吉大社の内部にある彼岸所（山王七社に付属する建物で仏事を執り行うための堂）の一つ。
3 ?～一三四二年。上野国(こうずけのくに)新田郡大館（現、群馬県太田市）出身の武将で、新田義貞の臣下。宗氏の子。

かえって緊張がゆるんで四～五日間は使い物にならなくなります。また、この軍勢が坂本に着いたと敵が知ったとしても、すぐに攻めてくるとはまさか思いますまい。不意に戦闘を起こせば必ず敵を押しつぶすことができるのが、昔からの習わしです。今夜、密かに志賀・唐崎[4]のあたりまで進軍して、未明に三井寺に接近し、四方より鬨の声を上げて攻め込めば、味方は必ず勝利できると考えます」と言った。義貞朝臣も楠木判官正成も「本当にそのとおりである」と賛成し、すぐに諸大将へこの旨が伝達された。

政府軍に加わったばかりの千葉氏の軍勢はこれを聞いて、まだ夜になったばかりの頃から千騎あまりで志賀の里に布陣した。大館左馬助・額田・羽川の軍勢は約六千騎で夜中に坂本を発ち、唐崎の浜に陣地を設営した。戸津・比叡辻・和爾・堅田[5]の人々はおよそ七〇〇艘の小船に乗って、琵琶湖の沖で朝が来るのを待った。比叡山の約二万人の僧兵たちは、そのほとんどが歩兵であったので、如意ケ岳[6]を越えて三井寺の裏側に回って、大手の軍勢が攻撃を開始すると同時に攻め寄せようと、音を出さずに静かに待っていた。

坂本に建武政権の大軍が到着したのが船の往来から窺え、あわただしい様子であったので、三井寺を守っていた足利軍の大将である細川卿律師定禅と高大和守重茂[7]は京都へ使者を派遣し、「東国の軍勢が坂本に到着し、明日三井寺に攻め寄せるという情報が入っています。急いで援軍を送ってください」と三度も要請した。しかし、将軍尊氏は「関東からの軍勢は、それほど多くないだろう。上ってきたのはほとんど宇都宮公綱の配下であると聞いている。その軍勢が誤って坂本に着いたとしても、宇都宮が京都にいると知れば、すぐに主君の許に馳せ参じるであろう」と言って問題にしなかったので、三井寺へは一人の援軍も送らなかった。

そうこうしているうちに、夜がもう明けかかったので、源中納言顕家卿二万騎、新田左兵衛督義貞三万騎、脇屋・堀口・額田・鳥山の一万五千騎が志賀・唐崎の琵琶湖沿いの道を馬に乗って進軍した。後陣が遅いと待っていた前陣の軍勢が、まず大津

4　志賀は現、滋賀県大津市滋賀里。唐崎は現、同市唐崎。

5　戸津、比叡辻、和爾、堅田はいずれも琵琶湖周辺の要地。

6　現、京都市左京区に位置する。

7　細川卿律師定禅（生没年未詳）は四国勢の武士で細川頼貞の子。高大和守重茂（生没年未詳）は高師直、師泰と兄弟の武将。

浦（うら）[8]の民家に放火して、鬨の声を上げた。三井寺の足利軍もあらかじめ予想して準備していたので、唐院（とういん）から下りて下居（おりい）・近松（ちかまつ）[9]のあたりで激しく矢を射た。

一番に、千葉介貞胤（ちばのすけさだたね）[10]が千騎あまりで三井寺に攻め寄せた。第一と第二の城門を破壊して城の中に侵入し、三方から敵の反撃を受けて一時間ほど交戦した。細川卿律師定禅の指揮で側面から攻撃したおよそ六万騎の四国勢に包囲され、千葉新介高胤（ちばのしんすけたかたね）がたちまち討たれてしまった。そこで高胤の部隊三〇〇騎あまりが繰り返し馬で突撃して戦い、一五〇騎が戦死したので、後陣に譲って撤退した。

二番に、顕家卿が約二万騎で千葉軍と交代して足利軍と激しく戦い、ひととおり暴れてから馬の足を休めた。三番に、結城上野入道宗広（ゆうきこうずけのにゅうどうむねひろ）[11]と伊達（だて）・信夫（しのぶ）の武士たち五千騎ほどが顕家軍と交代して脇目も振らず必死に戦った。三〇〇騎が討たれて退いたので、足利軍は勝ちに乗じて六万騎の軍勢を二手に分けて、琵琶湖の湖岸へ打って出た。新田左兵衛督（にったさひょうえのかみ）はこれを見て、三万騎あまりを集結させ、強力な武器を持つ堅固（けんご）な敵軍を破って進撃した。細川は大軍であったが、西は大津の民家まで燃えている最中だったので通ることができず、東は湖で水深が深くて渡る手段がなかった。一本しかない道で敵と向かい合わせて、前に進めなかった。和爾・堅田の者たちが湖上に船を並べて放ってくる側面射撃で馬を射られ、前進も後退も困難に見えた。政府軍はこれに力を得て一斉に攻撃したので、細川の六万騎の軍勢は五〇〇〇騎あまりが討たれて、また三井寺へ戻った。

額田・堀口・江田（えだ）・大館がおよそ七〇〇騎で逃げる敵を追いかけ、城へ入ろうとしたところ、三井寺の衆徒五〇〇人あまりが城門を塞（ふさ）いで命がけで戦ったので、攻撃側の約一〇〇人が堀のほとりで討たれた。それで進むことができず、後陣が到着するのを待ってしばらく躊躇（ちゅうちょ）している間に、城中は城門を閉ざして堀にかかっている橋を撤去した。義助（よしすけ）はこれを見て、「ふがいない戦いぶりだな。たった一つの門に防がれて、これくらいの城一つも攻め落とせないのか。栗生（くりう）・篠塚（しのづか）[12]はいないか。あの城門を

8　現、滋賀県大津市松本あたり。
9　唐院、下居、近松はいずれも三井寺付近にある地名。唐院は三井寺の中院、近松は現、大津市逢坂の近松寺付近。下居は未詳。
10　【10-8】注6参照。
11　【12-1】注22参照。
12　【10-8】注14参照。後出の亘理新左衛門（生没年未詳）も、新田の軍勢を支える勇士。

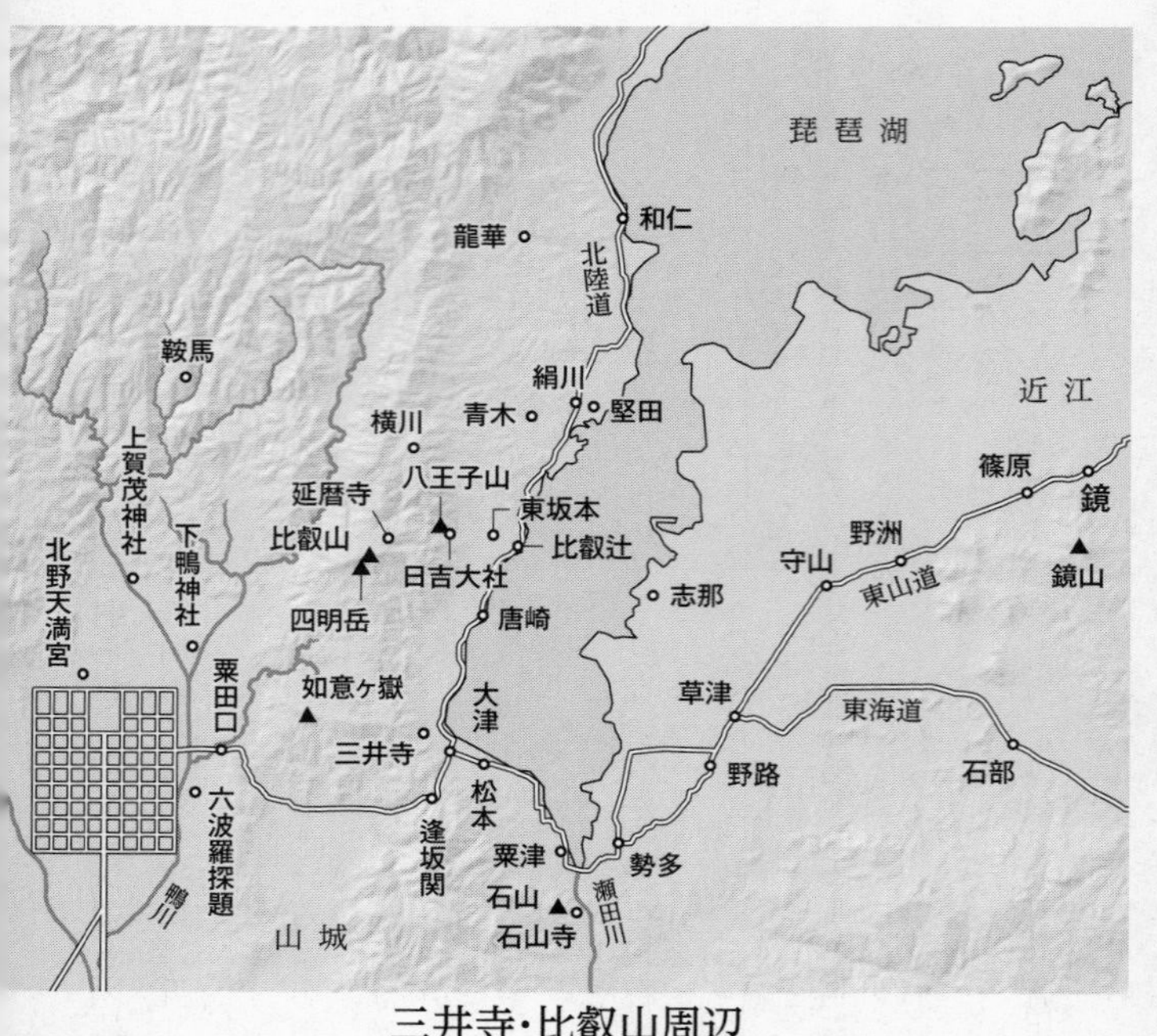
琵琶湖
和仁
龍華
北陸道
鞍馬
絹川
堅田
青木
近江
横川
上賀茂神社
八王子山
延暦寺
東坂本
下鴨神社
比叡山
比叡辻
日吉大社
北野天満宮
四明岳
唐崎
志那
守山
野洲
篠原
鏡
鏡山
東山道
粟田口
如意ヶ嶽
大津
草津
東海道
三井寺
松本
野路
石部
六波羅探題
逢坂関
粟津
勢多
瀬田川
石山
石山寺
鴨川
山城

三井寺・比叡山周辺

破壊せよ。畑・亘理はいないか。城に攻めこめ」と命令した。

栗生と篠塚はこれを聞いて、馬より飛び降り、城門を引き破ろうとして走り寄って様子を見た。塀の前に深さ二丈あまりの堀を掘り、両方の岸が屏風を立てているようになっているところに、橋板を皆はずし、橋桁だけが立っていた。二人の武士がどのようにしてこの堀を渡ろうかと考えて周囲を見回すと、幅がおよそ三尺で長さが五～六丈もある大きな卒塔婆[13]が二本あった。「ここにちょうどいい橋板があったぞ。卒塔婆を立てるのも橋にして渡すのも功徳は同じだろう。さあ、これを渡そう」と言うなり、二人は卒塔婆に走り寄って、小脇に挟んでえいと抜いた。土を五～六尺ほど掘って立てた大卒塔婆だったので、あたりの土が一～二丈飛ばされただけで簡単に抜けた。彼らはこの卒塔婆を軽々と持ち運び、堀の端に突き立てて、まず自慢をした。「異国には烏獲・樊噲[14]、我が国では和泉小次郎・朝井名三郎[15]が世に並びない怪力の持ち主であるというが、我々の力にはかなわないだろう。我々の言うことが傍若無人であると思う者は、我々と戦ってこの力を味わっていただきたい」と言いながら、二本の

13　供養のために墓の後部に立てる、細長い板。経文や梵字などが書いてある。

卒塔婆を同じように堀の向かいの岸へ倒してかけた。卒塔婆の表面は平らで、二本並べると、あたかも四条・五条の橋のようであった。

畑六郎左衛門・亘理新左衛門の二人は橋のたもとに進んで、「お前たちは橋渡しの検非違使[16]になれ。我々は合戦をしよう」とふざけて、橋の上をさらさらと走り渡って、堀の上に設置されていた逆茂木を撤去し、それぞれ城門の脇についた。これを防ぐ兵たちが三方の土塀に開けた穴から槍や長刀を出してさんざん突いてきたのを、亘理新左衛門が一六本も奪って捨てた。畑六郎左衛門はこれを見て、「どけ、亘理殿。この塀を壊して、安心して戦えるようにしよう」と言うなり、塀に走りかかって右足を上げ、城門のかんぬきのあたりを二～三回踏んだ。あまりに強く踏んだので、二本あった八～九寸のかんぬきが真ん中で折れ、城門の扉も塀の柱も同時にどっと倒れたので、城の守備兵五〇〇人がさっと四方へ散って退いた。

こうして第一の城門が破壊されたので、三万騎あまりの新田軍の軍勢が城の中に乱入し、まず火をつけた。これを見た比叡山の大衆二万人が如意ヶ岳の峰を下りて、三井寺の三つの院と五つの別所に乱入し、堂舎仏閣に放火して雄叫びをあげながら攻めかかった。猛火が東西から押し寄せ、敵も南北に充満したので、今はかなわないと思ったのであろう、三井寺の衆徒たちは、ある者は金堂(こんどう)に入って猛火の中で腹を切って倒れ、ある者は経典を抱いて奥の谷に倒れた。長年住み慣れてこの土地の地理に詳しい者でさえもときどき行き先がわからなくなった。まして、四国や西国の武士たちは方角もわからず煙の中を迷ったので、歩き疲れてあちこちの木の下や岩の陰で自害するしかなかった。そのため、わずか半日ほどの戦闘で、大津・松本・三井寺で戦死した足利軍の兵士は七三〇〇人を数えた。

14　『史記』「秦本紀」に烏獲が、『史記』「項羽本紀」に樊噲が、それぞれ怪力の持ち主、豪傑の士として記される。

15　和泉小次郎は泉親衡(いずみちかひら)（生没年未詳）のこと。鎌倉幕府二代将軍・源頼家の遺子を擁立して北条氏を排除しようとしたが失敗した。朝井名三郎は朝比奈義秀（一一七六?～一二一三?年）のこと。和田義盛の三男で、鎌倉幕府御家人中の勇士として知られた。

16　【1-1】注12参照。

【15-18】 多々良浜の戦い

少弐[1]の城がすでに攻め落とされ、一族若党一六二人が一カ所で戦死したので、菊池はますます大軍となり、筑前国多々良浜に攻め寄せてきた。

将軍尊氏は香椎宮[2]に上って、菊池の軍勢をはるか見渡した。敵は四～五万騎もいるように見えて、味方はわずか三〇〇騎あまりであった。しかもその半数は馬にも乗らず、防具もつけていなかった。この兵で菊池の大軍と戦うのは、大アリが大樹を動かし、カマキリが大きな車に立ち向かうようなものであると思い、将軍は早くも自害をしようと考えているようであった。左馬頭直義はこれを堅く諫めてこう言った。

「戦いの勝負は、必ずしも軍勢の多少によって決まるものでもありますまいに。まず異国では、漢の高祖が滎陽で包囲されたときはわずか二八騎でしたが、遂に項羽の一〇〇万騎に勝利して天下を獲りました[3]。我が国では右大将 源 頼朝卿が土肥の杉山の戦闘で負けて木の洞の中に隠れたときは七騎にすぎませんでしたが[4]、最後は平家の一党を滅ぼして、代々長く将軍の地位を継承したではありませんか。二八騎で一〇〇万人の包囲を突破し、七騎で木の洞に隠れた心境は、臆病な気分で命を惜しんだわけではまったくありません。ただ天の与える運命が来るのを待っていたのです。現在、敵の軍勢は本当に雲霞のように多いですが、味方も三〇〇騎以上はいるではありませんか。これは皆、今まで我々に従い、行く末を見届けようと考えている者たちなので、敵に後ろを見せるのは一人もいないでしょう。三〇〇騎の兵が心を一つに合わせれば、どうしてこの敵を蹴散らせないことがあるでしょうか。自害については、しばらく思いとどまってください。直義がまず出撃して、ひととおり戦ってまいりましょう」。
左馬頭はそう言って、香椎宮から出て行った。

【15-18】1　少弐氏が居城とする内山城（現、福岡県太宰府市内山）を指す。この間、尊氏は楠木正成軍に敗れて兵庫の湊川に退き、さらに湊川での戦いでも大敗して九州に落ち延び、当地の武将・少弐貞経（一二七二～一三三六年）を頼っていた。後醍醐天皇方の菊池武俊軍が尊氏と少弐氏の連合軍を攻め落としたのである。
2　香椎宮のこと。現、福岡市東区香椎に所在。夫婦神を祀る。
3　『史記』「項羽本紀」に見える故事による。
4　『源平盛衰記』巻二一に、源頼朝が杉山（現、神奈川県足柄下郡湯河原町）で木の洞に隠れたことで危機を脱した故事が見える。

これに従ったのは、仁木右京大夫義長・大高伊予守重成・南遠江守宗継・高豊前守師久・同播磨守師冬・上杉民部大輔憲顕・畠山修理大夫国清・細川陸奥守顕氏・大友筑後守氏泰・島津四郎・曽我奥太郎時助・白岩彦太郎・八木岡五郎左衛門・饗場新左衛門、これらを主立った者として総勢二五〇騎であった。彼らは三万騎以上の敵に立ち向かおうとして、自分の命を塵のように軽く思う、心がけのあっぱれな武士たちであった。

左馬頭がすでに旗の先端を下ろして戦闘態勢に入り、社壇の前を通り過ぎたとき、一枝の杉の葉をくわえたカラスの夫婦が、直義の兜の上にその葉を落とした。左馬頭はすぐに馬から下りて、「これは香椎宮の神様が守ってくれるめでたいしるしである」と言って、神社に向かってうやうやしく礼拝し、この杉を左側の鎧の袖に差した。

敵と味方が近づいて鬨の声を上げようとしたとき、敵の大軍を見て臆したのであろうか、大高伊予守が急に「将軍の陣にあまりに人がいないので、私はそちらに行こう」と言って引き返した。左馬頭はこれを見て、「そう思うなら最初から将軍の陣にとどまるべきだったのに、敵を見て怖じ気づいて引き返したと見える。ああ、大高の五尺六寸の太刀を五尺切り捨てて、剃刀の刃にして、それで頭を剃って出家してしまえ」と笑った。

そうこうしているうちに、菊池はおよそ五千騎の軍勢で西の浜から近づいてきて、まずは戦闘の始めに行う儀礼である矢合わせの鏑矢（かぶらや）[6]を射てきた。左馬頭の陣では「敢えて返答の矢を射るな」と鳴りをひそめていたところ、はるか遠くの雲の上から誰が射たのかわからない白羽の鏑矢が敵の上を鳴り響きながら飛び、どこへともなく去っていった。左馬頭の兵たちはこれを見て、ただごとではないと頼もしく思い、運を天に任せて奮い立たない者はいなかった。

双方の陣が向かい合って、まだ交戦が始まっていないところに、菊池の方から誰かはわからないが、黄色い瓦毛（かわらげ）[7]の馬に乗り、緋縅（ひおどし）の鎧を着た武者がただ一騎で、味方の軍勢の三町ほど手前から抜け駆けで攻めかかってきた。ここに、曽我左衛門（そがのさえもん）・白岩彦太郎・八木岡五郎の三人が、ともに馬も防具も持たず、太刀だけを頼りに最前線を進んでいた。彼らはこの武者こそ自分の戦うべき敵だと思ったので、白岩がこの敵に

5　?〜一三六二年。畠山家国の子。
6　【9-5】注18参照。
7　【12-1】注17参照。

走って近づき飛びかかった。白岩の太刀の影に、馬が驚いて左側にそれたところを、白岩は「してやったり」と武者の鐙の先端を蹴り飛ばした。白岩があまりに敵の手元近くに接近したので、かえって敵は太刀で斬ることができず、腰の刀を抜こうとしたが、結んでいた腹帯が伸びていたのであろうか、鞍とともに逆さまになって落馬した。白岩はこれを起こしもせずに、押さえつけて首を掻き切った。その馬が離れて波打ち際に立っていたところに、曽我左衛門が走り寄って我が物顔に取って乗った。死体はまだ鎧を着ていたが、八木岡五郎が鎧の胴先[8]の緒を切って、逆さまに剝いで着た。白岩の手柄で、立派な武者を二人こしらえて、三人とも敵の中に突撃した。

仁木右京大夫・山名伊豆守時氏[9]・宍戸安芸四郎朝重・岡辺三郎左衛門宗縄・饗場六郎は、「味方を討たせるな。続け」と大声で叫んで敵の大軍の中に突入し、入り乱れて戦った。仁木右京大夫は、近づいてきた敵五騎を斬り捨て、六騎を負傷させ、なお敵の中にとどまり、太刀が少し曲がってしまえば、左足で踏んで直しては斬り合い、押して直しては打ち合い、命の続く限り戦った。

そうこうしているうちに、左馬頭が一五〇騎の軍勢を魚鱗の陣形[10]に組ませ、すさまじい勢いで菊池の堅い陣地に突進した。菊池軍の数は足利軍の一〇〇倍であったが、時の運に恵まれなかったのであろうか、前陣は戦っても後陣が続かず、味方が討たれても力を合わせて戦おうという気概はなかった。あまつさえ、わずかな小勢に攻め立てられ、一陣の五千騎以上の軍勢が多々良浜の遠浅の干潟を二〇町以上も退いた。搦手に回った松浦・神田の武士たちは、[11]三〇〇騎にも満たない将軍の軍勢を、なぜか三万騎と誤認した。そのため、浜辺に寄せる波の音も鬨の声に聞こえ、空を飛ぶ白鷺もすべて勢いよく翻る白旗に見え、急にかなわないと思ったので、一度も交戦せずに旗を巻き、兜を脱いで降伏した。菊池はこれを見て、ますます形勢不利だと考え、大軍が攻め寄せてくる前にと、急いで肥後国へ撤退した。

勝ちに乗じるときは、ネズミも虎となるのが戦争の法則である。不利になると虎もネズミとなるものなので、将軍はこの一戦の勝利に勢いづき、一色太郎入道道猷と仁木右京大夫義長を派遣して、菊池の城を攻めた。さすがの菊池も一日も耐えられず、

8　鎧の胴の最も下の段。草摺（大腿部を守る防具）を付ける板。
9　一三〇七～七一年。足利政権成立に功のあった尊氏の臣下。後に有力守護大名となる。政氏の子。
10　【10-8】注10参照。
11　松浦は【12-4】注1参照。神田は現、佐賀県唐津市神田辺りの武士団で、ともに菊池の軍勢。

深い山奥に逃げ込んだ。

それからすぐに同国八代城へ攻め寄せ、城将内川彦三郎を攻め落とした。これだけではなく、阿蘇大宮司八郎惟直[12]は多々良浜の戦いで重傷を負い、肥前国小杵山[13]で自害した。その弟九郎は、見知らぬ里に迷い込んで、卑しい農民に生け捕られた。秋月は太宰府まで逃げたが、そこで一族二〇人あまりが全員一カ所で討たれた。これらは皆、大将クラスの武士たちであった。将来九州の大敵となり得たであろう者たちが時の運に見放され、このように皆滅ぼされた後は、九国二島[14]の武士たちはことごとく将軍に従った。

これは、菊池の不覚ではまったくない。また、左馬頭の謀略でもない。ただ将軍が天下の主となるべき前世のよい因縁が顕れて、霊神の加護の威力が加わったので、この戦いに思いがけず勝利して、九州地方と中国地方をことごとく一瞬で従えることができたのである。

【16-2】新田義貞が出陣したこと

諸国で城郭が築かれ、反乱が起こっている情報がすべて京都にもたらされた。建武政権は、東国を敵に回してはかなわないと考え、北畠源中納言顕家卿を鎮守府将軍に任命し、奥州の国司として派遣した。

新田義貞朝臣には、山陰道・山陽道の各八カ国の軍政を許可し、尊氏追討の宣旨を下した。天皇の命令を受け、西国に出陣しようとしたそのとき、義貞朝臣がマラリアにかかってしまったので、まず江田兵部大輔行義と大館左馬助氏明の二人[1]を播磨国に派遣した。

赤松入道円心はこれを聞き、敵を踏みとどまらせてはならないということで、備

12　?～一三三六年。阿蘇惟時の子。菊池の軍勢に属した。
13　現、佐賀県小城市にある山。
14　九州と壱岐、対馬の二島を指す。
【16-2】1　江田は【10-8】注1参照、大館は【15-3】注3参照。

前・播磨両国の軍勢を併せて書写山[2]坂本へ攻め寄せたので、江田と大館は室山[3]に進出して戦った。赤松は利を得ることができず、政府軍が勝利したので、江田と大館は勢いに乗じて西国の反乱を鎮圧することは簡単であると、何度も緊急の文書を送って京都に報告した。

そのうち、新田左中将義貞朝臣は病気が治ったので、五万騎あまりの軍勢を率いて西国へ遠征した。後続の軍勢を待つために播磨国加古川に四～五日間滞在したところに、宇都宮治部大輔公綱・紀伊常陸守冬綱・菊池次郎武重が約三千騎で到着した。その他、摂州・播州・丹後の軍勢が思い思いに馳せ参じたので、間もなく六万騎以上となった。

そのため、ただちに赤松を退治しようということで、新田軍は斑鳩宿[4]まで攻め寄せた。赤松入道円心は小寺藤兵衛尉を使者として、新田殿に次のように言った。「円心は不肖の身ではありますが、元弘のはじめに鎌倉幕府の大軍と戦ってこの逆賊を撃退したことは、おそらく倒幕に参加した武士たちの中でも第一の忠功であろうと考えておりました。ところが、恩賞として拝領した土地は降参した卑怯な連中よりも少なかったので、一時の恨みで大きな忠功を棄てて足利方に寝返ってしまいました。しかし、兵部卿護良親王からいただいた御恩を生涯忘れがたく思っており、敵となったのはまったく私の真意ではありません。そこで、当播磨国の守護職さえ、綸旨に辞令を添えていただけるのであれば、以前のように味方となり、忠節を尽くしたいと存じます」。義貞朝臣はこれを聞いて、「この件は問題あるまい」とすぐに京都へ飛脚を派遣し、円心を播磨守護に任命する綸旨を作成することを天皇に要請した。その使者の往復で一〇日間以上かかっている間に、赤松は白旗城を築き、「当国の守護と国司はすでに将軍より賜っている。手のひらを返すような綸旨など、信頼できるものか」と新田に返してあざけった。

新田左中将はこれを聞いて、「天皇陛下の政治は堅固で隙がない。赤松が陛下に恨みを抱いて朝敵になろうとも、天の下に生きている者が天を欺くことはできない。彼がそのつもりならば、ここで数カ月を送ることになろうとも、かの城を攻め落とすまでは播磨を通過するまい」と言って、およそ六万騎で白旗城を何重にも包囲して、昼

2　現、兵庫県姫路市北西部にある山。坂本は、その麓。
3　現、兵庫県たつの市御津町室津あたり。
4　現、兵庫県揖保郡太子町鵤あたり。

も夜も五〇日間息を継がせずに攻め続けた。しかしながら、この城は四方がすべて堅固で登山できる方法もなく、兵糧や水・木が非常に多く備蓄されており、さらに加えて播磨・美作で著名な弓の射手たちが八〇〇人あまりも立て籠もっていたので、攻めても弓で射られて負傷するばかりで、城内はまったく損害がなかった。

脇屋左京大夫義助はこれを見て、新田殿に次のように言った。「先年、楠木正成が籠城した金剛山の城を日本全国の軍勢が攻めあぐね、結局天下が覆ったことを、先代（北条氏）は後悔しているのではないでしょうか。わずかな小城一つに手間取って、だらだらと時を過ごせば、味方の軍勢は兵糧の欠如に苦しみ、敵の城はますます勢いづくでしょう。しかも尊氏がすでに筑紫を平定して上洛するという情報もありますので、尊氏が接近する前に備前・備中の敵を退治して、安芸・周防・長門の武士たちを味方につけなければ、大変な事態となってしまうと思われます。そうは言っても、今まで攻めていた城を落とさないで撤退すれば天下の笑いものともなるでしょうから、少しだけ味方を残して、その他の軍勢を船坂[5]へ派遣し、まず山陽道を切り開いて中国地方の軍勢を味方とし、九州へ攻め寄せてはいかがでしょうか」。義貞朝臣は「この作戦がいちばんいいだろう」と同意し、すぐに伊東大和守と頓宮六郎忠氏を道案内とし、宇都宮と菊池を大将とする約二万騎の軍勢を船坂山へ向かわせた。

この船坂山というのは、山陽道最大の難所である。二つの峰が険しくそびえ立つ間を一本の細道が登っている。谷は深く、岩は滑りやすく、この道は羊の腸のように曲がりくねって二〇町以上も続き、雲と霧が立ちこめて先が見えない。一人の男が怒って道を塞げば、万人の兵士でも通ることができない。まして、岩石を砕いて細い橋を渡し、大木を倒して逆茂木を設置すれば、何百万騎の軍勢であろうと攻め破ることは不可能に見えた。そのため、さすがの勇敢な菊池・宇都宮の軍勢も麓から進むことができなかった。道案内として頼りにされた伊東・頓宮の兵たちも、山を見上げて無駄に日々を送るだけであった。

5【4-4】注5参照。

【16-7】楠木正成が兵庫に向かい、子息に教訓を遺したこと

そうこうしているうちに、将軍尊氏（たかうじ）と左馬頭直義（さまのかみただよし）が大軍で上洛してくるので、防衛に適した地で戦うために兵庫に撤退する旨を、義貞朝臣が早馬を飛ばして報告してきた。天皇陛下は大いにあわてて、楠木正成（くすのきまさしげ）を呼んで、「急いで兵庫へ向かい、義貞と協力せよ」と命じた。そこで正成は、かしこまって「尊氏卿は九州の軍勢を率いて進軍してくるので、きっと雲霞（うんか）のような大軍に違いありません。疲弊した味方のわずかな軍勢で、勝ちに乗じた敵の大軍と通常のように戦えば、味方は絶対に敗北すると思われます。そこで、新田殿も京都へお戻しになり、陛下は今年のはじめと同様比叡山へ籠城してください。正成が河内国へ向かい、近畿地方の軍勢で淀川の大渡（おおわたり）[1]を封鎖し、南北から京都を攻め、敵の物資を欠乏させれば、敵軍の兵力は徐々に減少し、味方は日々強大になっていくでしょう。そのとき、新田殿が山門から足利軍を攻撃し、正成が搦手（からめて）に回れば、一度の戦いで朝敵を滅ぼすことができると考えます。新田殿も、きっとこのような戦略をお考えでしょうが、道中一度も戦わずに退くのは非常にふが

いないと世間が評価するのを恥じて、兵庫で防戦しようと思っているのでしょう。ですが、戦争はとにもかくにも最後の勝利こそが大事ですので、よくよく未来の展開までご配慮されて決断なされていただきたい」と申し上げた。「正成の主張も確かに理がある」ということで、大臣たちが会議を行って議論し、出された結論は次のとおりであった。「朝敵を征伐するために派遣された節度使が戦ってもいないのに、一年のうちに二度までも帝都を放棄して臨幸するのは、天皇の地位を軽視するようなものである。また、政府軍としての面目も失われる。たとえ尊氏が九州の大軍を率いて京都へ攻めてくるとは言っても、去年関東地方の八カ国を平定して上ってきたとき[2]の勢いには及ばないであろう。そのときも、戦争の当初より敵軍が敗北するときまで、味方の兵力は少なかったが、毎回敵を打ち負かしていた。これは、武士が立てた戦略が優れていたからではまったくなかった。ただ陛下の運が天命にかなっていたために勝利することができたのであって、今回の戦いについても何の問題もないであろう。すぐ

【16-7】1　山城国（現、京都府中南部）、摂津国（現、大阪府北西部と兵庫県南東部）、河内国（現、大阪府南東部）の境界部に位置する場所。交通上の要地だった。

2　史実では、尊氏上洛はこの年の正月である。

さま兵庫に出陣せよ」。これを聞いた正成は、「こう命じられた以上は、異議は申しません。陛下に対して畏れ多くもあります。大敵を策略で欺いて懲らしめ、勝利を確実にしようとする智謀を陛下はお持ちではなく、ただかけがえのない兵士を無駄に正面から大軍に向かわせようとされるだけですので、討ち死にせよというご命令なのでしょう。義を重視して死を顧みないのは、主君に忠実な勇士が存じているところでございます」と言って、ただちにその日のうちにおよそ五〇〇騎を率いて兵庫へ向かった。

楠木は、これが最後の戦いになると思い定めたので、一一歳の嫡子正行が父について行こうとするのを桜井の宿から河内へ帰し、その際に泣く泣く次のような教訓を遺した。「ライオンの母親は、子を産んで三日経つと、非常に高い崖から子を投げ落とす。子にライオンとしての資質があれば、親が教えなくとも途中で身体を回転させて体勢を直し、飛び上がって死なないという。まして、お前はすでに一〇歳を超えている。一回聞けば、私の教訓に背くことはきっとあるまい。今度の戦いは、日本の将来を決定する戦いとなる。生涯でお前の顔を見ることも、これが最後だと思う。正成が戦死したと伝われば、天下は必ず将軍のものとなると心得よ。しかしながら、当面の命を助かるために、長年の忠節を捨てて、降参するなどという卑怯な振る舞いをしてはならない。一族や家来が一人でも生き残っている限りは、金剛山に籠城し、敵が攻めてきたならば、潔く戦死して、名を後世に遺しなさい。このことを、お前の私に対する孝行と思うように」。正成は、涙を拭いながらこのように正行に言い含め、それぞれ東西に別れた。その様子を伝え聞いた人は、荒々しい武士であっても、父子の心情を思い、鎧の袖を濡らした（泣いた）。

昔、秦の百里奚は、穆公が晋の国を討伐した際、不利な戦況に鑑みて、従軍する子の孟明視に向かって最後の別れを悲しんだ。[3] 現代の正成は、敵軍が西から首都に接近すると聞き、国が必ず滅びることを憂えて、その子正行に自分の死後も忠節を尽くすことを勧めた。向こうは秦の時代の良臣、こちらは我が国の忠臣である。時は千年以上隔てていても、昔の聖人も今の聖人も言動は同じであり、並ぶ者のいない優れた臣であると、知る者も知らぬ者も皆感激した。

3　『史記』「秦本紀」にある故事による。

【16-9】本間重氏が鳥を射落としたこと

足利・新田両家の兵士たちは互いににらみ合い、まだ戦闘を開始しなかった。本間孫四郎重氏[1]は、紅下濃[2]の鎧を着て、黄色がかった瓦毛の太いたくましい馬に乗り、ただ一騎で和田岬[3]の波打ち際に出て、馬の口から白い泡を吹かせ、蹄を海の波に浸して待機していた。そこに一羽のミサゴが波の上に飛来して、二尺ほどの魚を一匹くわえて、沖へ飛んで行った。重氏は、大戦争の直前というこの重大な局面で、この鳥を射てみんなに見せようと思い、上差の鏑矢[4]を一本抜き出して、二所籐[5]の大弓にセットした。鳥が徐々に遠ざかり、海上六～七町ほどの距離になったとき、重氏は鐙を海水の中まで思いっきり踏んで踏ん張り、飛ぶ鳥を追うように矢を放った。わざと生かして射落とそうと思ったのであろうか、鏑矢はひょうっという音を長く鳴らしながら飛び、雲と海の間に遠ざかる鳥の片方の羽の付け根に命中した。鏑矢は大内介弘幸の船の帆柱に突き刺さり、揺れながら立った。ミサゴは魚をくわえながら、将軍尊氏の御座船(ござぶね)の右手に浮かんでいた大友の船の屋形(やかた)の上に落ち、片羽をはばたかせながら走り騒いだ。

本間はこれを見て、馬から立ち上がって大声をあげ、次のように言った。「将軍が筑紫(つくし)より上洛されたのであれば、きっと鞆(とも)と尾道(おのみち)の遊女[6]をたくさん連れて来られたのでしょう。そのため、酒の肴(さかな)を進上したのでございます」。敵も味方も、陸上・海上から「当たった、当たった」と感動する声がしばらくやまなかった。将軍はこれを見て、「敵が自分の弓の技術を見せようとしてこの鳥を射たが、味方の船の上に落ちたのは縁起がいいことだと思われる。ともかく、矢を放ったのはどういう者であるか。名を訊きなさい」と命じた。そこで小早川七郎(こばやかわのしちろう)が船の艫(とも)に立って、「大変すばらしく、

【16-9】1　新田の軍勢に属する武士。
2　【14-8】注9参照。
3　現、兵庫県神戸市兵庫区にある岬。
4　【9-5】注18参照。
5　【12-1】注16参照。
6　鞆は現、広島県福山市鞆町。尾道は現、同県尾道市。いずれの港も遊女が多くいた。

見応えのある弓の技術を披露していただいたものですな。さて、射手のお名前は何とおっしゃるのでしょうか。承りたく存じます」と尋ねた。本間は、馬を砂浜にあげて、弓を杖がわりとして、「私は名もないつまらない武士なので、名を名乗っても誰もご存じないでしょう。ただし、弓矢の方面では関東八カ国の中で私の名を知っている方もいらっしゃるかもしれません。この矢を御覧ください」と答えて、五人張りの弓に十五束三伏の長い矢をセットして、二引両[7]の旗が立った船をめがけて放った。その矢は海上を五～六町飛び、将軍の船と並んでいた佐々木筑前守信胤[8]の船の端をかすめ、浮き上がって屋形の外に立っていた武士の鎧の草摺の裏に突き刺さった。

将軍がこの矢を取り寄せて見ると、「相模国の武士、本間孫四郎重氏」と小刀の先で矢の竹に書かれていた。皆はこの矢を回して見ながら、「ああ恐ろしい。どのような不運な者が、矢に当たって死んでしまうのだろうか。この船にいる者を放っておくまい」と早くも肝を冷やした。本間孫四郎は扇を掲げて沖の方を差し仰いで、「戦争の最中なので、一本の矢も惜しいと思っております。その矢をこちらに返してください」と頼んだ。将軍はこれを聞いて、「味方に、この矢を返せるほどの弓の技術を持っている者は誰かいないか。我が軍は、東国は四〇以上、九州は三〇以上の武士団の頭領、その他中国・四国・北陸の武士たちもほとんど残らず従うほどの大軍である。この中で、この矢を射ることができる者が必ずいるに違いない。射返せ」と命じたが、皆固唾を呑んで音も立てなかった。高武蔵守師直がかしこまって、「本間が放った矢を同じ場所に射返すことができる者は、東国の兵士の中にはいないでしょう。ただし、佐々木筑前守信胤こそは、西国一の精鋭でございます。彼を呼んでお命じになるとよいと思います」と進言したので、「それはもっともだ」ということで、将軍は佐々木信胤を呼んだ。

信胤は呼び出しに従い、将軍の船にやってきた。将軍は彼を近づけて、かの本間が放った矢を与え、「この矢を返すことのできる者がいない。お前が射返せ」と命じた。信胤はかしこまって、できないと何度も拒否した。しかし将軍が強く命じたので、やむを得ず自分の船に戻り、緋縅の鎧に鍬形をつけた兜の緒をしめ、銀の金具をつけた繁籐の強弓[9]を帆柱に当ててキリキリと張った。そして例の矢を弓につけて、船の舳

7　円の中に横線を二本引いた図柄で、足利家の紋。
8　現、岡山市南区飽浦を拠点とした佐々木一族の武士で、長胤の子。
9　【7-3】注6参照。

先に立って、弦を口につけて湿らせ、今まさに矢を発射する体勢に入った。

このとき、どのような出しゃばりだったのであろうか、小舟を佐々木の船よりも先に漕ぎ進めて、「讃岐勢の中より申し上げます。まずこの矢を一本受けて、私の弓の技量をご覧ください」という大声が聞こえるのと同時に鏑矢が発射された。佐々木も弓を引かずに、これを見た。人々も「あわや」と見守っていたが、鎧の胸板に弦をぶつけてしまったのだろうか、それとももともと小兵[10]だったのだろうか、その矢は敵陣の二町手前にさえも届かず、途中で落ちて波の上に浮かんだ。本間の後ろにひかえていた二万騎以上の軍勢が一斉に「当たった、当たった」と嘲り笑う声がしばらくやまなかった。このため、「この状況では、射てもかえっておもしろくない。取りやめよ」ということになって、佐々木の矢は中止された。

そうこうしているうちに、先ほどの出しゃばりが、味方の面を汚し、敵と味方双方に非難されたり笑われたりしたので、その恥をすすごうと思ったのであろう、一艘の小舟に二〇〇人も乗って、兵庫島に行き、一斉に磯へ飛び降り、敵の真ん中に突撃した。そこで脇屋京兆義助[11]の兵五〇〇騎あまりがこれを包囲し、左右から騎馬武者が弓矢で攻撃した。二〇〇人の武士たちは勇敢であったが、射手も少なく全員徒歩だったので、騎馬武者の蹄に蹴散らされて、一人も残らず討たれた。乗り捨てた舟が、磯際の波の上に空しく漂っていた。
細川卿律師定禅（ほそかわきょうのりっしじょうぜん）[12]はこれを見て、「続く者がいなかったので、多くの味方が討たれてしまった。今こそ、戦いを始める時である。上陸しやすそうな場所に船をつけ、馬を下ろして攻撃せよ」と命令したので、四国の軍勢が七〇〇艘の大船で神戸の浜から上陸しようとして、海岸線に沿って上った。兵庫島の三カ所で待機していた政府軍およそ五万騎は敵の船を上陸させまいとして、漕ぎ進む船を追い、海岸線を東へ進んで行ったので、尊氏の水軍が自然に敵を追って進み、政府の陸軍はただ逃げて行くだけのように見えた。

　このように、海と陸の両軍が互いに相手の動きを窺い、海岸線に沿って上っていったので、新田左中将義貞と楠木判官正成の陣は遠く離れてしまい、兵庫島の船着き場には敵の上陸を防ぐ兵がいなくなった。このため、九州・中国地方の軍船六千艘あま

---

10 弓を引く力が弱い射手。
11 脇屋義助のこと。「京兆」は都の長官、の意。【10-8】注3参照。
12 【15-3】注7参照。

りが和田岬に押し寄せ、一斉に上陸した。

【16-10】 楠木正成の戦死

楠木判官正成は弟正氏に向かって、「敵の足利軍が我が楠木軍の前後をさえぎって、味方の新田軍と遠く離れてしまった。今はもう逃れることはできないだろう。いざ、まず前の敵をひととおり追い散らし、後ろの敵と戦おう」と言った。正氏も「それももっともです」と同意したので、楠木兄弟は七〇〇騎あまりを前後に従え、足利の大軍の中へ突撃した。

左馬頭直義軍の兵士たちは、楠木の菊水の旗[1]を掲げた敵に出会えたのを幸運と思い、包囲して討とうと走り寄り、思い思いに激しく攻めたが、正成と正氏はもともと名のある勇士であったので、兵力は少なくともまったくひるまず、敵の東西に割って入り、南北へ追い散らした。そして、家来たちには「よい敵に見えたら、馬を駆けて並んで組んで馬から落とせ。格下の敵と思えば太刀を一撃食らわせて追い散らせ」と命令し、正成と正氏自身も脇目も振らず、何度も何度も攻撃した。ただひたすら、左馬頭に近づき、組んで討とうという一心であった。そのため、直義は大軍を率いる名将であったが、楠木軍の勇猛さにはかなわないので、彼の五〇万騎は正成の七〇〇騎に蹴散らされて、須磨(すま)の上野(うえの)へ後退した。

大将左馬頭はどうしたのだろうか、乗っている馬が右前足の蹄(ひづめ)の上を射られて引きずったので、楠木の兵士たちが近づいて今にも討たれてしまいそうに見えた。そこに薬師寺十郎次郎公義(やくしじじゅうろうじろうきんよし)[2]がわずか一騎で戻ってきて、馬から飛び降り、二尺五寸の短い長刀(なぎなた)を長く持って差しのばし、攻撃してきた敵の馬の平頸(ひらくび)[3]や胸から鞍(くら)にかけているひもを切って回り、七〜八頭ほどの馬から武者を打ち落とした。そのすきに直義朝臣は馬を乗り換え、はるか遠くへ逃げ延びた。

左馬頭の兵が正成に追いかけられて後退するのを、将軍尊氏ははるか遠くから見て、

【16-10】1　菊水は楠木家の家紋。
2　高師直の配下の武士。歌人としても活躍した。
3　馬の首のたてがみの下にある、左右の平らなところ。

「大将が引くのが見えないか。新手を投入して攻め返せ。直義を討たせるな」と命令した。この命令を聞き終わらないうちに、我も我もと駆けだした人々は、足利一門では吉良・石塔・渋川・荒川・小俣・今川・一色・岩松・仁木・畠山、外様では大友・厚東・大内介・土岐・赤松・千葉・小山・小田・佐竹であった。それぞれ手勢の中から選りすぐった精鋭およそ七千騎が、湊川の東へ出て楠木の退路を断とうと包囲した。

楠木兄弟は、それでも顔色も変えずに引き返し、新手の大軍に攻めかかった。足利の大軍はこれを見て、「すでに戦う力を使い果たしたわずかな兵力で、新手に交代もせず、ただ勇敢な気力だけで応戦してくる者たちだ。無理に戦わずに軍勢を散開させ、突破されないように包囲して、矢を射尽くさせて人も馬も疲れさせよう」と決めた。そこで、正成軍が思い切って敵の大軍に突入し、馬を駆け合わせると、足利軍はこれをかわして、軍勢を散開させて包囲した。楠木はますます心を奮い立たせ、気力の限りを尽くし、左に打ってかかり、右に戻ってかかり、前を破り、後ろを払った。足利軍はむやみに戦おうとはしなかったが、楠木軍が決死の小勢であったので、これをいったんかわして後ろに回り、組んだり切ったりして馬から落とすことも多かった。

こうして、足利軍は敵の人にも馬にも息も継がせず、およそ六時間も戦った。そのため、楠木軍の兵力は次第に消耗し、わずか七〇騎あまりとなった。

この軍勢でも、その気になれば敵の包囲を破って逃れることはできたが、楠木は京都を出てから、この世のことはこれで最後だと思い定めていた。そこで一歩も引かずになおも応戦し続け、あちこちで力の限りに戦い、精も根も尽き果てたので、湊川の北にある村の民家へ走って入った。その中で切腹しようと思い、鎧を脱いで自分の身体を見ると、切り傷や矢の傷が一一カ所も見つかった。その他、弟以下七〇人以上の武士たちも、五カ所一〇カ所と負傷していない者は一人もいなかった。

楠木の一族で主立った者一六人およびその部下およそ五〇人が思い思いに並び、上着を脱いで念仏を唱え、一斉に腹を切った。正成・正氏兄弟も切腹したが、その前に正成は正氏の顔をじっと見て、「臨終するときに何を念ずるかによって、来世での生まれの善し悪しが決まるという。仏界を除く九つの世界の中で、お前はどの世界に生まれ変わりたいと願うか」と尋ねた。正氏は笑いながら、「七回生まれ変わっても、また同じ人間界に生まれて、天皇陛下の敵を自分の手で滅ぼそうと思っております」と答えた。正成はとても気分のよさそうな顔をして、「我々の罪は重すぎて、もともと

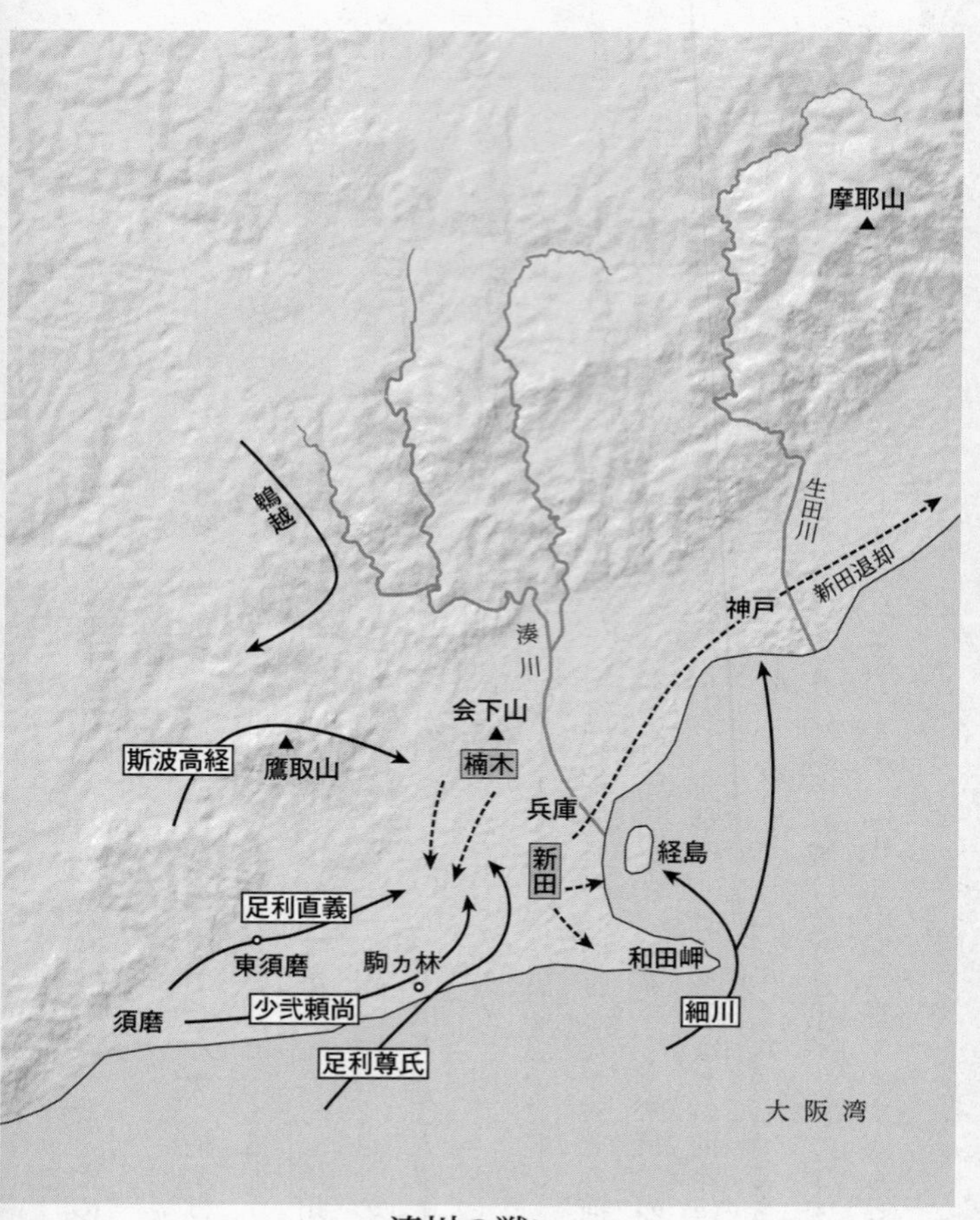
摩耶山
生田川
新田退却
神戸
鵯越
湊川
会下山
斯波高経
鷹取山
楠木
兵庫
新田
経島
足利直義
東須磨
駒ヵ林
和田岬
須磨
少弐頼尚
細川
足利尊氏
大阪湾

湊川の戦い

と身体に染みこんでいるほどだ。煩悩も、時と場合に応じて出てくる。生と死は、念じる力に従って決まる。このことは非常に喜ばしいことである。であるならば、いざつかの間の短い一生を終え、すぐに人間界へ戻って、朝敵を滅ぼすというこの願いをかなえよう」と弟と約束し、兄弟ともに手をつなぎ、刺し違えて同じ場所に倒れた。菊池七郎武朝は兄肥前守の使者として、この須磨口の戦いの模様を見に来ていた。しかし正成が切腹したのを目撃し、この壮絶な最期を見捨てておめおめと帰ることはできないと思った。そこですぐに召使いに、「急いで走って帰り、兄にこの様子を報告せよ」と告げ、正成たちが自決した家に火をつけて、自分も同じく自害して炎の中に倒れた。

　そもそも元弘以来、かたじけなくも天皇陛下に頼りにされ、忠節を尽くしてその功績を誇る者は幾千万人にものぼる。しかし、建武の戦乱が勃発してからは、仁を知らぬ者は朝廷の恩を捨ててすぐに敵に味方し、臆病な者は一時的に死を逃れようとして敵に降伏し、かえって処罰される。また、知性に欠ける者は時代の変化を理解することができず、自分の行動を決めかねて迷う。そのような中にあって、智・仁・勇の三つの徳を兼ね備え、大義に殉じて死し、朝廷に忠誠を尽くすことにかけては、古代から現代に至るまで、正成ほどの者はいまだに存在しない。何より、国家の興廃の運勢を事前に察し、逃れることができるところを逃れずに、兄弟ともに戦死したことこそ、君主の威光が本当に武の徳を失う端緒であろうと、誰もが眉をひそめた。

【16-14】楠木正行が父正成の首を見て悲嘆に暮れたこと

湊川で討たれた楠木正成の首が、六条河原に懸けられた。昨年の春も、別人の首が正成のものとして懸けられた。その前の元弘の戦乱の際にも、討たれていない正成の首が何度も懸けられた。そのため、「これもそうなのであろう。あの恐ろしい正成が討たれるわけがない」と人々は言って、

うたがひは人によりてぞ残りけるまさしげなるは楠が頸

（首が本物であるか否かという疑惑が出るか否かは、その武将の力量によって決まる。

今回の楠木の首は本当らしいが）

という狂歌が札に書かれて立てられた。

その後、「正成の遺族の妻子たちも、さぞ正成の顔をもう一度見たいと思っているだろう」と尊氏は思い、正成の首を子息の正行の許へ送り届けた。尊氏の思いやりの深さは、とてもありがたいことである。

未亡人と正行は正成の首を見て、今回正成が兵庫に出陣したときに遺した多くの遺言の中でも、「今度の戦いでは、私は必ず戦死するだろう。正行も連れて行こうと思ったが、子孫の繁栄のために」と言って正行を本拠地に留め置いたことを思い出した。そのため、父の出陣が最後の別れであることはかねて覚悟していたことではあったが、父の予言が現実となり、面影は残っているものの、目が塞がり皮膚も変色して変わり果てた父の顔を見ると悲哀の気持ちが胸にこみ上げ、号泣の涙が袖を濡らした。

今年一一歳になる正行は、父の首の有様や母の嘆く様子を見たり聞いたりして、やり場のない思いに耐えられなくなり、落ちる涙を押さえながら持仏堂の方へ行った。母はこれを気がかりに思い、急いで後を追って見ると、正行は父が兵庫へ向かうときに形見として自分にくれた菊水作の刀を抜き、袴を下げて自害しようとしていた。

母は走り寄り、正行の刀と手を押さえて、涙をこらえて次のように言って聞かせた。「香木である梅檀は、双葉の頃からもうよい香りを発しているといいます。お前も少なくとも父の子であるならば、この程度の道理は理解できるでしょう。幼い心であっても、よくよく状況を考えなさい。父が兵庫へ向かったときにお前をここに帰して留めたのは、腹を切らせるためでは決してありません。たとえ自分が戦死しても、お前が残っていれば、一族や家来を養って使命を完全に果たし、天皇陛下がどこにいらっしゃってもふたたび正義の兵を挙げ、朝敵を滅ぼして陛下を安泰にして、父の恨みも晴らし親孝行ができるだろうということで、お前を残したのです。お前はその教訓を父から詳しく聞いて私にも語ったのに、いつの間にかそれを忘れて、目先の悲しみにとらわれ、将来のことを考えず、父の無念も晴らさず、私をもっと悲しませようとするのは、幼稚すぎて情けないですよ。このように、父の教えを守らず、楠木の家をなくそうと考えているのですか。母はとても悲しいです」。このように母は人目もはばからずに大声で泣き、正行に自害をやめるように説得した。「それでもどうしても自害したいのであれば、私が悲しい目に二度も遭わないように、この母をまず先に殺しなさい」と言ってもだえ苦しんだので、さすがの正行も、幼い心ながら確かに母の言うとおりだと思い、自害するのをやめた。

正行は、父の遺言と母の教訓を肝（きも）に深く銘じた。以降は、一筋に自分の使命を果たした。他愛もない子どもの遊びをするときでも、ただこのことのみを思っていた。武芸や戦略の稽古以外は、何もしなかった。これこそ本物の忠孝であると、誰もが正行に感動した。幼少の頃から敵を滅ぼす智謀を養うと将来はどのような武将になるのか、非常に恐ろしいことであった。

【17-10】新田義貞が足利尊氏と戦ったこと

八幡から京都の足利軍を攻めた四条隆資（しじょうたかすけ）[1]の軍勢が敗北したことも知らず、事前に

【17-10】1　【1-6】注2参照。

予定していた時刻になったので、正面の大将新田左中将義貞と脇屋次郎義助は二万騎あまりを率いて、今路[2]・西坂より下山して、軍勢を三手に分けて京都へ攻め寄せた。一手は、義貞・義助・江田・大館・千葉・宇都宮の総勢約一万騎が大中黒[3]・月に星・左巴・右巴・丹党[4]と児玉党の団扇の三〇旒[5]あまりの旗を並べて、糺河原を西へ進撃し、大宮通から南進して押し寄せた。もう一手は、名和伯耆守長年・仁科・高梨・土居・得能・春日部以下の諸国の軍勢を集めたおよそ五千騎が、大将義貞の旗を守りながら魚鱗と鶴翼の陣形を組み、猪熊通を南へ進んだ。最後の一手は、二条大納言師基・洞院左衛門督実世を両大将とした五千騎あまりで、牡丹と扇の旗の二旒ばかりを揚げ、敵に道を遮断されないように、四条通の東に待機して、わざと先には進まなかった。

かねてより阿弥陀峯[6]に布陣していた阿波・淡路の軍勢約一千騎はまだ京都市内には入らず、泉涌寺[7]の前から新日吉神社[8]のあたりまで下り、合図の煙を上げたので、長坂[9]に陣を置いていた大覚寺宮を大将とする額田の軍勢八〇〇騎あまりが嵯峨や仁和寺周辺に散開し、各地に放火した。

京都の足利軍は大軍であったが、兵士も馬も疲弊し、しかも今朝の戦闘で矢をすべて射尽くしていた。攻撃側の兵力は少なかったが、義貞はさすがに名将であり、先日の合戦でたびたび敗北したので、今回は会稽(かいけい)の恥をすすごうと歯を食いしばり、名誉を重んじるであろうと噂された。そのため、大覚寺統と持明院統の両統迭立(てつりつ)状況の行く末も、新田と足利の長年の対立の勝敗も、今日の戦闘で決まるだろうと、皆気を張り詰めていた。

そのうちに、六条大宮から戦闘が始まり、将軍尊氏軍の二〇万騎と義貞軍の一万騎が入り乱れて戦った。両軍から放たれた矢は、夕立の雨が軒先をたたく音よりもさら

2　現、京都市左京区修学院地区から滋賀県大津市坂本のほうに向かう、比叡山を越える道。
3　以下はそれぞれ家紋。大中黒は新田家、月に星は千葉家、左巴は結城、右巴は宇都宮家。
4　当時、主に関東地方で名を馳せていた武士団「武蔵七党」のうちの一つ。
5　旗を数えるときの助数詞。
6　現、京都市東部にある、東山三十六峰と呼ばれる山の一つ。
7　現、京都市東山区泉涌寺山内町にある、真言宗の寺院。
8　現、京都市東山区にある神社。
9　現、京都市北区鷹峯(たかがみね)地区から同市右京区京北地区へと続く道。
10　【10-8】注25参照。

に激しく、太刀が打ち合う鍔の音は、鳴り止むことのない山彦のように響いていた。京都軍は市街の通を封鎖して、敵を東西から包囲し、敵が進めば前を塞ぎ、左右へ分かれれば間に入って分断し、状況に応じて戦った。しかし義貞の兵は少しも乱されず、分断もされず、退いて攻撃もされず、向かう敵を追い払い、大宮を南にまっしぐらに攻め進んだ。そのため、仁木・細川・今川・荒川・土岐・佐々木・逸見・武田・小笠原・小早川があちこちで新田軍に蹴散らされ、各所に押し込められたので、義貞軍一万騎は尊氏の本陣のある東寺の小門の前まで押し寄せ、一斉に鬨の声を上げた。

　義貞は近江国坂本を出る前、後醍醐天皇のいる皇居に参り、「天下の行く末は、陛下の命運にお任せします。しかし今回の戦争では、何としても尊氏が籠城する東寺の中へ矢の一本でも放たねば、ここに戻って参ることはありますまい」と言い残していた。その言葉のとおり、矢の射程圏内まで敵に接近した。そこで、今こそついに尊氏を追い詰めたと大いに喜び勇んで、旗のそばに馬をとどめ、城をにらんで弓を杖にして高らかにこう述べた。「天下の戦乱が収まることなく、罪もない民衆が危険な目にさらされるようになって長い年月が経っている。これは二つの皇統の皇位をめぐる争いとは言うが、実は義貞と尊氏卿が対立して起こしている戦争である。わずか一人の人間が大きな手柄を立てるために多くの人々を苦しめるよりも、尊氏と一騎打ちで勝負をつけようと思って、義貞自らがこの城までやってきたのである。この言葉が偽りかどうか、矢を一本受けてみよ」。そして、三人張りの弓に十三束二伏の矢をつがえ、十分に狙いを定めて引き絞り、弦音高く発射した。その矢は、二重に構築された高矢倉の上を高く越え、将軍がいる陣幕の中にある本堂の南西の柱に沓巻[11]の部分まで突き刺さり、一揺れして立った。

将軍はこれを見て、「この戦争を始めて鎌倉を発って以来、私は天皇陛下を滅ぼそうとはまったく思っていない。ただ義貞に会って鬱憤を晴らしたいがためである。であるならば、彼と私が一騎打ちをして勝敗を決することは、元より喜んで望むところである。その城門を開け。打って出よう」と命じた。上杉伊豆守重能が「これはどういうことでございましょうか。楚の項羽が漢の高祖に向かって『一騎打ちで戦おう』と持ちかけたのを、高祖は『お前を討つには服役している罪人で十分だ』とあざ笑った[12]ではありませんか。義貞は軽率に我が陣に深入りして、撤退のしようがないので、

11　鏃を差し込んだ矢柄が割れるのを防ぐため、糸や籐で巻いた部分。

自分にふさわしい敵に会ったと称し、やけになって怒り狂っているだけなのに、上様が軽々しくお出でになることはありません。思いも寄らぬことでございます」と言って、尊氏の鎧の袖に取りついて引き留めたので、将軍は仕方なく思慮ある者の諫めに従い、怒りをこらえて座った。

こうしているうちに、土岐弾正少弼頼遠[13]が三〇〇騎あまりで上賀茂に待機していたが、五条大宮にひらめく敵の旗を見て、大将が公家の人々であると思ったので、その背後から鬨の声をどっと上げて、大声で叫びながら攻撃した。五条大宮の軍勢は「すわ、敵が背後から廻ってきたのだろうか。鴨川の河原へ引いて、広い場所で戦おう」と言うとすぐに、一戦も交えずに五条河原へパッと追い出され、ここにも踏みとどまることができずに、西坂を目指して逃げた。

土岐頼遠は五条大宮の戦闘に勝利して、勝ち鬨の声を上げたので、あちこちの味方の軍勢が馳せ加わって数千騎となり、大宮を南に下って義貞軍を背後から攻撃した。旧大内裏の神祇官跡で待機していた仁木・細川・吉良・石塔の軍勢二万騎ほどが、朱雀大路を横切って西八条[14]に攻め寄せた。東からは、少弐・大友・厚東・大内および四国・中国地方の軍勢三万騎あまりが七条河原を下り、針小路から唐橋方面に迂回して、敵を一人も討ち漏らさないように包囲したので、新田軍の三方はこのように百重千重に取り囲まれ、空を飛んだり地に潜ったりする以外には逃れる方法もなかった。

前方からは尊氏の本軍が東寺の城を厳重に守り、数万の兵士が矢をそろえて散々に放ってくる。義貞は、今日が最後の運命の日であろうと思い定め、二万騎を集結させて、八条通・九条通に散開している二〇万騎の敵を四方八方へ追い散らして、三条河原へ撤退した。千葉・宇都宮も早々と遠くに離ればなれとなり、名和伯耆守も敵に遮断されて遠くへ離されてしまったように見えた。

仁科・高梨・春日部・丹党・児玉党は三千騎ほどが一丸となって、一条通を東へ撤退したが、三〇〇騎あまりが討たれて、鷺森(さぎのもり)神社へ逃げ込んだ。

長年はおよそ三〇〇騎で大宮通を北へ上ったが、六条大宮から引き返し、自ら退路の城門を閉ざして戦った。そして、一人も残らず戦死した。

12　『史記』「高祖本紀」に見える故事による。

13　?～一三四二年。土岐頼貞(よりさだ)の息子で、美濃国の守護などを務めた。「婆娑羅(ばさら)」と呼ばれた大名の一人。

14　【9-5】注34参照。

その後は、各所の戦闘で勝って勢いに乗った二〇万騎の足利軍が、わずかに残った義貞の軍勢をまた包囲した。義貞も、今は思いきって一歩も退こうとはせず、馬を皆西方浄土の方角に向け、戦死しようとしていたところに、天皇陛下が下さった衣を切って笠印とした武士たちが方々より集まって二千騎ほどとなり、戦い疲れた足利の大軍を追いかけて攻め立てた。そのため、雲霞のように数多くいた敵も、こらえきれずに京都市街に撤退したので、義貞・義助・江田・大館は万死に一生を得て、また坂本に引き返した。

【17-13】堀口貞満が後醍醐天皇の帰京を制止したこと

後醍醐天皇が足利尊氏と講和して京都に戻ることは密かに決まったことであるので、足利軍に降伏しようと思っていた者たちは、あらかじめ雲母坂（きららざか）や西坂本のあたりまで一人また一人と抜け出して準備して、天皇陛下が戻るときを待っていた。中でも江田（えだ）

兵部少輔行義と大館左馬助氏明は、新田の一族で常に一軍の大将を務めていたが、どのような深い考えがあったのだろうか、二人ともに降伏しようと思い、九日の明け方から比叡山に登っていた。

新田義貞朝臣は、このような状況になっているとは少しも知らなかった。いつものように自分の軍勢と接しているところへ、洞院実世卿の方から「ただいま陛下が帰京されるとのことで、付き従う人々を招集しています。ご存じでしょうか」という連絡を受けた。義貞は「そんなことがあるものか。使者の聞き誤りだろう」と言って、特に騒ぐ様子もなかった。しかし堀口美濃守貞満は聞き終わらぬうちに、「江田と大館が何の用事もないのに、今朝中堂[1]へ参ると言って登山したのが怪しく思います。貞満がまず内裏へ参って、状況を見てきましょう」と言って、家来に着せられた鎧を取って肩に投げかけ、馬の上で帯を締め、全速力で駆けて陛下の許へ参った。皇居が近づくと馬から下り、兜を脱いで召使いに持たせ、周囲をキッと見回すと、まさに今臨幸が始まっているらしかった。お供の貴族たちはもう衣冠束帯[2]姿になっている者も

【17-13】1　比叡山の根本中堂。東塔の本堂。

いれば、まだ武装している者もいた。すでに輿（こし）が大床（おおゆか）[3]に呼び寄せられ、新典侍（しんないしのすけ）[4]が八咫鏡（やたのかがみ）の入った内侍所（ないしどころ）の櫃（ひつ）を取り出し、頭弁（とうのべん）[5]岡崎範国（おかざきのりくに）が宝剣と神璽（しんじ）を持って御簾（みす）の前に跪（ひざまず）いていた。

　貞満は左右の者に少し会釈（えしゃく）して、陛下の前に参り、輿の轅（ながえ）[6]をつかんで涙を流してこう言った。「陛下が京都にお戻りになるという噂を小耳に挟みましたが、我が主君義貞は何も知らないと申しておりました。私も誤報かと考えておりましたが、このご様子では本当なのでございましょう。そもそも義貞がいかなる不義を働けば、長年にわたる粉骨（ふんこつ）の忠節をお捨てになって、大逆無道（たいぎゃくむどう）の尊氏にお心を移されるのでしょうか。去る元弘のはじめ、義貞は不肖の身ではありますが、かたじけなくも陛下のご命令をいただき、関東の大敵（北条氏）をわずか数日で滅ぼし、当時西の海上にいらっしゃった陛下の憂いを一瞬で断ちました。これはおそらくは古代の忠臣にも類例が少なく、近年の正義の武士たちの功績も及ばないところでございましょう。その後、尊氏が反逆の意志を表して以来、敵の大軍を撃退し、その部将を捕虜とし、万死に一生を得るほどの危機に陥ったことは数えきれません。そのため、正義を重んじて命を落とした新田の一族は一六三人、節度を守って死体を曝（さら）した家来は一万人以上にのぼっております。しかしながら、現在洛中における数回の戦闘で、朝敵の勢いが盛んで政府軍が不利となっているのは、決して新田軍の落ち度ではありません。まだ陛下の御運が開けていないためではないでしょうか。それでも当新田家の長年にわたる忠義を捨てられて、どうしても京都へ臨幸しなければならないのであれば、義貞以下、参集している一族の武士およそ五〇人を陛下の前に呼び出してください。そして、かつて伍子胥(ごししょ)が犯した罪になぞらえて首を刎(は)ねるか[7]、比干(ひかん)と同様に胸を裂く[8]という方法で処刑してください」。このように貞満は怒った顔に涙を流し、道理をかみ砕いて主張したので、天皇も自分の誤った判断を後悔する様子に見えた。陛下に付き従う人々も、

2　貴族の装束で、儀式などにおける正装。
3　陛下のいる建物内の床。
4　新しく典侍になった者。典侍は、宮中の内侍司(ないしのつかさ)（天皇の近くで種々の取り次ぎや伝宣の仕事をしたり、後宮の礼式等を司る機関）に属する女官。
5　太政官に属し、蔵人(くろうど)の長を兼ねた位(くらい)の高い役人。
6　【9-5】注36参照。
7　『史記』「伍子胥列伝」に見える故事による。伍子胥は、呉王夫差(ふさ)の臣下。
8　『史記』「殷本紀」に見える故事による。比干は、殷最後の王である紂の叔父。

皆貞満の道理に感服し、それに義を感じて首をうなだれて座っていた。

【17-18】北陸地方に転進した新田軍に凍死者が続出したこと

一〇月一一日、新田義貞朝臣は七千騎あまりを率いて近江国の塩津・海津[1]に到着した。山中の七里半越え（西近江路）の約七里半を越前守護尾張守斯波高経[2]が封鎖したという情報が届いたので、別ルートを採用して木目峠[3]を越えた。

北国であったので、一〇月のはじめから高い山々では雪が降り、麓では時雨が降りやむときがなかった。しかも今年は例年よりも空が暗くて寒さも厳しく、山道の吹雪が甲冑にかかり、鎧の袖を翻し、顔面を激しく打った。そのため軍勢は冬の谷で道に迷い、夕暮れの山には宿もないので、木の下や岩の陰に身体を縮めて寝た。

火をほしがる者は弓矢を折って薪とし、友と同行していた者は互いに抱き合って身体を温めた。もともと薄着の者や餌を与えられない馬があちこちで凍死し、旅人が道を通ることができないほど死体があふれた。阿鼻叫喚の声が満ちあふれ、紅蓮地獄[4]の苦しみが目を覆わんばかりであった。現世ですらこのように地獄の苦しみを味わうのであるから、来世はもっとつらい目に遭うに違いない。そう想像するだけでも悲しかった。そして、その因果は前世から続いてきたのかと思いは廻るのである。

河野・土居・得能は二〇〇騎ほどで後陣を務めていたが、剣熊[5]で先行の軍勢から遅れて進路を塞がれたので、塩津の北にまた戻ってきた。そこを近江の佐々木一族と熊谷が包囲して討とうとしたので、迎え撃って全員刺し違えようとしたが、馬は雪に凍えて動かなかった。兵も凍えて身体は縮こまり、手足もすくんで弓を引くことができなかった。それどころか、太刀の柄さえも握ることができなかったので、腰の刀を

【17-18】1　塩津も海津も琵琶湖北岸の要衝。
2　一三〇五～六七年。足利方の家来で、越前国や若狭国の守護を歴任した。
3　現、福井県敦賀市と同県南条郡南越前町の境にある峠。近畿地方から北陸へ向かう際の要衝。
4　仏教用語。八寒地獄の第七番目である鉢特摩（＝紅蓮地獄）に堕ちた人は、寒さのために身体の皮や肉が破れて紅蓮華のようになるとされる。
5　古代の北陸道にある関所で、難所とされた。

抜いて地面に立て、その上にうつ伏せに倒れて自害した。
千葉介貞胤は約五〇〇騎で進軍していたが、日が暮れても東も西も降り続ける雪に、道に迷って敵陣の前に出てしまった。進むことも退くこともできず、前後の味方からも離れたので、一カ所に集まって自害しようとした。そこに尾張守高経の使者が来て、「武の道も、今はこれまででございましょう。ここはお気持ちを曲げて是非、味方になってください。新田軍に属して戦ってきたこれまでのことは、私の身に代えても将軍尊氏に取りなしましょう」と丁寧に説得したので、貞胤は不本意ながらも降伏し、高経の陣営に転じた。

一三日に義貞朝臣が越前国敦賀津に到着したので、気比弥三郎大夫氏治がおよそ三〇〇騎で迎えに行き、皇太子恒良親王・一宮尊良親王・総大将新田義貞―義顕父子および義貞の弟脇屋義助をまず金ケ崎城[6]に入れ、その他の軍勢は港の民家に宿泊させ、遠征による不便な生活を助けた。ここに一日滞在してから、新田軍が一カ所に集結していてはまずいという結論が出て、大将義貞は皇太子と一宮に付き添って金ケ崎城に留まり、子息越後守義顕は北陸勢二千騎あまりを従えて越後国へ下った。脇屋右衛門佐義助は、約一千騎で瓜生氏の杣山城[7]へ向かった。これはすべて、諸国の軍勢を味方につけて金ケ崎の援護をさせるためであった。

【18-7】瓜生の老母について

敗北した南朝軍の兵士たちが杣山に帰還したので、死傷者の人数を数えてみると、里見伊賀守・瓜生保―義鑑房兄弟および兄弟の甥七郎以外に、戦死者五三人・負傷者五〇〇人以上であった。子は父と別れ、弟は兄に先立たれ、泣き叫ぶ声がどの家でも満ちあふれた。

しかしながら、瓜生判官保の老母の尼は敢えて悲しみの気配を見せなかった。この尼が大将脇屋義治の前に参り、こう言った。「このたび敦賀へ向かったこの者たちが、

6　現、福井県敦賀市金ケ崎町にあった、敦賀湾に面した城。
7　現、福井県南条郡南越前町阿久和にあった城。

不甲斐なくも里見殿を戦死させてしまいました。脇屋殿もさぞ不甲斐ないと思っておられるだろうと、御心中をお察し申し上げます。ただ、里見殿が戦死するのを見ながら、判官兄弟がどちらも無事に戻ってきたのならば、いっそう情けなさもつのったでしょう。ですが、判官兄弟と甥の三人は里見殿の最期のお供をし、残りの弟三人（源琳・重・照）は大将脇屋殿のために生き残ったので、悲しみの中にも喜びを感じております。もとより大将の事業を成就させるために、この重大事（挙兵）を思い立った以上は、たとえ千人万人の甥や子が一度に討たれたとしても嘆くべきことではありません」。そして涙を流しながら自ら酌を取り、大将に一献を勧めた。これを見て、敗戦で気力をなくした軍勢も、戦友との死別を嘆く兵士も、全員憂いを忘れて勇気づけられた。

【18-13】比叡山延暦寺の起源および室町幕府が山門の所領を承認したこと

金ケ崎城を攻め落とされてからは、諸国の南朝方は勢力を失ったのであろう、ある者は降伏し、ある者は失踪して、天下が将軍尊氏の権威に服するのは、あたかも草木が吹く風になびくようなものであった。

その頃、高・上杉の人々が将軍の前に参上し、比叡山延暦寺について議論していた。各地に南朝方の城があって、比叡山がまた何をしでかすのかと危惧していた頃は、我々は衆徒の歓心を得ようとして山門（延暦寺）の所領を承認していた。だが現在、天下がすでに幕府の権威に従って戦乱も鎮まった以上は、何の遠慮があろうか。以前の政策を変更して山門を三井寺の末寺にしてしまおう、もしくは山門が多くの所領を占拠しているのも無駄なので、寺院自体をことごとく没収して衆徒を追い出してその跡を軍勢に与えよう、と。そこに北小路の玄恵法印が所用でやってきた。高師直が彼を見て、「この人こそ知識人であるので、山門のこともご存じでしょう。よくよくお尋ねなさってはいかがでしょうか」と尊氏に言った。将軍は「確かに」と答えて、「法印、こちらへ」と玄恵を呼んだ。

法印が着席し、天下の戦乱が鎮まったことを将軍にお祝いし、雑談に及んでいたとき、上杉伊豆守重能[1]が法印に向かってこう言った。「山門は先帝（後醍醐天皇）の二度におよぶ籠城を受け入れるなど、将軍に敵対してばかりであります。しかしながら将軍の武運が天命にかなっていたため、ついに朝敵を一瞬で滅ぼして平和を日本全土にもたらすことができました。そもそも山門が毎年の祭礼で京都市民を苦しめ、三千人の衆徒の生活費を捻出するために諸国の荘園を領有することは、社会の大いなる浪費です。それでも朝廷も幕府もこれを止めることができないのは、延暦寺がひとえに祈禱(きとう)を専門の仕事として、日本の平和を祈っているためです。ところが、現在の延暦寺は幕府に対して害をなし、朝敵のために熱心に祈禱しています。これは当足利家にとってはシミという虫の害のようなものであり、彼らは仏法を破る不埒(ふらち)な僧であると言えるでしょう。比叡山草創の歴史について私が少々伺ったところでは、時は延暦の末年、桓武(かんむ)天皇の治世に延暦寺は始まったといいます。この寺がまだ存在しなかった頃は、天皇が相次いで国を治めること五六代、[2]かつて異国に侵略されることも妖怪に悩まされることもなく、君主はその徳を大いに広め、民はその仁政を非常に喜んでおりました。このことから推察しますに、あっても無益なのは山門であります。なくてもよいのは山法師[3]であります。しかしそれでも山門が存在するのは、なくてはならない理由があったのでしょうか。かつて後白河院は『私の思いどおりにならないのは、双六の賽の目、鴨川の水、山法師である』とおっしゃったそうです。その件について特に知りたいと存じます。詳しく御教示ください。何かの折の参考にしましょう』」。法印はじっくりとこれを聞いて、言語道断のことである、口を閉ざしてこの場を去り、耳を塞いでも帰ろうかと思った。だが自分の一言で相手の邪念を正して、正しい見解に戻すこともできるかもしれないと考え直し、なまじ相手の意見に逆らい異議を唱えるのをやめて、長い物語を語り始めた。

「この日本国の発祥については、各家の所伝でそれぞれ異なり、その説もいろいろありまして、ここではしばらく書物に記載された一つの説に依拠しません。天地が分かれて以来、第九の減劫[4]の時代、すなわち人間の寿命が二万歳だった頃のことです。迦

【18-13】1　【14-8】注3参照。

2　他の諸本では「五〇代」となっている。

3　延暦寺の僧侶のこと。

4　仏教で、人間の寿命が無量歳ないしは八万歳から年々、あるいは一〇〇年に一歳ずつ減って一〇歳に至る過程をいう。一〇歳になると、また同じ過程を経て増加し、増加が極限に至ると再び減るという過程を繰り返すと考える。

葉世尊[5]が西天にお生まれになったとき、大聖釈尊は成仏の証明書を得て都率天というところに住んでいらっしゃいました。釈尊が、自分が悟りを開いて成道した後にどこで自分の教えを広めようかと南贍部洲[6]をあまねく飛行してご覧になっていると、滔々たる大海の上に『すべての生命には仏の性質が備わり、仏は永遠で変化することがない』と唱える波の音が聞こえてきました。釈尊はこれをお聞きになって、この波が流れて留まる場所が一つの国となって、自分の教えが広まる霊地になると思われました。そこでただちにこの波が流れていくところについていき、はるか一〇万里の青い海を渡ると、この波はたちまち一葉の葦の葉が浮かんでいるところに留まりました。この葦の葉は、釈尊の思ったとおりに一つの島となったのであります。現在の比叡山の麓、大宮権現の前の小川に建つ波止土濃（橋殿）がこれです。そのため、橋殿は波が止まって土が濃くなったと書くのでございます。

その後時代が下り、人間の寿命が一〇〇歳であった頃に、釈尊はインドのガンジス川下流にある摩竭陀国の浄飯王の宮殿にお生まれになりました。御年一九のとき、二月八日の夜中に王宮を出て、六年間ヒマラヤ山脈で苦しい修行を行い、さらに菩提樹の下で座禅を組むこと六年間、夜中から明け方の間に遂に悟りを開かれました。その後、華厳経を二一日間、阿含経を一二年間、般若経を三〇年間、究極の一つの真理である法華経を八年間説き、遂に抜提河[7]のほとりにある沙羅双樹の下で入滅されました。しかしながら仏は元来永遠で、全世界に遍在する霊体であるので、釈尊は自分の教えを広めるために、昔葦の葉の国であった南贍部洲の豊葦原の中津国に到着されました。

時は鵜羽不葺合尊[8]の治世であり、人々はまだ仏法という言葉さえも聞いたことがありませんでした。しかしながら、この地は大日如来の本国であり、仏法が東方へ広まる霊地であろうから、どこかに仏が人々を救うための道場を開こうと、釈尊は各地を遍歴しました。すると、比叡山の麓にある志賀のあたりで、座って釣り糸を垂れている老人がいました。釈尊は彼に向かって『ご老人、もしあなたがこの地の主であるならば、この山を私にください。ここを結界[9]にして、仏法を広めたいと思います』と

5　釈尊の前に出現した仏。
6　世界の中心にある須弥山の南に浮かぶ島。人間界。
7　古代インドのマラ国の首都拘尸那掲羅を流れていた川。
8　神武天皇の父神。

頼みました。老人は『私は人間の寿命が六千歳だった時代のはじめから、この場所の主として琵琶湖が七度も桑原になったのを見てきました。しかし、この地が結界となれば、釣りができる場所がなくなってしまうでしょう。釈尊、ここを早く去って他国にその場を探してください』と渋りました。この老人が、白髭明神です。釈尊はこれを聞き、仏の住む常寂光土に帰ろうとしました。そこに、東方浄瑠璃世界の教主医王善逝[10]が忽然と現れました。釈尊は医王善逝に出会えたことを非常に喜んで、先ほど老人が言ったことを伝えました。医王善逝は感心してこう言いました。『釈尊、この地に仏法を広めようとされるのは、すばらしいことです。私は人間の寿命が二万歳だった時代のはじめより、この国の土地の所有者でしたが、かの老人はまだ私のことを知りません。この山を惜しむことなどありません。ふさわしい時が到来して、仏法が東方に伝播してくれれば、あなたは教えを伝える大師となって、この山を開いてください。私はこの山の王となり、長く後五百歳（末世）の仏法を守りましょう』。そして、堅く誓いの約束をして、二人の仏はそれぞれ東西へ去っていったのです。

こうして一八〇〇年を経て、釈尊は伝教大師最澄となりました。延暦二二年[11]（八〇三）に初めて、伝教大師は仏法を求めて中国に渡りました。ただちに顕教・密教・戒律の三分野を学び、学問の奥深いところまで究め、同二四年に帰国しました。ここに桓武天皇が仏法の信徒となり、比叡山を草創しました。

伝教大師が当初、天皇の命令を承って、根本中堂を建てようとして工事を始めたところ、紅色の蓮の花のような人間の舌一枚が土の底にあり、法華経を唱え続けていました。大師は不審に思い、舌にその理由を尋ねてみると、この舌は『大昔、私はこの山で六万部の法華経を唱えていたのですが、寿命に限りがあり、身体はもう滅びてしまいました。しかし舌はなお残り、声の尽きることがないのです』と答えました。

また中堂の造営が終わり、本尊として、大師自らが薬師如来の像を作りました。大師は一回斧を下ろすたびに『釈尊入滅の五〇〇年後、正法から像法[12]の時代に変わる

9　俗人の立ち入り禁止の場所。
10　如来十号の一つで、薬師如来。
11　史実では延暦二三年（八〇四）。
12　「像」は映像の意。釈尊入滅後に、正法（仏教の正しい教えが行われ、悟りも得られる時代）の時を過ぎて、教えや修行がたんに行われるだけで、悟りが得られなくなった時期のこと。日本では永承六年（一〇五一）がその最後の年と信じられていた。

とき、あらゆる生き物を救済する故に、薬師瑠璃光仏というのだ』[13]と唱え、仏像に礼拝しました。その都度、薬師の木像は大師に頭を下げてうなずきました。

その後、大師が小比叡（二宮の地主権現）の峰を通ったとき、光り輝く三つの太陽が空中より飛んで下りてきました。その光の中に、釈尊・薬師・阿弥陀の三尊が並んで座っていました。この三尊は、僧形や俗体に変化し、大師に礼拝して『すべての菩薩[14]は、生き物を憐れむが故に修行をする。そのような菩薩こそが我が師であると敬うべきである』[15]と褒め称えました。大師は大いにお礼をして、『願わくば、みなさんのお名前を教えていただけませんでしょうか』と尋ねました。三尊は、『縦の三つの棒に横の棒を一つ加え、横の三つの棒に縦の棒を一つ添える。これが我々の名である。内では天台宗の教えを守り、外では人々が悟りを開くのを助けるために、この山に来たのである』と答え、天にかかったその光は、何度も鍛えた、背面に鸞[16]の像がある上質の銅鏡が映す光のように輝いていました。大師は、聞いたとおりに文字を書いてみました。縦の三棒に横の一棒を加えると、山という字になりました。横の三棒に縦の一棒を添えると、王という字でした。山は高くて動じない形、王は天・地・人を治める徳を表す称号であろうということで、大師はその神を山王と崇拝したのです。この山王二十一社のうち、まずは上の七社について説明しましょう。
所謂大宮権現は、太古の昔に悟りを開いた仏で、天照大神が姿を変えて出現した神であります。もっぱら天台宗の教えを守り、長く比叡山に宿っております。そのため、法宿菩薩ともいいます。これはすでに生命が輪廻する世界の慈父であり、根本の導師であります。

聖真子は、功徳によって九種の異なる浄土に生命を導く教主であり、八幡大菩薩の分身であります。光を比叡山の麓にもたらし、速やかに大宮・二宮・聖真子の三聖の形を示します。この神が一〇種の大罪を犯した者であっても浄土に導くのは、疾風が雲や霧を吹き飛ばすよりもすごいことです。一度祈っただけでも信心が仏に通じるのは、巨大な海が露のしずくを受けるのに喩えることができます。仏が光を和らげて俗世に現れるのは、仏の縁を結ぶ始めであります。往生極楽とは、悟りを得て

13　経文では「像法転時、利益衆生、故号薬師、瑠璃光仏」となる。
14　仏になる修行をする者。
15　経文では「十方大菩薩、愍衆故行道、応生恭敬心、是則我大師」となる。
16　中国の架空の鳥である鳳凰の一種。

輪廻から逃れることに違いありません。

二宮は、当初釈尊と約束をした東方浄瑠璃世界の如来（薬師如来）であり、我が国である秋津島の神であります。いたる場所にさまざまな姿で出現し、人々を救う誓いはすでに実現しています。現世を安穏に生きる望みと西方浄土に生まれる願いをかなえる、来世往生の導き手なのです。

八王子は、千手観音の化身で、煩悩の穢れのない力で地獄に堕ちた人々の苦しみを救います。灌頂の儀式[17]を受けて王子（仏の弟子）となったために、大八王子といいます。清らかな月のような本地仏は浄土にいますが、本地仏が人々を救う光は浄土からはるか遠くにある祠の露に映ります。露に映る影はそれぞれ仏がいる浄土を表していますが、しかしながら八王子が表す浄土は補陀洛山[18]というべきでしょう。

客人は十一面観音の化身で、白山禅定の霊神であります。加賀国の神様ですが、山王の修行と教化を助けるために北陸の高山の峰を出て、東山道の霊地にやってきました。そのため、客人というのです。現世では、一〇種のすぐれた利益が得られます。臨終の際には、浄土の蓮の台に現れます。

十禅師の宮は、無仏世界[19]の救い主である地蔵薩埵の化身であります。かたじけなくも釈尊の遺した教えを受けて、須弥山の頂上の忉利天に住む帝釈天の高弟となり、二人の仏（釈尊と弥勒如来）の間の時代を中継ぎする大導師にして天台宗の三つの教え[20]を司る法体です。この神がご託宣で『私は比叡山の三千人の衆徒を我が子のように養い、法華経の教えを守ることを我が使命とする』と示しました。この神とは、たとえわずかな縁を結んだにすぎないとしても莫大な利益を得ることができるでしょう。

三宮は、普賢菩薩の化身で、法華経の正体であります。法華経を唱えると、この世に出現して人々を憐れみ、願いを聴き入れます。すなわち、これは罪を慚愧・懺悔する者たちの救い主です。六根（眼・耳・鼻・舌・身・意）による罪にまみれている私たちが、必ず帰依しなければならない神なのです。

次に、山王二十一社のうち、中の七社について、[21]牛の御子は大威徳、大行事は毘沙門、早尾は不動、気比は聖観音、下八王子は虚空蔵、王子宮は文殊、聖女は如意

17　仏が慈悲の水を菩薩に注ぐ儀式。
18　観音が住む山。
19　釈尊入滅後、弥勒如来が出現するまでの末法の世。
20　蔵教（小乗の教え）・別教（大乗のみの教え）・円教（すべてを包摂する教え）の三つを指す。

輪の化身であります。

また、下の七社については、小禅師は弥勒龍樹、悪王子は愛染明王、新行事は吉祥天女、岩滝は弁財天、山末は摩利支天、剣宮は不動、大宮の竈殿は大日および不動、聖真子の竈殿は金剛界の大日、二宮の竈殿は日光と月光の化身であります。それぞれ、慈悲深い浄土を出て、人々を救済する道に邁進しています。

その後、八王子・客人・十禅師・三宮の四カ所の菩薩が、民衆を救済するためにあらゆる方角からやってきました。中・下七社の一四人の神が、光を並べて四人の菩薩の周りを囲んで控えました。彼らが人々を救済するために行使するさまざまな徳は、百千劫といううきわめて遠大な時間の中で、いくら説明しても語り尽くせるものではありません。

比叡山は、戒律・禅定・智恵という、修行者が修学実践すべき三学を表現するために、三基の塔を建てました。天台宗の根本教説である、一度に念ずることで三千の諸法[22]を具有するという教えに基づいて、衆徒の数を三千人としました。救済のために一二の大願を立てた薬師如来がすみずみまであますところなく見ているので、天下の平和や戦乱はこれらの神仏の御利益を必ず受けます。七社の権現が教化を及ぼしているので、日本国内のよい出来事も悪い出来事も、神仏の深遠な照覧に必ず影響されます。そのため有事の際は、朝廷は比叡山に祈って、災いを除いて福とするのです。山門が訴訟を起こしたときは、これに同情して、理不尽な主張でも道理として勝訴の判決を下すのです。

今回、先帝陛下の二度にわたる臨幸を比叡山が受け入れたのは、ひとえに衆徒の誤りに見えますが、追い詰められた鳥が懐に入れば、これを狩る人も憐れんで殺さないものでございます。まして、十善の君である天皇陛下のお頼みとあれば、誰でも味方となるに違いありません。たとえ大きな恨みを抱く輩が少々存在して野心を持っていたとしても、武将がその恨みを忘れて恩を厚くし、徳を及ぼせば、敵の幸運を祈る勤行はかえって御一家の祈禱となり、朝敵を贔屓する心も変わり、あまつさえ味方のために二心ない忠誠心を持つ者となるでしょう」。このように玄恵は、内外の道理

21 山王二十一社のうち中七社と下七社は、実際には大行事、牛の御子、新行事、下八王子、早尾、王子、聖女（以上、中七社）と、小禅師、大宮竈殿、二宮竈殿、山末、岩滝、剣宮、気比（以上、下七社）となる。

22 宇宙のすべてのあり方を指す。

を明らかにして、言葉を尽くして説得した。そのため、将軍尊氏・左馬頭直義をはじめとして、高・上杉・頭人・評定衆[23]に至るまで、山門なくては天下を治めることはできまいと信じて、ただちに旧領を承認するだけではなく、新たに幕府寄進の地まで添えて比叡山に与えた。

【19-4】金ケ崎の皇太子恒良親王と将軍宮成良親王の死

新田義貞と脇屋義助が越前国杣山城を出て、尾張守斯波高経とその弟伊予守家兼を破り、越前府中やその他国内の各地を陥落させた。それを知った尊氏卿と直義朝臣は非常に怒り、「これもすべて、皇太子恒良親王が彼らを助けようとして、金ケ崎城で全員切腹したと嘘をついたせいである。我々はこれを本当だと信じて、杣山城へ攻撃軍を派遣するのが遅れてしまった。この宮は、これほどまでに当足利家を滅ぼそうと考えている。それを放置すれば、いずれきっと思わぬ陰謀を企むであろう。鴆毒[1]を飲むように勧めてひそかに殺害せよ」と粟飯原下総守氏光に命じた。

皇太子には、将軍宮成良親王と呼ばれる兄弟がいた。将軍宮は先帝後醍醐の第七宮[2]で、直義が先年鎌倉へ招き寄せた皇子である。現在、二人とも同じ御所に拘禁されている。そこに氏光は一包みの薬を持参し、「いつもこのように籠もっておられてはご病気にかかることもあるだろうと、三条殿（直義）がこの薬を差し上げたいとのことです。七日間、毎朝飲んでください」と言って皇子の前に置いた。

氏光が帰ってから、将軍宮はこの薬を見て「病気でもないのに治療を勧めるほどに我々のことを大事に思っているのであれば、この一室に押し込めて一日中苦しめたりするだろうか。これはきっと病気を治す薬ではあるまい。寿命を縮める毒であろう」と言い、庭へ捨てようとした。すると皇太子は将軍宮の手を押さえ、こう言った。「そもそも尊氏と直義たちがそれほど非情なのであれば、この薬を飲まずとも我々は

---

23 「頭人」は引付衆（訴訟を担当する幕府の役人）の長官。「評定衆」は政務を司る幕府の最高位の職名。

【19-4】1 鴆という鳥の羽からとれる猛毒。

2 【13-4】では、「八番目の皇子」と記されている。

助かるまい。それに、これはもともと願っていたことでもある。私はこの薬を飲んで、早く生涯を終えようと思う。『人間の習性として、一日一夜を経るごとに、八億四千の煩悩や悪念が生じる』[3]という。富裕で栄華を誇る人ですら、この苦しみからは逃れられない。まして、我々は籠の中の鳥が雲を恋い、水から出た魚が水を求めるような存在である。何を聞いても何を見ても、悲しみが増すだけで将来の希望もない。そんな日々を送るくらいなら、鴆毒を飲んで死に、生まれ変わって極楽浄土に行く方がいい」。そして毎日、法華経(ほけきょう)を一部唱えた後に、この鴆毒を飲んだ。将軍宮はこれを見て、「この煩わしい世の中に、誰も未練などありますまい。来世でも同じく暗い道に迷うでしょうが、お供(とも)できれば私の本意です」と言って、皇太子とともにこの毒を七日間飲んだ。

皇太子は、翌日からすぐに体調不良となったが、臨終の際には苦しまず、四月一三日の暮れに死去した。将軍宮は二〇日間ほど無事でいたが、黄疸(おうだん)の症状が出て、体中が黄色に変色し、これも結局亡くなった。

二人の皇子の死は、ハトがとまる樹木の、同じ幹から出た枝先に咲く二輪の花が朝の雨でたちまち散るように、さびしいことである。また、セキレイがいる野原の、同じ根から出た二本の草が秋の三カ月の霜ではかなく枯れてしまうように、悲しいことである。一昨年、兵部卿護良親王が鎌倉で殺害され[4]、去年の春は中務卿尊良親王が自害した。これらは先例が少ない悲しいことで、聞く人は心を痛めた。そして今また、皇太子と将軍宮が同時に亡くなったので、心ある者もない者もこれを知ると皆悲しんだ。

【19-9】美濃国青野原の戦い

関東の足利軍は北畠顕家軍を追跡して美濃国に到着し、次のように話し合った。

「将軍尊氏は、きっと宇治・勢多[1]の橋の板を取り外して、顕家軍の進撃を防ぐだろう。

3　中国、南北朝から唐初期の僧侶で浄土宗の始祖の一人、道綽の著書『安楽集』に見える言葉。

4　護良親王が「一昨年」殺害されたとすると、没年が建武三年（一三三六）となるが、史実における没年は建武二年（一三三五）。

そうすれば、国司顕家は勢多川を渡ることができずに無駄に日々を過ごすに違いない。そこを、兵の疲弊に乗じて前後から攻めれば、簡単に勝利できよう」。それを黙って聞いていた土岐頼遠が、断固として異議を唱えた。「そもそも日の前を通る敵軍を大軍だからといって、一本の矢も射ずに見過ごして後日の疲弊に乗じようとするのは、かつて楚の宋義が『虻を殺すのに、虻がたかっている馬を殺す必要はない』と言った[2]のに似ています。世間の評価は、今度の戦いで決まるでしょう。他の方々のことは存じませんが、頼遠としてはやはり命がけの戦いをして、義に殉じた屍を苔の生えた墓地にさらす所存であります」。諸大将は皆この道理に感心し、ことごとく賛成した。

一方、顕家の奥州軍は、すでに先陣は美濃国垂井・赤坂[3]のあたりに到達していた。しかし、後を追跡してきた幕府の後攻めの軍勢が接近してきたことを知り、まずその敵を倒そうということになった。そこで三里引き返し、美濃・尾張両国の国境に大軍を布陣させた。

後攻めの足利軍は、八万騎あまりを五つの部隊に分けて、出陣の順序をくじで決めた。まず一番手は、小笠原信濃守貞宗と芳賀清兵衛入道禅可である。およそ二千騎で自貴の渡[4]へ馳せ向かった。そこで奥州の伊達・信夫の武士たちが約三千騎で川を渡って迎え撃ったので、芳賀と小笠原は散々に蹴散らされ、大半が戦死してしまった。

二番手は、高大和守重茂（こうのやまとのかみしげもち）の三千騎あまり。墨俣川（すのまたがわ）を渡ったところで、相模次郎北条時行（さがみのじろうほうじょうときゆき）が約五千騎ですかさず待ち受けて乱戦となった。相手の笠印（かさじるし）を目印に組みついて馬から落ち、重なり合って相手の首を取った。一時間ほど戦って、大和守は頼みの武士三〇〇騎が討たれたので、東西にバラバラとなって逃げ、山を目指して撤退した。

三番手は、今川五郎入道（いまがわごろうにゅうどう）と三浦新介（みうらのしんすけ）であった。阿字賀（あじか）[5]に進出して、横から奥州軍に攻めかかったところを、南部（なんぶ）・下山（しもやま）・結城入道道忠（ゆうきにゅうどうどうちゅう）がおよそ一万騎で火花が散るほど戦った。三浦と今川はもともと劣勢であったので、ここの戦闘でも敗北し、川か

【19-9】1　琵琶湖から流れ出る付近の瀬田川に架かる橋。
2　『史記』「項羽本紀」に見える故事（牛にたかる虻をたたいても、中のシラミを殺すことはできない、という内容）による。
3　垂井は現、岐阜県不破郡垂井町あたり。赤坂は現、同県大垣市赤坂町あたり。
4　現、岐阜県羽島郡岐南町。
5　現、岐阜県羽島市足近町辺り。

ら東の方へ撤退した。

四番手は、上杉民部大輔憲顕と同宮内少輔。彼らが武蔵・上野の軍勢一万騎あまりを率いて、青野原[6]に打って出た。新田徳寿丸[7]と紀清両党がおよそ三万騎でこれに対処した。両軍の旗の紋は皆に知られていたので、不甲斐ない戦いぶりを後世の人々に嘲笑されるのを恥じたのであろう、互いに一歩も退かずに命がけで戦った。世界のはじめと終わりに吹く毘嵐という暴風が絶えて大地がたちまち無間地獄に堕ち、須弥山世界を支える水輪が湧いて世界がことごとく三界の最上である有頂天に昇ってしまうのも、このような感じであったと思えるほどであった。しかし、顕家の大軍を防ぐのは難しく、上杉軍は遂に敗北し、右往左往して落ち延びていった。

五番手は、桃井播磨守直常[8]と土岐弾正少弼頼遠が選りすぐった精鋭約一千騎であった。これが広々とした青野原に進撃し、敵を西北に見て待機した。ここに陸奥国司鎮守府将軍顕家卿と春日少将顕信が、出羽・奥州の軍勢六万騎あまりを率いて迎え撃った。敵と味方を見比べてみると、奥州勢千騎に足利勢の一騎が対処したとしても、まだ足利軍の方が少ないと思えた。だが土岐も桃井も少しもひるむことなく、前に恐るべき敵はなく、後ろに退こうという気持ちもないように見えた。

足利軍は鬨の声を上げるや否や、千騎が一塊となって顕家の大軍に攻め込んだ。一時間ほど戦って駆け抜けると、三〇〇騎以上が討たれていた。残った七〇〇騎をまたひとまとめにして、副将軍春日少将がひかえる二万騎の中に突入し、敵を東に追いかけ、南に蹴散らし、汗馬[9]の足を休ませず、太刀の鍔音もやむときなく、かけ声を出して斬り合った。

ここが勝負時だと思い定めた足利軍は、たとえ千騎が一騎になろうとも決して退くなと互いに励まし合って戦った。だが敵は雲霞のような大軍であったので、あちこちで包囲され、精根も尽き果て、七〇〇騎いた軍勢もわずか二三騎となった。土岐自身も、左の目の下から右の口の脇、鼻まで深々と切りつけられ、長森の城[10]に引きこもった。桃井は三〇回以上交戦し、七六騎まで討ち減らされた。馬の三図[11]と平頸[12]の二カ所

6　現、岐阜県大垣市赤坂町から同県不破郡垂井町周辺の原っぱ。
7　一三三一～五九年。新田義貞の次男義興。南朝の忠臣として戦い続ける。幼名は「徳寿丸」。
8　生没年未詳。足利政権成立に功のあった尊氏の臣下。観応の擾乱では、直義側の中心的存在。
9　走って汗をかいた馬。
10　現、岐阜県岐阜市長森にあった城。

を切られ、自身も草摺(くさずり)[13]に覆われていない部分を三カ所突かれた。直常は疲れ果て、「この戦いは、今日で決着はつくまい。さあみんな、馬の足を少し休めよう」と言った。そして墨俣川に馬を浸し、太刀や長刀(なぎなた)についた血を洗った。そのうち日が暮れたので野宿して、結局川より東の方へは行かなかった。

京都の幕府首脳部には、奥州の軍勢が上洛してくるという情報がすでに届いていたが、土岐が美濃国にいるので多少は持ちこたえられるだろうと頼りにしていた。ところが、頼遠は青野原の戦いに敗北して行方不明と伝わり、戦死したという情報も流れたので、洛中のあわてぶりは尋常ではなかった。

であるならば、宇治と勢多の橋の板をはずして迎え撃とう、それでもダメならまず西国(さいごく)へ撤退して四国・九州の軍勢を味方につけて反撃すべきだ、などと幕府の会議でさまざまな意見が出たものの、結論がまとまらなかった。このとき、高越後守師泰(こうのえちごのかみもろやす)がしばらく考えてからこう述べた。「古代から現代に至るまで、京都へ敵が攻め寄せてきたとき、宇治と勢多の橋の板をはずして迎え撃った事例は数え切れないほどあります。しかしながら、これらの川で防戦して、都を落とされなかった例を聞いたことがありません。これは、攻撃する軍勢は後方の地域を味方として勢いに乗り、防戦する軍勢はかろうじて洛中を維持するだけで気力を失っているからであります。不吉な先例に従って大軍を帝都の周辺で待ち受けるよりは、勝利のチャンスをつかむために急いで近江・美濃に向かって、畿外で勝負を決する方が得策です」。師泰がこのように勇気を奮って道理にかなった主張をしたので、将軍尊氏も左馬頭直義も「それがもっともだ」と納得した。

そこで、時を無駄にせずにすぐに現地に向かえということになり、大将軍には高越後守師泰が任命され、同播磨守師冬・細川刑部大輔頼春・佐々木大夫判官氏頼（崇永）[14]・同佐渡判官入道導誉・子息近江守秀綱、その他諸国の大名五三人、総勢一万騎あまりが二月四日に京都を発ち、同月六日の早朝に近江と美濃の国境を流れる黒地川に到着した。また師泰たちは、顕家の奥州軍が垂井・赤坂に着いたという情報を得たので、ここで顕家軍を迎え撃つことにした。陣が構えられたのは、前に藤古川を望み、

11　馬の尻の高い部分。
12　【16-10】注3参照。
13　【10-9】注9参照。
14　一三二六〜七〇年。近江守護だった佐々木（六角）時信の子。

後ろに黒地川がひかえる地点であった。

そもそも古代から現代に至るまで、勇士や猛将が布陣して敵を待つのに、山を背にして川に面した地形を選ぶのが定石である。それを今回は敢えて大河を後ろにする布陣だが、これも兵法の一つなのであろう。

【20-13】左中将新田義貞の首が獄舎の門に懸けられたこと

新田義貞朝臣の首が京都に届いた。これは北朝と幕府の最大の敵ということで、彼の首は都の大路を運ばれて見世物とされ、獄舎の門に懸けられて曝された。義貞は後醍醐天皇の寵臣で、その軍事力で社会に貢献していた。頼りになる人物として京都中の人間と交流があり、彼の厚意に喜び、恩顧を待ち望んでいた者も数え切れないほどたくさんいた。そのため義貞の首を見ようとする車や馬が道路に充満し、男女が小道に押し寄せたが、やはり見るに堪えずに悲しんでむせび泣く声がやまなかった。

伝え聞くところによると、かの北の台(きた)勾当内侍(こうとうのないし)の局(つぼね)[1]の悲しみはとりわけ深かった。この女房は頭大夫行房(とうのだいぶゆきふさ)[2]の娘であり、黄金の家の中で美しく着飾り、天上の金鶏を描いたついたての陰で魅力的な女性に成長した。一六歳の春の頃から後宮(こうきゅう)に召喚され、天皇陛下のそばに仕えていた。薄絹(うすぎぬ)や綾絹(あやぎぬ)の重さにすら耐えられなさそうなたおやかな容姿は、春の風が一輪の花を吹き飛ばすかと疑われるほどであった。また、化粧する必要のないほど美しい顔は、秋の雲の間から現れた月が大河に映るのに似ていた。そのため、後宮の数多くの御殿に住む女性たちは天皇の車が静かにこの女性の許(もと)へ通う音を聞くたびに、禁中の水時計が刻む一夜二五刻の時間が経つのが遅いことを恨んだ。

去る建武のはじめ、世の中がまた乱れようとしていたとき、義貞朝臣はいつも天皇に呼ばれ、内裏(だいり)を警備していた。ある冷ややかな秋の風が吹く月夜、この内侍が御簾(みす)を巻き上げて琴を演奏していた。左中将義貞はその悲しみを誘う音色が気になり、宮

【20-13】1　生没年未詳。新田義貞の妻の一人。内侍は官職名。
2　一条（藤原）行房（?～一三三七年）。後醍醐天皇の側近の公卿。

中の庭をさまよい歩いた。わけもなくむやみに心ひかれたので、御簾のそばに隠れて立って様子を窺っていた。すると内侍は見る人がいるのに気づいて、物悲しげな感じで琴の演奏をやめた。夜が深く更けて、まだ空に残っている月がくまなく見えたとき、内侍は「(この景色のもののあわれは)たとえようもない」と言って、次の歌を詠んだ。

わが袖の涙にやどる影とだに知らで雲井(くもい)の月や澄むらむ

(私の袖を濡らす涙に月の光が映っているが、月はそれを知らずに空高く輝いているのだろう)

内侍の元気なくうつむく様子が、言いようもなく上品で美しかったので、義貞は行き先の知らない恋の道に迷い込んだような気持ちがした。

早朝となり朝廷から帰ってからも、義貞は内侍のほのかな面影がまだすぐそばにあるように思えた。世間でよく言われていることも耳に入らず、朝はいつまでも起きずに夜も寝ずに日々を暮らし、『新勅撰和歌集』で高松院右衛門佐(たかまついんのうえもんのすけ)[3]が詠んだ、恋する女性に手引きしてくれる海士(あま)のコネでもないものかと物思いに沈んだ。どうしてよいか途方に暮れていたとき、内侍の乳母（めのと）に仲立ちしてもらうコネを見つけて、たびたび手紙を送ったが、「天皇陛下に知られることをはばかって、内侍は手紙を手に取ることさえしない」とのことだった。中将は非常にがっかりして、ああ、せめて内侍が自分をどう思っているのかを聞きたいと恨み嘆き、かえって手紙を送れなくなった。ますますどうしようもない思いが募った。

このことを、誰かが天皇陛下に伝えた。陛下は、東国武士の荒々しい心が一途に恋い慕うのも道理であろうと考え、義貞の想い人に彼の気持ちを知らせた。そして、詩歌と管弦の会の折に中将を呼んで、お酒を与えながら「内侍をこの盃とともにお前にやろう」と言った。

義貞は非常にありがたく思い、翌日の夜、すぐに牛車（ぎっしゃ）をあざやかに仕立てて内侍の許に派遣し、先方に事情を話した。内侍もよいきっかけがあればと思っていたのであろう、まだ夜がそれほど更けていない頃に（義貞が遣わした牛車に乗り）、音を立てて義貞邸の中門（ちゅうもん）に車の轅（ながえ）をさしかけると、一～二人の侍女が開き戸から内侍を入れ、

3　生没年未詳。鎌倉時代の女房歌人の一人。

にぎやかに騒いだ。

恋い忍ぶ日々をしばらく過ごしてきた中将にとって、想いがかなった今の心境はたとえようもないほどである。楚の懐王が、珊瑚を枕に陽台に住む巫山の神女と契る夢[4]をかなえたようなものである。義貞と内侍の情愛は、唐の玄宗と楊貴妃が連なる枝のようになることを誓った驪山の華清宮の花の色のようにこまやかであった。[5]そして去る建武の末年に朝敵足利尊氏が敗走して西国の海を漂浪したときも、中将はこの内侍とわずかな間も別れることを悲しんだため、遠征の準備は滞りがちとなった。後に後醍醐天皇が比叡山に臨幸し、敵の足利軍が大嶽より追い落とされて西国に逃れようとした際も、義貞は内侍に心を奪われ、勝利に乗じて疲弊した敵を攻めようともしなかった。この戦略ミスのせいで、案の定敵に国を奪われてしまった。本当に、「美女が一度微笑むと国をよく傾ける」と古人がいましめたとおりである。

左中将は、近江国坂本から北陸地方へ逃れたときも、進軍の困難さに配慮して、この内侍を今堅田[6]というところに留め置いた。通常の別れでさえも、恋人たちは互いに相手の心を思いやって、天の果てほど遠くにいる相手を慕って涙の雨を注ぐものである。まして中将は、先行きの不安な北方の野蛮人の国（越前国）へ赴くので、生きてふたたび逢って契りを結ぶことができるのかもわからない。内侍は京都に近い琵琶湖の海士の家に身を隠したが、すぐに敵に見つけられて嫌な噂を立てられてしまうかもしれないと思い、尋常でないほど嘆いた。その翌年の春、内侍の父行房朝臣が越前国金ケ崎城で戦死したというニュースが入ってきたので、いっそう悲しみが募り、明日まで生きながらえたとしても何になろうと悲嘆に暮れた。そうはいっても、実際は露のように消えてしまうこともなかなかできず、明けても暮れても悲しんで涙で濡れた袖を乾かし続け、二年あまりが経った。

左中将も、越前に到着した日より、すぐに内侍を迎える使者を派遣しようと思っていたが、戦時中のため交通も困難で、また批判殺到も怖れたので、ときどき手紙をやりとりすることだけを唯一の生き甲斐としていた。しかし、その年の秋の初めには交通も容易になったということで、義貞は迎えの使者を内侍の許に派遣した。内侍はこの三年間暗い夜の闇に迷っていたのが急に夜が明けたような気持ちとなって、まず杣

4 中国、戦国時代末期の作家、宋玉（生没年未詳）の「高唐の賦」（『文選』）による。
5 中国、唐の詩人・白居易の『長恨歌』に見える表現を踏まえる。
6 現、滋賀県大津市今堅田あたり。

山に赴いた。

折しも中将は足羽というところに向かっていたので、内侍は杣山から輿の向きを変えて、浅生津の橋を渡った。そのとき、瓜生弾正左衛門照という武士に行き逢った。照は馬から下り、「これは、どこに行かれるのでしょうか。新田殿は、昨日の夕暮れに足羽という場所で戦死しました」、そう言い終わらぬうちに、涙をはらはらと流した。内侍の局は、これはどういうことなのかと魂も消え果てる心地がし、かえって涙も出なかった。落胆して輿の中で崩れ伏し、せめて義貞の討たれた野原の草の露の上に私を捨て置いて帰ってほしいと思ったが、照は「早くその輿を帰せ」と内侍の従者に命じ、急遽また元の杣山へ戻された。

杣山こそがこの間まで中将が住んでいた家であると、色紙を押し散らした障子の中を内侍が見ると、何となくひまつぶしで義貞が書いた筆跡にも、「いつか都へ帰りたい」と心中の思いをつづった和歌が遺されていた。このような空しい形見を見るにつけても、悲しみがいっそう深まるばかりであった。気を晴らす方法はないにせよ、杣山は中将の住んでいた場所なので、ここで四十九日を過ごそうと思っていたが、杣山周辺にも敵が接近してくるという情報が届き、すぐに危険な情勢となった。そのため、ここにとどまるのも叶わなくなり、新田軍は内侍をすぐに上京させ、仁和寺(にんなじ)へ送り届けた。

内侍にとっては、現在は都も旅住まいのようなもので、住所もまだ決まっていなかった。心は沈み、袖は涙に濡れて、どこに宿泊しようかと昔の知り合いの行方を尋ねて、陽明門(ようめいもん)[8]のあたりに行った。すると、道に大勢の人が押し寄せ、「ああ、かわいそうに」などと言い合っていた。何事かと思って聞いてみると、北陸路をはるかに尋ねて行ったのに、会えずに戻った左中将の首が獄門の木に懸けられていた。義貞の首は、目が塞(ふさ)がり、皮膚も変色していた。内侍の局は、これを二目と見ることができず、近くの築地(ついぢ)[9]の陰で泣き倒れた。これを見た人は皆、内侍を哀れんだ。日が暮れるまで、その場を離れて帰る気にもなれず、（光源氏と別れた末摘花(すえつむはな)のように）生い茂る蓬(よもぎ)の露に泣き崩れていたところを、近所の道場の聖(ひじり)が「あまりにも、おいたわしいので」と内侍を持仏堂に誘い入れた。内侍の局は、その夜すぐに髪を下ろし（出家し）、年若

7　現、福井市浅水町(あそうず)。直前にある足羽も、現、福井市にある地名。
8　大内裏の東門。
9　【9-5】注11参照。

くつややかな姿を墨染(すみぞ)めの尼僧の衣に変えた。

　その後しばらくは、内侍は亡き義貞の面影を思い浮かべて泣き悲しんでいた。しかし仏教でいう、出会いには必ず別れがあり、愛する者ともいつかは必ず別れるという定めを悟り、穢れた俗世を嫌って離脱を願う心は日々に進み、死後の往生(おうじょう)を喜び求める思いもどんどん増していった。現在は、嵯峨(さが)の奥にある往生院[10]のあたりの質素な家で、ずっと仏道に専念している。

10　現、京都市右京区嵯峨鳥居本にあった寺。『平家物語』などによれば、白拍子の祇王（ぎおう）、祇女（ぎじょ）らもここに遁世したという。この庵跡に祇王寺が建てられた。

清和源氏・宇多源氏の略系図

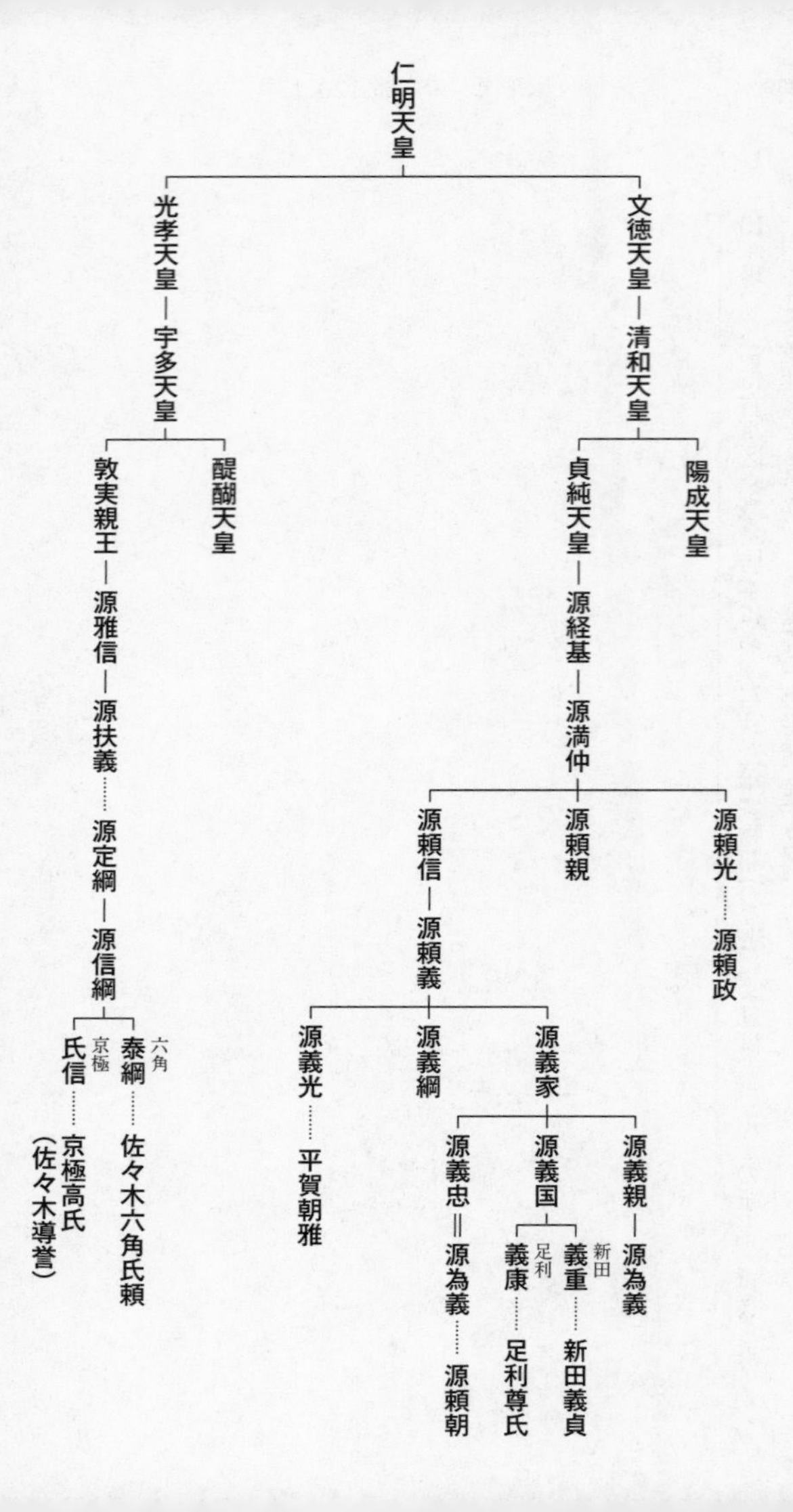

足利家略系図

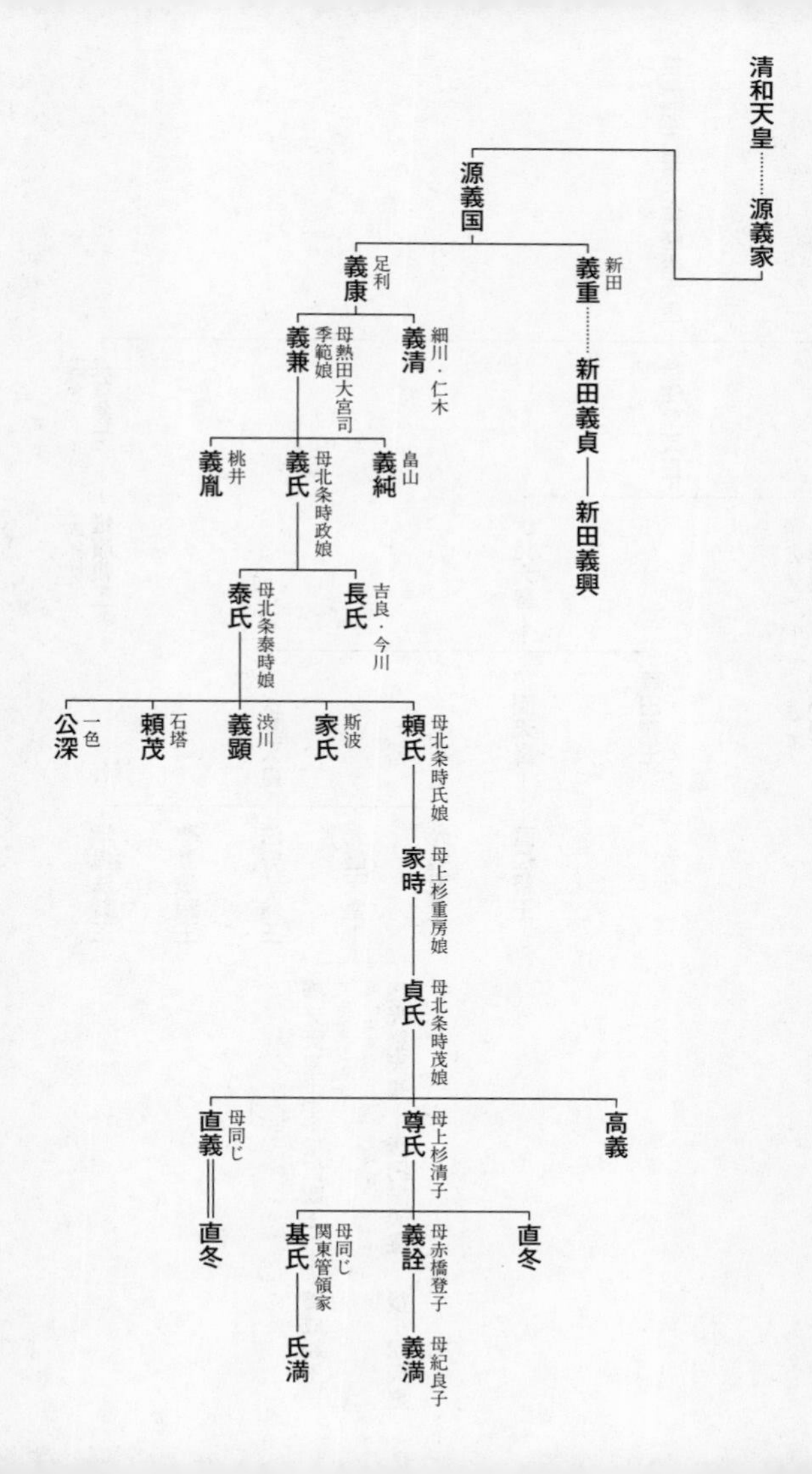

清和天皇
源義家
源義国
新田
義重
新田義貞
新田義興
足利
義康
細川・仁木
義清
母熱田大宮司季範娘
義兼
畠山
義純
母北条時政娘
義氏
桃井
義胤
吉良・今川
長氏
母北条泰時娘
泰氏
母北条時氏娘
頼氏
斯波
家氏
渋川
義顕
石塔
頼茂
一色
公深
母上杉重房娘
家時
母北条時茂娘
貞氏
高義
母上杉清子
尊氏
母同じ
直義
直冬
直冬
母赤橋登子
義詮
母同じ関東管領家
基氏
母紀良子
義満
氏満

南北朝時代を中心とした天皇家略系図

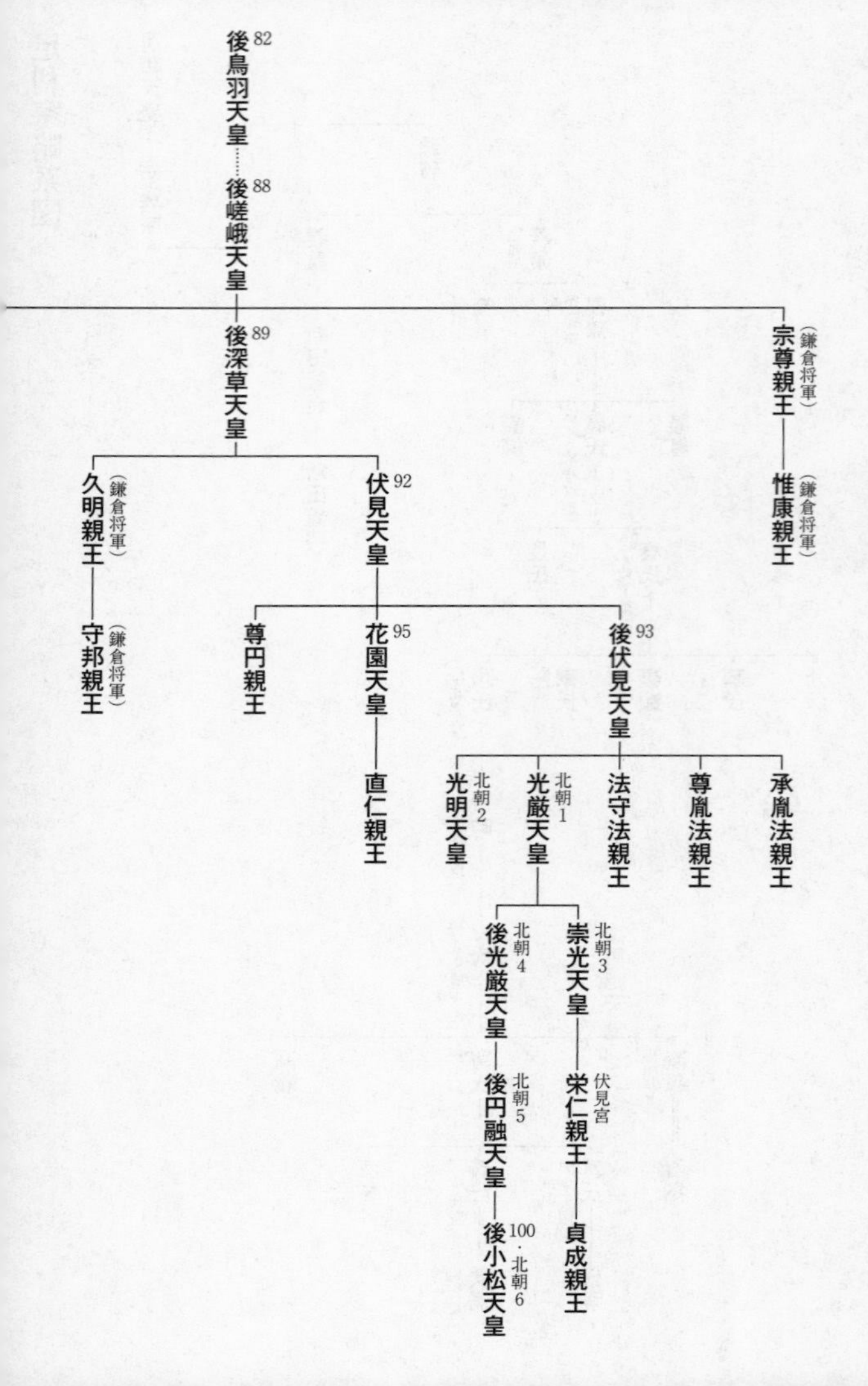

※横の数字は代数（北朝天皇は初代から6代まで）。

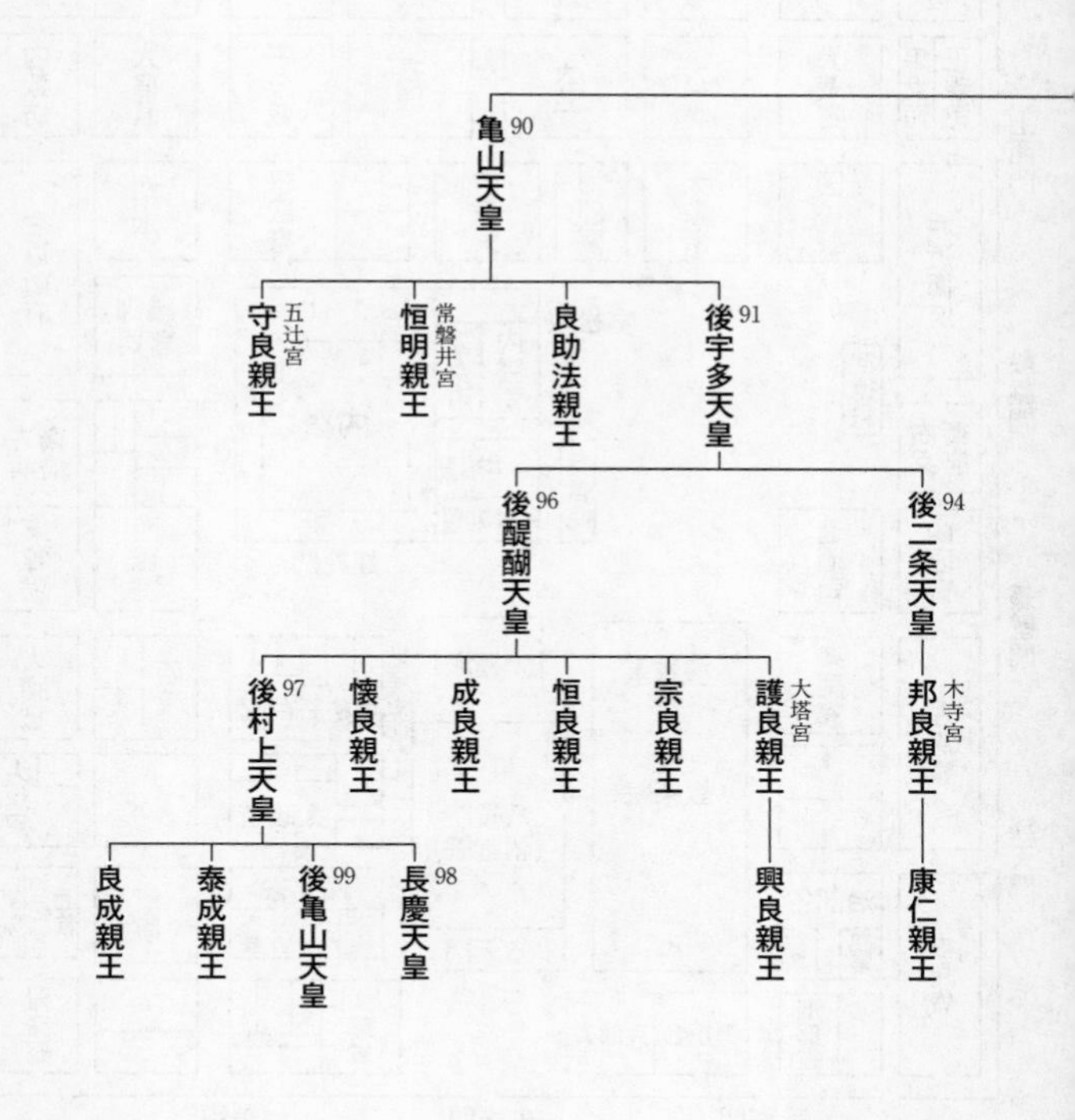

亀山天皇 90
守良親王
五辻宮
恒明親王
常磐井宮
良助法親王
後宇多天皇 91
後醍醐天皇 96
後二条天皇 94
後村上天皇 97
懐良親王
成良親王
恒良親王
宗良親王
護良親王
大塔宮
邦良親王
木寺宮
良成親王
泰成親王
後亀山天皇 99
長慶天皇 98
興良親王
康仁親王

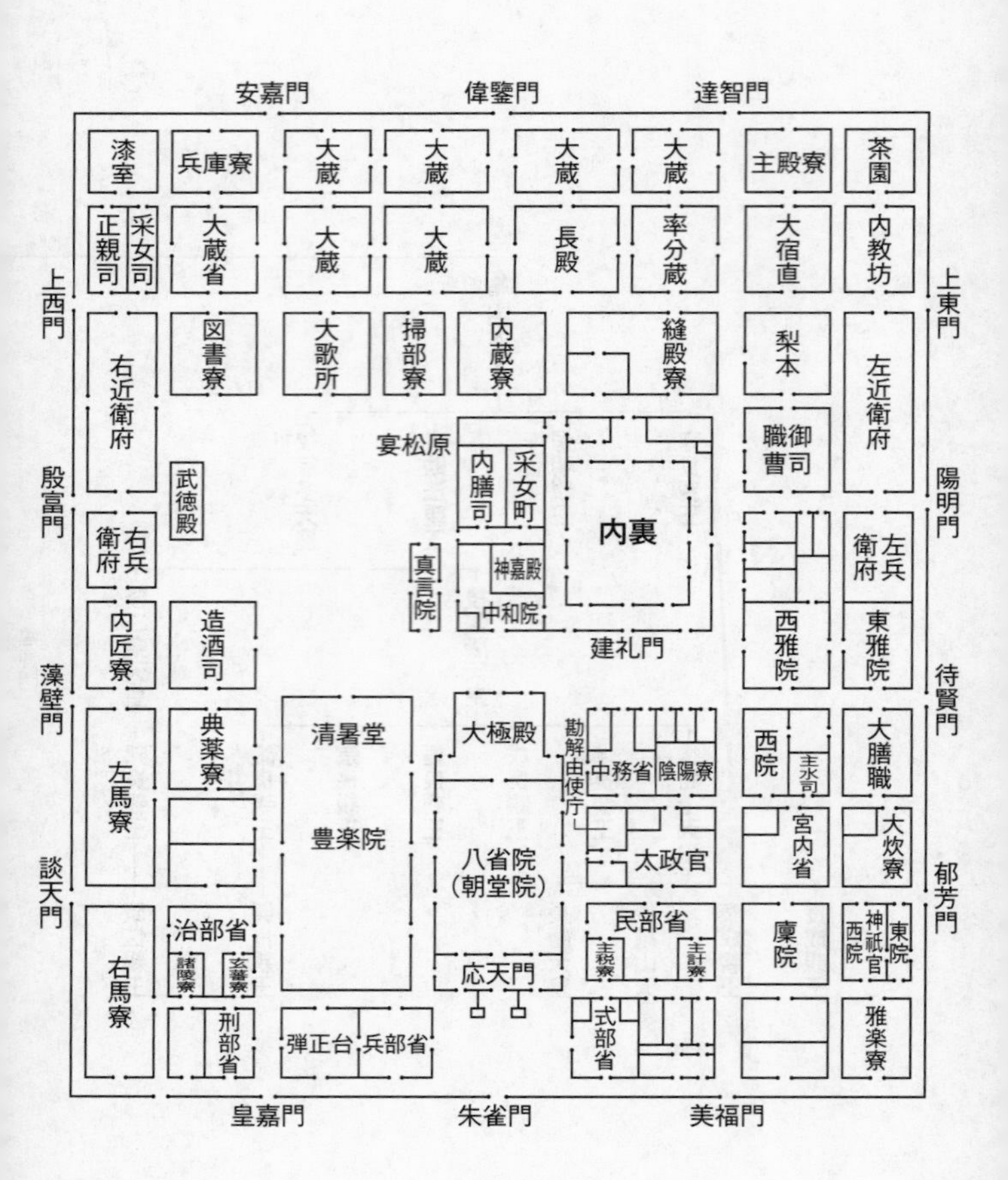
安嘉門
偉鑒門
達智門
漆室
兵庫寮
大蔵
大蔵
大蔵
大蔵
主殿寮
茶園
正親司
采女司
大蔵省
大蔵
大蔵
長殿
率分蔵
大宿直
内教坊
上西門
上東門
右近衛府
図書寮
大歌所
掃部寮
内蔵寮
縫殿寮
梨本
左近衛府
宴松原
職御曹司
内膳司
采女町
殷富門
武徳殿
陽明門
内裏
右兵衛府
真言院
神嘉殿
左兵衛府
中和院
内匠寮
造酒司
建礼門
西雅院
東雅院
藻壁門
待賢門
清暑堂
大極殿
勘解由使庁
中務省
陰陽寮
西院
主水司
大膳職
典薬寮
左馬寮
豊楽院
宮内省
大炊寮
八省院
(朝堂院)
太政官
談天門
郁芳門
治部省
民部省
主税寮
主計寮
廩院
神祇官
西院
東院
諸陵寮
玄蕃寮
右馬寮
応天門
刑部省
弾正台
兵部省
式部省
雅楽寮
皇嘉門
朱雀門
美福門

大内裏

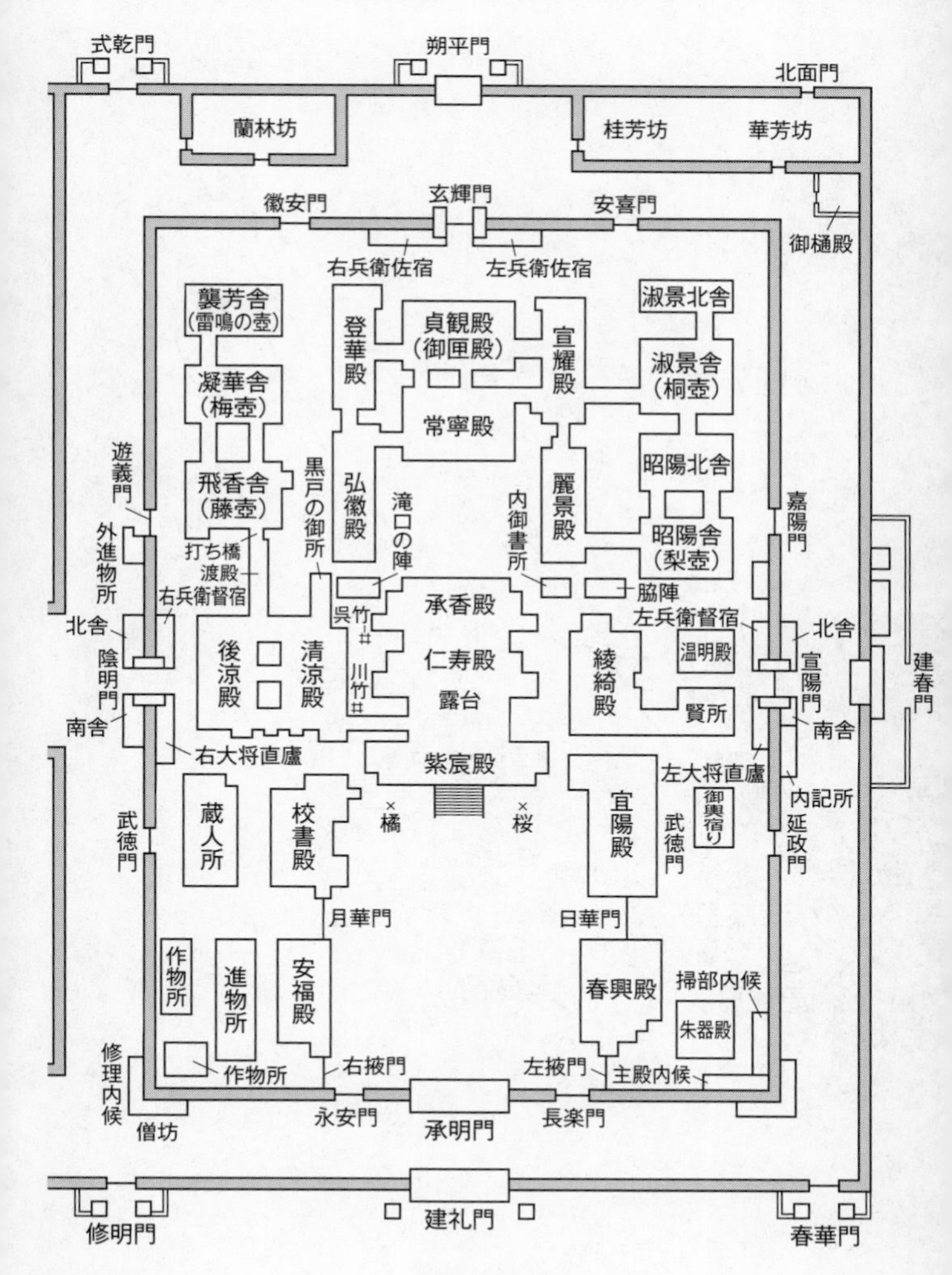
式乾門
朔平門
北面門
蘭林坊
桂芳坊
華芳坊
徽安門
玄輝門
安喜門
御樋殿
右兵衛佐宿
左兵衛佐宿
襲芳舎
(雷鳴の壺)
登華殿
貞観殿
(御匣殿)
宣耀殿
淑景北舎
淑景舎
(桐壺)
凝華舎
(梅壺)
常寧殿
飛香舎
(藤壺)
弘徽殿
麗景殿
昭陽北舎
遊義門
黒戸の御所
滝口の陣
内御書所
昭陽舎
(梨壺)
嘉陽門
外進物所
打ち橋
渡殿
右兵衛督宿
承香殿
脇陣
左兵衛督宿
北舎
呉竹
後涼殿
清涼殿
仁寿殿
綾綺殿
温明殿
陰明門
川竹
露台
宣陽門
建春門
南舎
賢所
右大将直廬
紫宸殿
左大将直廬
蔵人所
校書殿
橘
桜
宜陽殿
御輿宿り
武徳門
内記所
延政門
月華門
日華門
作物所
進物所
安福殿
春興殿
掃部内候
朱器殿
修理内候
右掖門
左掖門
主殿内候
作物所
僧坊
永安門
承明門
長楽門
建礼門
修明門
春華門

内裏図

鎌倉幕府の滅亡（「元弘の変」の時期）

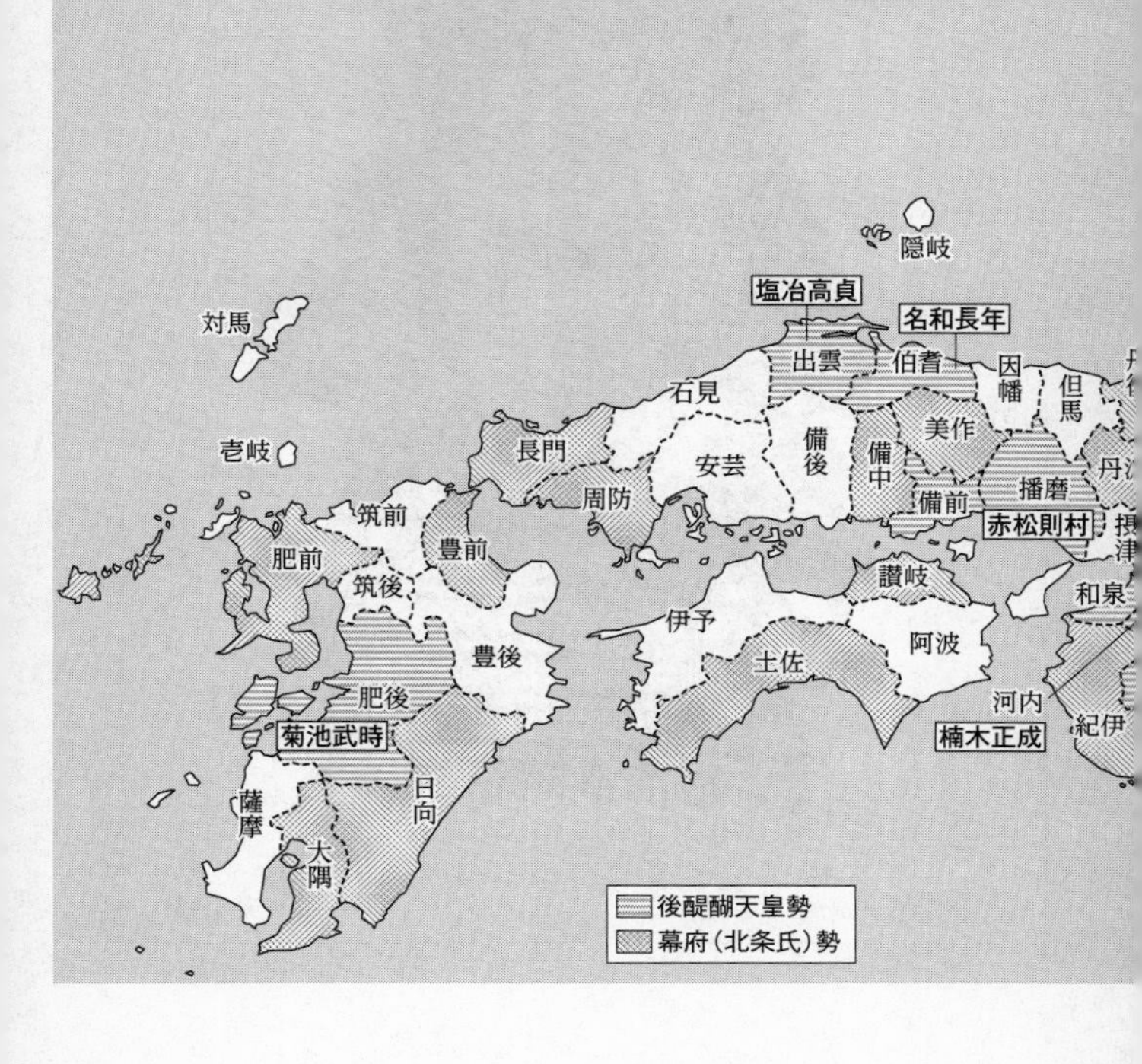

隠岐
塩冶高貞
名和長年
対馬
出雲
伯耆
因幡
但馬
石見
美作
壱岐
長門
安芸
備後
備中
丹
播磨
周防
備前
赤松則村
摂津
筑前
豊前
肥前
讃岐
筑後
和泉
伊予
阿波
豊後
土佐
肥後
河内
菊池武時
紀伊
楠木正成
日向
薩摩
大隅
後醍醐天皇勢
幕府（北条氏）勢

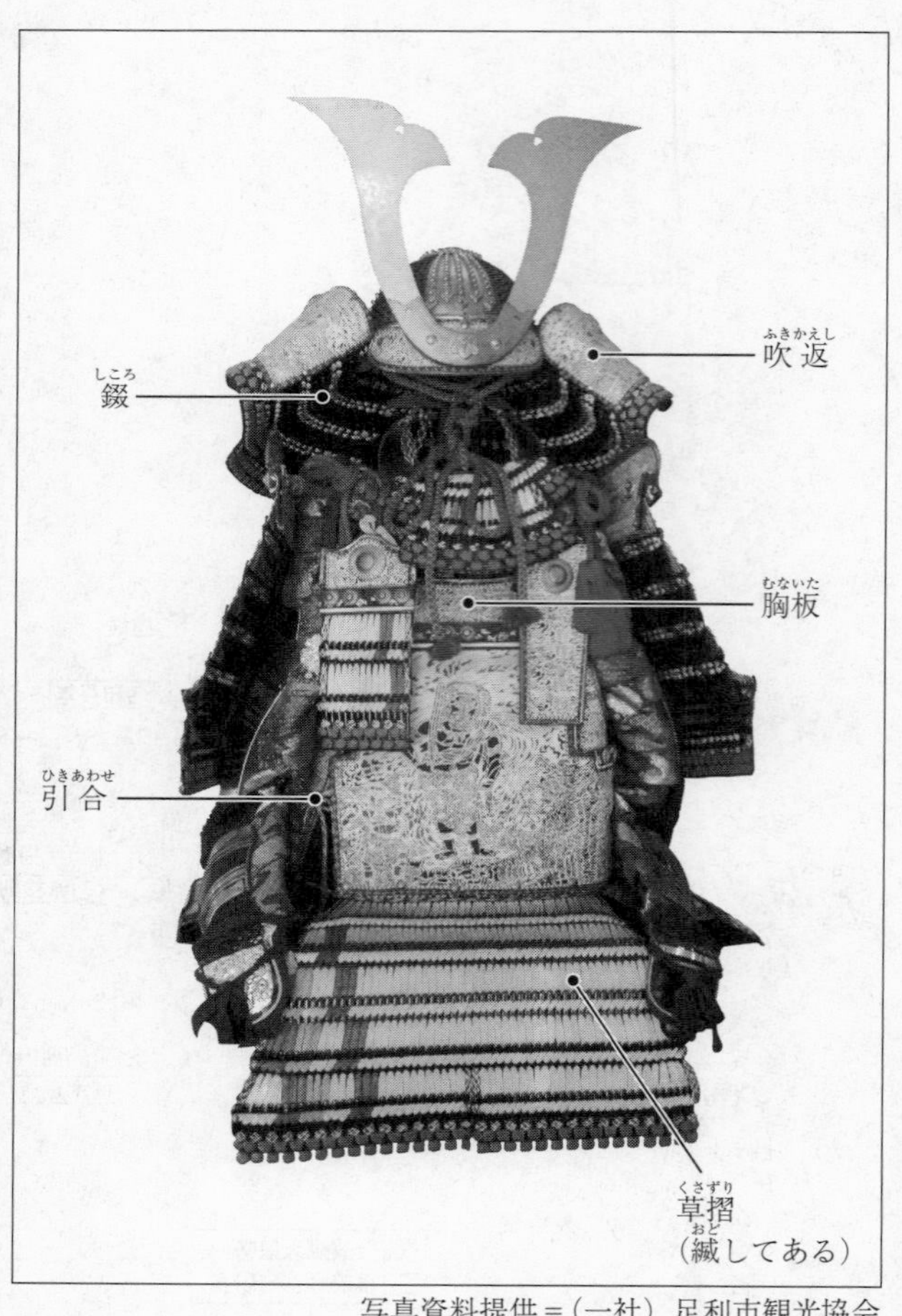

写真資料提供＝（一社）足利市観光協会

『太平記』全話

〈巻1〉　序／1　後醍醐天皇武臣を滅ぼすべき御企ての事／2　中宮御入内の事／3　皇子達の御事／4関東調伏の法行はるる事／5　俊基資朝朝臣の事／6　土岐十郎と多治見四郎と謀叛の事、付無礼講の事／7　昌黎文集談義の事／8　謀叛露顕の事／9　土岐多治見討たるる事／10　俊基資朝が召し取られ関東下向の事／11　主上御告文関東に下さるる事

〈巻2〉　1　南都北嶺行幸の事／2　為明卿歌の事／3　両上人関東下向の事／4　俊基朝臣重ねて関東下向の事／5　長崎新左衛門尉異見の事／6　阿新殿の事／7　俊基朝臣を斬り奉る事／8　東使上洛の事／9　主上南都潜幸の事／10　尹大納言師賢卿主上に替はり山門登山の事、並びに坂本合戦の事

〈巻3〉　1　笠置臨幸の事／2　笠置合戦の事／3　楠謀叛の事、並びに桜山謀叛の事、付東国勢上洛の事／4　陶山小見山夜討、笠置没落の事／5　先帝六波羅還幸の事／6　赤坂軍の事、同城落つる事／7　桜山討死の事

〈巻4〉　1　宣房卿の歌の事／2　宮々流し奉る事／3　前帝還幸の事、並びに俊明極参内の事／4　和田備後三郎落書の事／5　呉越闘ひの事

〈巻5〉　1　持明院殿御即位の事／2　宣房卿二君に仕ふる事／3　中堂の常燈消ゆる事／4

相模入道田楽を好む事／5　犬の事／6　弁才天影向の事／7　大塔宮大般若の櫃に入り替はる事／8　大塔宮十津川御入りの事／9　玉木庄司宮を討ち奉らんと欲する事／10　野長瀬六郎宮御迎への事、並びに北野天神霊験の事

〈巻6〉1　民部卿三位殿御夢の事／2　楠天王寺に出づる事／3　六波羅勢討たるる事／4　宇都宮天王寺に寄する事／5　太子未来記の事／6　大塔宮吉野御出の事、並びに赤松禅門令旨を賜る事／7　東国勢上洛の事／8　金剛山攻めの事／9　赤坂合戦の事、並びに人見本間討死の事

〈巻7〉1　出羽入道吉野を攻むる事／2　村上義光大塔宮に代はり自害の事／3　千剣破城軍の事／4　義貞綸旨を賜る事／5　赤松義兵を挙ぐる事／6　土居得能旗を揚ぐる事／7　船上臨幸の事／8　長年御方に参る事／9　船上合戦の事

〈巻8〉1　摩耶軍の事、並びに酒部瀬川合戦の事／2　閏二月十二日赤松京都に寄する事／3　主上両上皇六波羅臨幸の事、同十二日合戦の事／4　禁裏仙洞御修法の事、並びに西岡合戦の事／5　山門京都に寄する事／6　四月三日京軍の事、同田中兄弟軍の事／7　有元一族討死の事、並びに妻鹿孫三郎人飛礫の事／8　千種殿軍の事／9　谷堂炎上の事

〈巻9〉1　足利殿上洛の事／2　久我縄手合戦の事／3　名越殿討死の事／4　足利殿大江山を打ち超ゆる事／5　五月七日合戦の事／6　六波羅落つる事／7　番場自害の事／8　千剣

破城寄手南都に引く事

〈巻10〉 1 長崎次郎禅師御房を殺す事/2 義貞叛逆の事/3 天狗越後勢を催す事/4 小手指原軍の事/5 久米河合戦の事/6 分陪軍の事/7 大田和源氏に属する事/8 鎌倉中合戦の事/9 相模入道自害の事

〈巻11〉 1 五大院右衛門、並びに相模太郎の事/2 千種頭中将殿早馬を船上に進ぜらるる事/3 書写山行幸の事/4 新田殿の注進到来の事/5 正成兵庫に参る事、並びに還幸の御事/6 筑紫合戦九州探題の事/7 長門探題の事/8 越前牛原地頭自害の事/9 越中守護自害の事/10 金剛山の寄手ども誅せらるる事

〈巻12〉 1 公家一統政道の事/2 菅丞相の事/3 安鎮法の事/4 千種頭中将の事/5 文観僧正の事(読物あり)/6 解脱上人の事/7 広有怪鳥を射る事/8 神泉苑の事/9 兵部卿親王流刑の事/10 驪姫の事

〈巻13〉 1 天馬の事/2 藤房卿遁世の事/3 北山殿御陰謀の事/4 中先代の事/5 兵部卿親王を害し奉る事/6 干将鏌鋣の事/7 足利殿東国下向の事/8 相模次郎時行滅亡の事、付道誉抜け懸け敵陣を破る、並びに相模川を渡る事

〈巻14〉 1 足利殿と新田殿と確執の事/2 両家奏状の事/3 節刀使下向の事/4 旗文の月日地に堕つる事/5 矢矧合戦の事/6 鷺坂軍の事/7 手越軍の事/8 箱根軍の事/

寺衆徒調伏の法の事／8　斎藤七郎入道道猷義貞の夢を占ふ事、付孔明仲達の事／9　水練栗毛付けずまひの事／10　義貞朝臣自殺の事／11　義貞朝臣の頸を洗ひ見る事／12　義助朝臣敗軍を集め城を守る事／13　左中将の首を梟る事／14　奥州勢難風に逢ふ事／15　結城入道堕地獄の事

〈巻21〉　1　蛮夷階上の事／2　天下時勢粧の事、道誉妙法院御所を焼く事／3　神輿動座の事／4　法勝寺の塔炎上の事／5　先帝崩御の事／6　吉野新帝受禅の事、同御即位の事／7　義助黒丸城を攻め落とす事／8　塩冶判官讒死の事

〈巻22〉　欠本

〈巻23〉　1　畑六郎左衛門時能の事／2　戎王の事／3　鷹巣城合戦の事／4　脇屋刑部卿吉野に参らるる事／5　孫武の事／6　将を立つる兵法の事／7　上皇御願文の事／8　土岐御幸に参向し狼藉を致す事／9　高土佐守傾城を盗まるる事

〈巻24〉　1　義助朝臣予州下向の事、付道の間高野参詣の事／2　正成天狗と為り剣を乞ふ事／3　河江合戦の事、同日比海上軍の事、付備後鞆軍の事、並びに千松原合戦の事／4　世田城落ち大館左馬助討死の事／5　篠塚落つる事

〈巻25〉　1　朝儀の事／2　天龍寺の事／3　大仏供養の事／4　三宅荻野謀叛の事／5　地蔵命に替はる事

〈巻26〉　1　持明院殿御即位の事／2　大塔宮の亡霊胎内に宿る事／3　藤井寺合戦の事／4　伊勢国より宝剣を進ず事／5　黄粱の夢の事／6　住吉合戦の事／7　四条合戦の事／8　秦の穆公の事／9　和田楠討死の事／10　吉野炎上の事

〈巻27〉　1　賀名生皇后の事／2　師直驕りを究むる事／3　師泰奢侈の事／4　廉頗藺相如の事／5　妙吉侍者の事／6　始皇蓬莱を求むる事／7　秦の趙高の事／8　清水寺炎上の事／9　田楽の事／10　左兵衛督師直を誅せんと欲せらるる事／11　師直将軍の屋形を打ち囲む事／12　上杉畠山死罪の事／13　雲景未来記の事／14　天下怪異の事

〈巻28〉　1　若将軍御政務の事／2　太宰少弐直冬を婿君にし奉る事／3　三角入道謀叛の事／4　鼓崎城熊ゆゑ落つる事／5　直冬蜂起の事／6　恵源禅閤没落の事／7　恵源禅閤南方合体の事、並びに持明院殿より院宣を成さるる事／8　吉野殿へ恵源書状奏達の事／9　漢楚戦ひの事、付吉野殿綸旨を成さるる事

〈巻29〉　1　吉野殿と恵源禅閤と合体の事／2　桃井四条河原合戦の事／3　道誉後攻めの事／4　井原の石龕の事／5　金鼠の事／6　越後守師泰石見国より引っ返す事、付美作国の事／7　光明寺合戦の事／8　武蔵守師直の陣に旗飛び降る事／9　小清水合戦の事／10　松岡城周章の事／11　高播磨守自害の事／12　師直以下討たるる事／13　仁義血気勇者の事

〈巻30〉　1　将軍御兄弟和睦の事／2　下火仏事の事／3　怨霊人を驚かす事／4　大塔若宮赤

松へ御下りの事／5　高倉殿京都退去の事／6　殷の紂王の事、並びに太公望の事／7　賀茂社鳴動の事、同江州八相山合戦の事／8　恵源禅閤関東下向の事／9　那和軍の事／10　薩埵山合戦の事／11　恵源禅門逝去の事／12　吉野殿と義詮朝臣と御和睦の事／13　諸卿参らるる事／14　准后禅門の事／15　貢馬の事／16　住吉の松折るる事／17　和田楠京都軍の事／18　細川讃岐守討死の事／19　義詮朝臣江州没落の事／20　三種神器閣かるる事／21　主上上皇吉野還幸の事／22　梶井宮南山幽閉の御事

〈巻31〉1　武蔵小手指原軍の事／2　義興義治鎌倉軍の事／3　笛吹崇軍の事／4　荒坂山合戦の事、並びに土岐悪五郎討死の事／5　八幡攻めの事／6　細川の人々夜討せらるる事／7　八幡落つる事、並びに宮御討死の事、同公家達討たれ給ふ事／8　諸国後攻めの勢引つ返す事

〈巻32〉1　芝宮御位の事／2　神璽宝剣無くして御即位例無き事／3　山名右衛門佐敵と為る事／4　武蔵将監自害の事／5　堅田合戦の事、並びに佐々木近江守秀綱討死の事／6　山名時氏京落ちの事／7　直冬と吉野殿と合体の事／8　獅子国の事／9　許由巣父の事、同虞舜孝行の事／10　直冬上洛の事／11　鬼丸鬼切の事／12　神南合戦の事／13　東寺合戦の事〈京軍と号す〉／14　八幡御託宣の事

〈巻33〉1　三上皇吉野より御出の事／2　飢人身を投ぐる事／3　武家の人富貴の事／4　将軍御逝去の事／5　新待賢門院御隠れの事、付梶井宮御隠れの事／6　細川式部大輔霊死の事

〈巻37〉　1　当今江州より還幸の事／2　細川清氏四国へ渡る事／3　大将を立つべき法の事／4　漢楚義帝を立つる事／5　尾張左衛門佐遁世の事／6　身子声聞の事／7　一角仙人の事／8　志賀寺上人の事／9　畠山道誓謀叛の事／10　楊貴妃の事

〈巻38〉　1　悪星出現の事／2　湖水乾く事／3　諸国宮方蜂起の事／4　越中軍の事／5　九州探題下向の事／6　漢の李将軍女を斬る事／7　筑紫合戦の事／8　畠山入道道誓没落の事、並びに遊佐入道の事／9　細川清氏討死の事／10　和田楠と箕浦と軍の事／11　兵庫の在家を焼く事／12　太元軍の事

〈巻39〉　1　大内介降参の事／2　山名御方に参る事／3　仁木京兆降参の事／4　芳賀兵衛入道軍の事／5　神木入洛の事、付鹿都に入る事／6　諸大名道朝を讒する事、付道誉大原野花会の事／7　道朝没落の事／8　神木御帰座の事／9　高麗人来朝の事／10　太元より日本を攻むる事、同神軍の事／11　神功皇后新羅を攻めらるる事／12　光厳院禅定法皇崩御の事

〈巻40〉　1　中殿御会の事／2　将軍御参内の事／3　貞治六年三月二十八日天変の事、同二十九日天龍寺炎上の事／4　鎌倉左馬頭基氏逝去の事／5　南禅寺と三井寺と確執の事／6　最勝八講会闘諍に及ぶ事／7　征夷将軍義詮朝臣薨逝の事／8　細川右馬頭西国より上洛の事

＊『太平記』頻出登場人物

後醍醐天皇　1288〜1339年。大覚寺統の天皇。鎌倉幕府を打倒して天皇親政の公武一統政権を樹立したが三年で崩壊し、吉野へ亡命した。

後村上天皇　1328〜68年。南朝二代天皇。後醍醐天皇皇子。初め北畠顕家と共に、奥羽で当地の勢力強化に尽力した。

阿野廉子　1301〜59年。後醍醐天皇の愛妾。後村上天皇、恒良親王、成良親王の母。「三位殿の御局」とも呼ばれる。

北条高時　1303〜33年。鎌倉幕府14代執権で北条氏最後の得宗。長崎高綱・高資に実権を委ね幕府の力を衰退させた。

洞院実世　1308〜58年。公家。後醍醐天皇の信頼厚く、建武政権に背いた尊氏と戦い、南朝方として後村上天皇を助けた。

日野資朝　1290〜1332年。後醍醐天皇の信頼厚く、鎌倉幕府倒幕計画の中心人物に。後に捕らえられ佐渡に配流される。

楠木正成　？〜1336年。河内国の豪族。元弘の変で後醍醐方に属し活躍。後に尊氏を九州に敗走させるも、湊川で戦死。

護良親王　1308〜35年。後醍醐天皇の皇子。大塔宮。尊雲法親王。天台座主。鎌倉幕府打倒に奮戦する。

赤松則村（円心）　1277〜1350年。元弘の変で尊氏と共に行動し活躍。建武政権で優遇されず、離反。播磨守護。

千種忠顕　？〜1336年。後醍醐天皇に信頼された南朝の公家。元弘の変で幕府に捕えられ、天皇と共に隠岐に配流された。

名和長年　？〜1336年。伯耆国の豪族。隠岐を脱出した後醍醐天皇を迎える。建武政権では伯耆・因幡守護となる。

足利尊氏　1305〜58年。足利氏は、下野国足利荘を名字の

地とする名門武士。初め高氏。鎌倉幕府崩壊の契機を作り、室町幕府初代将軍となった。

足利直義 1306〜52年。尊氏の弟。建武政権では鎌倉将軍府の執権。初期室町幕府で政務の中心人物。観応の擾乱で敗北。

足利義詮 1330〜67年。室町幕府二代将軍。尊氏の第三子。新田義貞の鎌倉攻めに父の名代で参加。幕府の基礎を固めた。

足利直冬 生没年未詳。尊氏の庶子。直義の養子となり、尊氏に対抗。直義死後も尊氏と対立するが、後に屈服する。

高師直 ?〜1351年。尊氏の執事。室町幕府開府前後の功績により要職を歴任し権勢を振るう。直義と対立し殺される。

高師泰 ?〜1351年。師直の弟。観応の擾乱では兄に協力して足利直義を苦境に追い込んだ。

赤松則祐 1311〜72年。赤松則村の三男。元弘の変で護良親王に従い、後に足利尊氏方に属する。

光厳天皇 1313〜64年。持明院統。後伏見天皇皇子。後醍醐天皇笠置逃走の際、鎌倉幕府に擁立される。後に北朝で院政を行う。

後光厳天皇 1338〜74年。光厳天皇の第二皇子で北朝第四代天皇。正平の一統による北朝消滅により俄かに即位した。

新田義貞 ?〜1338年。新田氏は、上野国新田荘出身の名門武士。後醍醐天皇に味方し鎌倉を攻める。建武政権で武者所頭人を務め、尊氏と戦う。

脇屋義助 1301〜42年。新田朝氏の子で義貞の弟。兄と共に鎌倉幕府を滅ぼし、建武政権に背いた後の尊氏とも戦った。

結城親光 ?〜1336年。元弘の変で尊氏方に属した。建武

政権下、後醍醐天皇に重用された四人の臣下の一人とされる。

佐々木導誉　1296〜1373年。近江国の豪族。尊氏に従い鎌倉幕府に背き、室町幕府創業を助けた。婆娑羅大名の代表格。

北条時行　？〜1353年。北条高時次男。鎌倉幕府滅亡後、信濃に滞在。後に中先代の乱を起こし一時鎌倉を奪回する。

上杉重能　？〜1349年。尊氏の重臣。高師直と対立し権力の座を追われ、越前国に流される。師直の命で殺害された。

畠山直宗　？〜1349年。足利直義側近の武将。師直暗殺を図るも失敗。越前国に配流後、師直の命で殺害された。

北畠親房　1293〜1354年。後醍醐・後村上両天皇に仕えた南朝の重臣。博学で、『神皇正統記』の著者としても知られる。

北畠顕家　1318〜38年。親房の長子。陸奥守として奥羽を統治。尊氏を一時九州に敗走させたが、後に和泉国で戦死。

仁木頼章　1299〜1359年。仁木義長の兄。足利尊氏と直義兄弟が対立した観応の擾乱では尊氏方に。室町幕府執事。

仁木義長　？〜1376年。足利尊氏に従い各地を転戦。三河国守護。細川清氏や畠山国清らと対立して敗れ、一時南朝に属す。

細川清氏　？〜1362年。足利尊氏、義詮に仕える。義詮から追放された後は南朝方に属し京都を攻撃。讃岐国で細川頼之と戦う。

斯波高経　1305〜67年。足利尊氏に従い新田義貞を討つなど功績を上げる。越後・若狭守護などを歴任。

山名時氏　1299〜1371年。足利尊氏に従い室町幕府創業を助ける。山陰地方の複数の国で守護、侍所頭人。観応の擾乱では直義方。

桃井直常　生没年未詳。足利一門の武将。北畠顕家との戦いで功があり、越中守護となる。観応の擾乱では直義方の中心となる。

畠山国清　？～1364年。和泉・紀伊守護、引付頭人を務める。観応の擾乱では初め直義方で、のち尊氏に従う。

千葉貞胤　1291～1351年。下総守護。新田義貞に従い金沢貞将を討つが、のち越前国で斯波高経に降伏して足利方に。

上杉憲顕　1306～68年。足利尊氏・直義兄弟の従兄弟。室町幕府において関東執事、上野守護。観応の擾乱では直義方。

佐々木氏頼　1326～70年。近江守護佐々木（六角）時信の嫡子。幼名「千寿丸」。近江守護。室町幕府引付頭人。

土岐頼康　1318～88年。叔父土岐頼遠の刑死後、美濃・尾張・伊勢守護となる。観応の擾乱では尊氏方について活躍。

※他の主要人物一覧

源頼朝　【1－1】【9－1】【9－5】【15－18】1147～99年。鎌倉幕府初代将軍。伊豆国の流人生活を経て挙兵、平家を滅ぼす。

北条時政　【1－1】【9－1】【32－11】1138～1215年。鎌倉幕府初代執権。源頼朝の舅。子の義時・政子に背かれ失脚。

北条義時　【1－1】【13－3】【35－8】【40－8】1163～1224年。鎌倉幕府二代執権。承久の乱に勝利して幕府の覇権を確立。

北条泰時　【1－1】【35－8】【40－8】1183～1242年。鎌倉幕府三代執権。評定衆を設置し、『御成敗式目』を制定。

北条経時　【1－1】1224～46年。鎌倉幕府四代執権。

北条時頼　【1－1】【35－8】1227～63年。鎌倉幕府五代執権。宝治合戦で三浦氏を滅ぼし、引付衆を設置。

北条時宗　【1－1】【35－8】1251～84年。鎌倉幕府八代執権。文永の役・弘安の役を指揮し、蒙古の侵略を撃退。

北条貞時　【1－1】【35－8】1271～1311年。鎌倉幕府一三代執権。

後宇多上皇　【1－1】【39－12】1267～1324年。大覚寺統の天皇。仏道修行に専念した。

談天門院　【1－1】1268～1319年。五辻忠子。参議五辻忠継の娘。後醍醐天皇の母。

四条隆資　【1－6】1292～1352年。後醍醐天皇に信頼された南朝の公家。正中の変の追及を逃れ参議、権中納言を歴任。

二条為明　【2－2】1295～1364年。二条派の歌人。元弘の変では尊良親王に従う。後に北朝で『新千載和歌集』等を編纂。

常盤範貞　【2－2】【10－9】？～1333年。北条一門の武将。六波羅北方探題や引付頭人を歴任した。

紀貫之　【2－2】868？～945年。平安時代の歌人。三十六歌仙の一人。『古今和歌集』序文や『土佐日記』などで著名。

北畠具行　【2－6】1290～1332年。後醍醐天皇の廷臣。北畠親房は従兄弟の子。元弘の変で、護送中に殺害される。

橘諸兄　【3－1】687～757年。奈良時代の皇族政治家。右大臣として政治を主導。

万里小路藤房　【3－1】【12－1】【13－3】生没年未詳。後醍醐天皇近臣。帝の失政を直言した硬骨漢。

聖徳太子　【5－4】【6－5】【6－9】【29－9】574～622年。飛鳥時代の皇族。推古天皇の摂政。『憲法十七条』。法隆寺を建立した。

物部守屋　【6－5】【27－3】生没年未詳。飛鳥時代の豪族。

仏教受容に反対し、蘇我馬子らに滅ぼされた。

持統天皇　【6－5】645〜702年。飛鳥時代の女帝。天智天皇の皇女。天武天皇の皇后。律令制度の整備に尽力。

二階堂道蘊　【7－2】1267〜1334年。鎌倉幕府の評定衆。俗名貞藤。北条高時に仕え、『太平記』で賢才と評される。

長崎師宗　【6－9】【7－3】　生没年未詳。得宗被官長崎氏一族。

赤松貞範　【7－5】【9－5】【14－8】1306〜74年。赤松円心の次男。美作守護。春日部流赤松氏の祖。

木曽義仲　【9－1】【29－2】【38－9】1154〜84年。平安時代後期の武将。従兄弟である頼朝と対立して敗北、戦死。

赤橋登子　【9－1】1306〜65年。赤橋守時の妹。尊氏の正室。

後伏見上皇　【9－5】【9－7】1288〜1336年。持明院統の天皇。弟花園天皇と子息光厳天皇の治世下で院政を行った。

殿法印良忠　【9－5】？〜1334年。天台宗の僧侶。

西園寺寧子　【9－5】1292〜1357年。広義門院。後伏見天皇女御。光厳天皇・光明天皇の母。北朝で異例の院政を行った。

藤原利仁　【9－5】生没年未詳。富裕の逸話（『今昔物語集』二六「芋粥」）で知られる平安時代の武士。

大高重成　【9－5】？〜1362年。高一族の武将で重長の子。

普恩寺仲時　【9－5】【9－7】【10－8】1306〜33年。北条一門の武将。鎌倉幕府最後の六波羅北方探題。

佐々木時信　【9－7】1306〜46年。近江佐々木氏の嫡流。鎌倉幕府・室町幕府で近江守護。

花園上皇　【9－5】【9－7】1297〜1348年。持明院統の天皇。光厳天皇の叔父。好学の君主で宋学に造詣が深かった。

日野資名　【9－7】1285〜1338年。光厳上皇の院宣を尊氏に取り次ぎ、足利軍を官軍とした。

康仁親王　【9－7】【12－1】1320～55年。大覚寺統嫡流。鎌倉幕府滅亡後に廃され、親王号を剝奪される。

勧修寺経顕　【9－7】1298～1373年。従一位内大臣まで昇進。北朝の重鎮と仰がれた。

北条泰家　【10－8】生没年未詳。北条貞時の子で高時の弟。鎌倉幕府滅亡の際に高時の遺児を鎌倉から脱出させた。

堀口貞満　【10－8】【17－13】【32－5】1297～1338年。新田一族の武将。鎌倉幕府倒幕の功により、建武政権で従五位上。

金沢貞将　【10－8】？～1333年。北条一門の武将。鎌倉幕府一五代執権金沢貞顕の子息。一番引付頭人。

赤橋守時　【9－1】【10－8】1295～1333年。北条一門の武将。鎌倉幕府一六代執権。登子の兄（尊氏の義兄）。

大仏貞直　【10－8】【12－1】？～1333年。北条一門の武将。鎌倉幕府引付頭人。

長崎思元　【10－8】【10－9】？～1333年。得宗被官。長崎円喜の叔父。

普恩寺信恵　【10－8】1286～1333年、俗名基時。北条一門の武将。鎌倉幕府一三代執権。六波羅北方探題・仲時の父。

塩田道祐　【10－8】【10－9】1307～33年。俗名国時。北条一門武将。鎌倉幕府引付頭人。

塩田俊時　【10－8】？～1333年。北条一門の武将。鎌倉幕府四番引付頭人。塩田道祐の子息。

塩飽聖円　【10－8】　？～1333年。得宗被官。

安東聖秀　【10－8】　？～1333年。得宗被官。

諏訪直性　【10－8】【10－9】？～1333年。俗名宗経。長崎・尾藤氏らと並んで得宗被官の最上層部を形成。

長崎円喜　【9－1】【10－8】【10－9】？～1333年。得宗被官。内管領等を歴任し、鎌倉幕府内で絶大な権勢を誇った。

安達時顕 【5－4】【10－9】？～1333年。鎌倉幕府引付頭人。長崎円喜と並んで高時政権を支えた。

宗良親王 【12－1】1311～85年。後醍醐天皇皇子。天台座主尊澄法親王。元弘の変では讃岐国配流。歌人としても著名。

桓武天皇 【12－1】【18－13】737～806年。平安京遷都を実施。

嵯峨天皇 【12－1】786～842年。平安時代初期の天皇。桓武天皇皇子。兄平城上皇に勝利。弘仁文化の興隆に寄与。

在原業平 【12－1】【27－2】825～80年。平城天皇の孫。美男のプレイボーイ歌人として著名。六歌仙の一人。

大江朝綱 【12－1】886～957年。平安時代中期の漢詩人、学者。正四位下・参議まで昇進。

空海 【12－1】【39－12】774～835年。唐に留学し、密教を日本に伝えた。真言宗の開祖。高野山金剛峯寺を創建。能書家。

巨勢金岡 【12－1】生没年未詳。平安時代中期の著名な画家。

小野道風 【12－1】894～966年。平安時代中期の書家。藤原佐理・藤原行成とともに、三跡と称される。

堀河天皇 【12－7】1079～1107年。平安時代中期の天皇。

源頼政 【12－7】【21－8】1104～80年。以仁王を奉じ、平家打倒のため挙兵し失敗した。歌人としても知られる。

二条道平 【12－7】【12－9】【27－2】【29－12】1288～1335年。公卿。元弘の変で後醍醐方に味方し鎌倉幕府に譴責を受けた。

近衛天皇 【12－7】【21－8】1139～55年。平安後期の天皇。

西園寺公宗 【13－3】【13－4】1309～35年。公卿。西園寺実衡の子息。後醍醐天皇の暗殺を図った。

西園寺公経 【13－3】1171～1244年。承久の乱後、親幕派

の公卿として朝廷で権勢を振るい太政大臣に昇進。関東申次。

尊良親王　【14－8】【17－18】【19－4】？～1337年。後醍醐天皇第一皇子。元弘の変で土佐に配流された。

大友氏泰　【14－8】【15－18】？～1362年。室町幕府の豊前・豊後・肥前守護。

菊池武重　【14－8】【16－2】【16－10】生没年未詳。肥後国の南朝武将。南北朝分裂後も九州南軍の中心的存在として活躍。

宇都宮公綱　【15－3】【16－2】1302～56年。下野国の武士。尊氏挙兵後はほぼ後醍醐天皇に属して奮戦。氏綱は子息。

高師久　【15－18】？　～1336年。高師直の弟。新田軍に包囲され、比叡山大衆に唐崎の浜で処刑される（【17－5】）。

細川顕氏　【15－18】？～1352年。足利一門の武将。尊氏の創業に功績。室町幕府で河内・和泉・讃岐守護、侍所頭人。

一色道猷　【15－18】？～1369年。足利一門の武将。室町幕府樹立後、初代の九州探題として九州を統治する。

南宗継　【15－18】【26－7】？～1371年。高師直の又従兄弟の武士。観応の擾乱では尊氏方として活躍する。

大内弘幸　【16－9】【16－10】？～1352年。周防国の武士。大内氏惣領。孫の義弘が周防・長門以下六カ国の守護となる。

菊池武朝　【16－10】？～1336年。正しくは「武吉」。武重弟。

薬師寺公義　【16－10】【21－8】【29－9】生没年未詳。摂津国出身の橘姓の武士。歌人。高師直の重臣で武蔵守護代を務めた。

二条師基　【17－10】【34－16】1310～65年。南朝の関白。

江田行義　【10－8】【16－2】【17－13】生没年未詳。新田一族の武将。南朝方として丹波国高山寺に籠城する（【19－

5】)。

大館氏明　【15－3】【16－2】【17－13】？～1342年。新田義貞の甥。伊予国で幕府方の細川頼春と戦い戦死（【24－6】)。

大覚寺宮　【17－10】1292～1347年。性円法親王。後醍醐天皇の同母弟。

岡崎範国　【17－13】？～1363年。建武政権の中級公家。

気比氏治　【17－18】？～1337年。敦賀の気比神宮の大宮司。

恒良親王　【17－18】【19－4】1324～？年。後醍醐天皇皇太子。母は阿野廉子。【19－4】は史実でない可能性がある。

瓜生保　【18－7】？～1337年。瓜生氏は嵯峨天皇の末裔で、越前国に土着した武士。

粟飯原氏光　【19－4】生没年未詳。千葉貞胤の弟。同族粟飯原氏の家督を継ぎ、当主となった。

成良親王　【13－4】【19－4】1326～44年。母は阿野廉子。足利直義に奉ぜられて、鎌倉に下向した。

小笠原貞宗　【19－9】1292～1347年。信濃国の武士。鎌倉陥落に功績があった。尊氏挙兵後は尊氏に味方。信濃守護。

高重茂　【15－3】【19－9】　生没年未詳。高師直の弟。室町幕府武蔵守護や関東執事等を歴任。観応の擾乱後は引付衆頭人。

今川範国　【19－9】【26－7】【27－11】【31－1】？～1384年。足利一門の武将。通称五郎。尊氏創業を支え、今川氏興隆の基礎を作った。

三浦高継　【19－9】生没年未詳。相模国の武士。尊氏に属す。三浦氏は鎌倉幕府の有力御家人。後に北条早雲に滅ぼされた。本文では三浦新介。

北畠顕信　【19－9】生没年未詳。北畠顕家の弟。顕家の戦死後、南朝の鎮守府将軍として陸奥国で幕府軍と戦い続けた。

結城宗広　【12－1】【15－3】【19－9】？～1338年。後醍醐天皇の忠臣。陸奥国南部の武士。後に天竜灘で遭難した。道忠。

新田義顕　【17－18】【33－8】？～1337年。新田義貞の長男。建武政権では、武者所一番方の頭人。

新田義興　【19－9】【31－1】【33－8】【34－16】1331～59年。新田義貞の次男。南朝の忠臣として戦った。幼名「徳寿丸」。

土岐頼遠　【17－10】【19－9】【21－8】【23－8】？～1342年。室町幕府美濃守護。青野原の戦いで奮戦し、勲功は絶大。

細川頼春　【19－9】【26－7】【27－11】？～1352年。足利一門の武将。尊氏の創業を助け、各地を転戦する。讃岐守。

亮性法親王　【21－2】【21－3】1318～63年。光厳上皇の異母弟。後伏見天皇の第九皇子。

栄西　【21－2】1141～1215年。鎌倉時代前期の高僧。臨済宗の開祖。建仁寺を建立。著書に『興禅護国論』など。

藤原成親　【21－3】1138～77年。平安時代後期の公家。後白河法皇の近臣。平家打倒を企てたとされ、備前国で殺された。

後二条師通　【21－3】1062～99年。堀河天皇を補佐した公家。

鳥羽上皇　【21－8】1103～56年。平安時代の天皇。祖父の白河法皇死後に院政を展開。子息の崇徳天皇と不和となる。

近衛忠通　【21－8】1097～1164年。平安時代後期の関白。弟頼長との不和が保元の乱の一因に。能書家としても著名。

伏見上皇　【23－8】1265～1317年。鎌倉時代後期の持明院統の天皇。意欲的な政治が、皇位の南北朝分裂の一因に。

光明天皇　【23－8】【39－12】1321～80年。北朝の天皇。光厳天皇の同母弟。正平の一統の破綻後、北朝の皇統は分裂。

細川定禅　【15－3】【16－9】【23－9】生没年未詳。足利一門の武将。主に四国で活動し尊氏の創業に功。楠木軍を攻

撃。

夢窓疎石 【23－8】【26－2】【27－5】1275〜1351年。臨済宗の高僧。当時の権力者の崇敬を受け南禅寺・天龍寺等の住職。

高師秋 【23－9】生没年未詳。高師直の従兄弟。観応の擾乱では直義派。足利家時（尊氏兄弟祖父）の置文所持で有名。

赤松範資 【9－5】【26－7】【29－9】？〜1351年。赤松円心の嫡男。尊氏の創業を助け、室町幕府で摂津守護。

厚東武村 【26－7】？〜1351年。室町幕府長門守護。厚東氏は、物部守屋の末裔と伝わる。

小早川貞平 【26－7】生没年未詳。安芸国の有力武士。小早川氏は室町幕府奉公衆となり、戦国期には毛利氏の重臣に。

武田信武 【26－7】【27－11】？〜1359年。鎌倉幕府、室町幕府で安芸守護。観応の擾乱でも尊氏派。武田信玄は子孫。

高師兼 【26－7】？〜1351年。高師直の従兄弟にして甥にして猶子。室町幕府の三河守護を務めた。

荻野朝忠 【26－7】生没年未詳。丹波国の武士。丹波守護仁木頼章の下で守護代。観応の擾乱後、師直遺児師詮を擁立。

河津氏明 【26－7】【29－9】【29－12】？〜1351年。高師直の重臣。備中国大旗一揆の盟主。臨済宗高僧・虎関師錬と親交があった。

高橋英光 【26－7】【29－9】生没年未詳。高師直の重臣。河津氏明と共に備中国大旗一揆盟主。師直を見捨てたとされる。

源義家 【9－5】【12－7】【26－7】【27－11】1039〜1106年。平安後期の武将。後三年の役に勝利し名将として賞賛され

る。

天武天皇　【12－1】【26－9】？～686年。飛鳥時代の天皇。壬申の乱に勝利し、皇位を掌握。律令制度の整備を進めた。

大友皇子　【26－9】648～72年。天智天皇の皇子。史上初の太政大臣。近江朝廷の中心。明治期に弘文天皇と追諡。

西行　【27－2】1118～90年。平安時代後期の歌人。俗名佐藤義清（のりきよ）。鳥羽上皇の北面の武士だったが遁世し、全国を放浪。

四条隆蔭　【27－3】1297～1364年。光厳院の院政下で別当を務める。

尊胤法親王　【9－5】【27－9】【32－5】1306～59年。後伏見天皇第四皇子。光厳天皇・光明天皇の兄。天台座主。

粟飯原清胤　【27－10】？～1353年。下総国出身の武士。千葉氏の一族。粟飯原氏光の子。室町幕府で文筆官僚。

飯尾宏昭　【27－10】？～1351年。室町幕府奉行人。飯尾氏は、室町幕府の文筆官僚を輩出。

上杉朝房　【27－11】【29－9】生没年未詳。二代将軍足利義詮期に上総・信濃守護。幼少の鎌倉公方足利義満を補佐。

石橋和義　【27－11】生没年未詳。足利一門の武将。室町幕府で伯耆・備前・若狭守護や評定衆・引付頭人等要職を歴任。

饗庭尊宣　【27－11】【31－1】生没年未詳。幼名は「命鶴丸」。尊氏の寵童として知られる。俗名は「氏直」とも。

石塔義基　【29－9】【31－1】生没年未詳。足利一門の武士。初名は「義元」。父義房とともに奥州探題を務めた。

石塔頼房　【29－9】生没年未詳。足利一門の武士。尊氏死後も桃井直常とともに南朝に属し、長く幕府に抵抗。

薬師寺義冬・義治　【29－9】ともに生没年未詳。義治は薬師寺公義の弟。義冬も弟か？

蘇我馬子　【29－9】？～626年。飛鳥時代の豪族。大和朝廷で絶大な権勢を誇り、物部守屋を滅ぼし、崇峻天皇を殺害。

小野妹子　【29－9】生没年未詳。飛鳥時代の官人。遣隋使として隋に赴き国書（「日出づる処の天子（下略）」）を提出。

高師世　【29－9】【29－12】？～1351年。高師泰の子。貞和五年（1349）に約二カ月の短期間、執事を務めた。

彦部七郎　【29－12】？～1351年。高一族庶流彦部氏の武士。

梶原孫六　【29－9】【29－12】？～1351年。梶原景時の子孫。

今川範氏　【30－10】【36－11】1316～65年。足利一門の武将。今川範国の嫡子。室町幕府で駿河・遠江守護。

小山氏政　【30－10】1329～55年。下野半国守護。一貫して室町幕府と足利尊氏に味方した。

千葉氏胤　【30－10】？～1365年。千葉貞胤の子。室町幕府下総守護。観応の擾乱では直義派から途中で尊氏派に転じた。

畠山高国　【31－1】1305～51年。室町幕府奥州探題畠山国氏の父。史実では観応二年に国氏とともに戦死。

石塔義房　【31－1】生没年未詳。足利一門の武将。室町幕府で奥州探題。観応の擾乱では子息頼房と共に直義派。

高師有　【31－1】？～1364年？。高師秋の子。観応の擾乱では直義派。後に初代鎌倉公方足利基氏の下で短期間関東執事を務める。

河越直重　【31－1】生没年未詳。武蔵国の武士。平一揆の盟主。観応の擾乱では尊氏に味方し、武蔵野合戦でも大功を挙げる。

斯波氏頼　【32－5】【32－13】生没年未詳。斯波高経の三男。父に嫌われ執事に就任できなかったため出家したとされる。

二条良基　【27－9】【32－5】1320～88年。北朝の貴族。何

度も摂政・関白を務めた。北朝の復興に尽力。連歌を大成。

西園寺実俊　【13－3】【32－5】1335〜89年。西園寺公宗の子。北朝で従一位右大臣。観応の擾乱後、公武の融和に尽力。

源頼光　【32－11】948〜1021年。平安時代中期の武将。源満仲の嫡子。酒呑童子退治の伝説で知られる。

渡辺綱　【32－11】953〜1025年。平安時代中期の武将。嵯峨源氏。いわゆる「頼光四天王」の一人。

坂上田村麻呂　【32－11】758〜811年。平安初期の武将。蝦夷征討に功績。日本国家の領土を拡大。京都に清水寺建立。

桃井直信（ただのぶ）　【32－13】生没年未詳。兄直常とともに足利直義・同直冬、次いで南朝に属し、室町幕府と戦い続けた。

赤松氏範　【27－10】【32－13】1330〜86年。赤松円心四男。観応の擾乱では直義に味方し、以降南朝方の武将として活躍。

足利基氏　【33－8】【36－11】【40－7】1340〜67年。初代鎌倉公方。足利義詮の同母弟。関東地方の南朝軍を鎮圧。

日野俊基　【1－6】【2－6】【34－16】？〜1332年。後醍醐天皇側近の公家。鎌倉幕府倒幕計画に関わる。

工藤高景　【34－16】生没年未詳。鎌倉幕府の有力御家人。

菊池武時　【34－16】1292〜1333年。肥後国の武士。法名寂阿。後醍醐天皇の討幕運動に、九州で最も早く呼応し鎮西探題を攻撃。

醍醐天皇　【35－8】880〜930年。平安時代の天皇。律令制度再建に尽力し、その政治は後世「延喜の治」と称えられた。

宇多法皇　【35－8】【39－12】867〜931年。平安時代の天皇。天皇親政を行い菅原道真を重用。「寛平の治」と称えられる。

菅原道真 【35－8】845～903年。平安初期の学者・政治家。藤原時平の讒言で大宰権帥に左遷され、不遇のうちに死去。

安倍貞任 【35－8】？～1362年。平安中期の陸奥国の俘囚武将。前九年の役で政府軍を苦しめたが、最後は敗死。

伊勢貞継 【36－11】1309～91年。自邸で生まれた足利義満を養育。康暦の政変後、政所執事に就任し、以降世襲。

今川貞世 【36－11】【36－16】1326～？年。今川範国次男。法名了俊。義満の時代に九州探題となり、九州平定に尽力。

仁木頼夏 【35－4】【36－11】生没年未詳。足利一門の武将。細川清氏の実弟。仁木頼章の猶子。頼章死後に丹波守護。

佐々木高秀 【36－16】？～1391年。佐々木導誉の三男。侍所頭人・出雲守護などを歴任。管領細川頼之と対立。

楠木正儀 【36－16】生没年未詳。河内国の南朝方の武将。楠木正成の次男。楠木正行の弟。南朝軍の軍事的主力。

菊池武光 【38－7】？～1373年。菊池武時の子。肥後国の南朝方の武将。懐良親王を支え、懐良の九州制覇に貢献。

斯波氏経 【32－5】【38－7】生没年未詳。斯波高経の次男。九州探題に任命されるが長者原で南朝軍に大敗し、遁世。

少弐冬資 【38－7】1333～75年。室町幕府筑前・肥前守護。今川貞世に協力して九州南軍の制圧を進める。

細川頼之 【38－9】【40－8】1329～92年。細川頼春の子。従兄の細川清氏を倒す。室町幕府の政権基盤を強化した。

佐々木信胤 【16－9】【23－9】【38－9】生没年未詳。備前国の武士。治承・寿永の乱で知られる佐々木盛綱の子孫。

平清盛 【39－12】1118～81年。平安時代末期の武将。保元の乱・平治の乱に勝利し武家として初の太政大臣に昇進。

花山法皇 【39－12】968～1008年。平安中期の天皇。退位後、愛人問題で藤原伊周に襲撃された事件で有名。

承胤法親王 【39－12】1317～77年。天台座主。後伏見天皇

第七皇子。光厳天皇・光明天皇の兄。

足利義満　【40－8】1358～1408年。足利義詮の長男。室町幕府三代将軍。南北朝を合一し、幕府の全盛期を築いた。

太平記(たいへいき)（上）

著者　作者未詳(さくしゃみしょう)
訳者　亀田俊和(かめだとしたか)

2023年10月20日　初版第1刷発行

発行者　三宅貴久
印刷　新藤慶昌堂
製本　ナショナル製本

発行所　株式会社光文社
〒112-8011東京都文京区音羽1-16-6
電話　03（5395）8162（編集部）
03（5395）8116（書籍販売部）
03（5395）8125（業務部）
www.kobunsha.com

ISBN978-4-334-10086-5 Printed in Japan

いま、息をしている言葉で、もういちど古典を

長い年月をかけて世界中で読み継がれてきたのが古典です。奥の深い味わいある作品ばかりがそろっており、この「古典の森」に分け入ることは人生のもっとも大きな喜びであることに異論のある人はいないはずです。しかしながら、こんなに豊饒で魅力に満ちた古典を、なぜわたしたちはこれほどまで疎んじてきたのでしょうか。

ひとつには古臭い教養主義からの逃走だったのかもしれません。真面目に文学や思想を論じることは、ある種の権威化であるという思いから、その呪縛から逃れるために、教養そのものを否定しすぎてしまったのではないでしょうか。

いま、時代は大きな転換期を迎えています。まれに見るスピードで歴史が動いていくのを多くの人々が実感していると思います。

こんな時わたしたちを支え、導いてくれるものが古典なのです。「いま、息をしている言葉で」――光文社の古典新訳文庫は、さまよえる現代人の心の奥底まで届くような言葉で、古典を現代に蘇らせることを意図して創刊されました。気取らず、自由に、心の赴くままに、気軽に手に取って楽しめる古典作品を、新訳という光のもとに読者に届けていくこと。それがこの文庫の使命だとわたしたちは考えています。

このシリーズについてのご意見、ご感想、ご要望をハガキ、手紙、メール等で翻訳編集部までお寄せください。今後の企画の参考にさせていただきます。
メール　info@kotensinyaku.jp

光文社古典新訳文庫　好評既刊

虫めづる姫君　堤中納言物語
作者未詳
蜂飼耳　訳
風流な貴公子の失敗談「花を手折る人」、虫ばかりに夢中になる年ごろの姫「あたしは虫が好き」……無類の面白さと意外性に富む物語集。訳者によるエッセイを各篇に収録。

今昔物語集
作者未詳
大岡玲　訳
エロ、下卑た笑い、欲と邪心、悪行にスキャンダル……。平安時代末期の民衆や勃興する武士階級、人間味あふれる貴族や僧侶らの姿をリアルに描いた日本最大の仏教説話集。

方丈記
鴨長明
蜂飼耳　訳
出世争いにやぶれ、山に引きこもった不遇の才人鴨長明が、災厄の数々、生のはかなさを綴った日本中世を代表する随筆。和歌十首と訳者によるオリジナルエッセイ付き。

歎異抄
唯円・著
親鸞・述
川村湊　訳
天災や戦乱の続く鎌倉初期の異常の世にあって、唯円は師が確信した「他力」の真意を庶民に伝えずにいられなかった。ライブ感あふれる関西弁で親鸞の肉声が蘇る画期的新訳！

梁塵秘抄
後白河法皇　編纂
川村湊　訳
歌の練習に明け暮れ、声を嗄らし喉を潰すこと、三度。サブカルが台頭した中世、聖俗一体の歌謡のエネルギーが、後白河法皇を熱狂させた。画期的新訳による中世流行歌一〇〇選！

光文社古典新訳文庫　好評既刊

ブラス・クーバスの死後の回想
マシャード・ジ・アシス
武田千香　訳

死んでから作家となった書き手がつづる、とんでもなくもおかしい、かなしくも心いやされる物語。斬新かつ奇抜な形式も楽しい。池澤夏樹氏絶賛の、ブラジル文学の最高傑作！

ドン・カズムッホ
マシャード・ジ・アシス
武田千香　訳

彼女は視線をゆっくり上げ、わたしたちは互いに見つめ合った……。みずみずしい描写で語られる愛と友情、波乱万丈の物語。小説史上まれにみる魅力的なヒロインがこんなところに隠れていた。

奪われた家／天国の扉
動物寓話集
コルタサル
寺尾隆吉　訳

古い大きな家にひっそりと住む兄妹をある日何者かが襲う――二人の生活が侵食されていく表題作など全8篇を収録。アルゼンチンを代表する作家コルタサルの傑作幻想短篇集。

アラバスターの壺／女王の瞳
ルゴーネス幻想短編集
ルゴーネス
大西亮　訳

エジプトの墳墓発掘に携わった貴族の死と、謎の美女との関わりは？　史実に材をとった連作の表題作など、科学精神と幻想に満ちた、近代アルゼンチンを代表する作家の18編。

街と犬たち
バルガス・ジョサ
寺尾隆吉　訳

ひとつの密告がアルベルト、〈奴隷〉ら軍人学校の少年たちの歪(いびつ)な連帯を揺るがし、一発の銃弾に結びついて……。ラテンアメリカ文学を牽引する作者の圧巻の長編デビュー作。

★続刊

太平記（下）　作者未詳／亀田俊和・訳

後醍醐天皇は吉野に逃れ、幕府が優位を築くも驕った高師直らは専横をきわめる。やがて観応の擾乱が勃発、尊氏・直義の運命は？　動乱を経て足利政権が覇権を確立していく様をダイナミックに描く。最新の研究成果を踏まえた解説付き。全二巻。

翼　李箱作品集　李箱／斎藤真理子・訳

陽の差さない部屋で怠惰を愛する「僕」は、隣室で妻が「来客」からもらうお金を分け与えられて……。表題作「翼」ほか、近代化・植民地化に見舞われる朝鮮半島で新しい文学を求めたトップランナーの歓喜と苦闘の証たる小説、詩、随筆等を収録。

カーミラ　レ・ファニュ傑作選　レ・ファニュ／南條竹則・訳

舞台はオーストリアの暗い森にたたずむ古城。恋を語るように甘やかに、妖しく迫る美しい令嬢カーミラに魅せられた少女ローラは、日に日に生気を奪われ、蝕まれていく……。ゴシック小説の第一人者レ・ファニュの表題作を含む六編を収録。